UN PÈRE ÉTRANGER

EDUARDO BERTI

Collection La Sentinelle

UN PÈRE ÉTRANGER

EDUARDO BERTI

TRADUIT DE L'ESPAGNOL (ARGENTINE)

PAR JEAN-MARIE SAINT-LU

À Mariel
À Ulises
À la mémoire de mon père

Il est très dur pour un homme de se trouver dans un pays étranger, sans défense, sans personne qui comprenne sa langue, en provenance d'un mystérieux pays situé dans un coin reculé de la terre.

JOSEPH CONRAD
Amy Foster

Tout homme veut engendrer de nouveau ses parents.
C'est de cette tentative manquée que naissent des enfants.

Vieux proverbe bengali

Cimetière Club, 1

Quelques heures avant l'enterrement de ma mère, l'après-midi où on la veillait, et alors que l'usage aurait voulu qu'on expose son cadavre, mon père donna l'ordre de laisser le cercueil fermé. Puis, sans demander la permission à personne, il brancha un électrophone dans un coin de la pièce et fit retentir, à un volume considérable mais cependant respectueux, un morceau triste de Gustav Mahler : une musique qu'il continua à écouter – comme dans une sorte de gymnastique autoflagellante – pendant les premiers mois de son veuvage, au cours desquels il se consacra à boire plus que son compte et à battre des records d'insomnie.

Outre qu'il était prévisible, l'enterrement avait quelque chose d'une nouvelle reportée. Ma mère était morte après une longue agonie : une lutte perdue d'avance contre un cancer. Sa ténacité avait remis l'échéance à plusieurs mois au-delà des pronostics les plus optimistes. Mais son long combat avait failli tuer aussi mon père. Un soir, il l'avait admis devant moi : « Je n'en peux plus, cette histoire nous liquidera tous les deux. » Tous les deux : ma mère et lui.

Lors de l'enterrement, mon père refusa catégoriquement qu'un prêtre qui se trouvait là, tout sourire, ouvre la bouche, bien que dans l'« offre » fût inclus un bref sermon en plus des services du fossoyeur et autres prestations de rigueur. Cela se passait dans un cimetière privé des environs de Buenos Aires : une sorte de terrain de golf avec des tombes ; une espèce de jardin planté d'arbres aux belles frondaisons, avec des dalles funéraires à fleur de sol. Belle ironie : durant ces douze dernières années, le travail de ma mère avait consisté à vendre des tombes (des « parcelles », dans le jargon qu'on lui faisait répéter) dans ce même cimetière.

À l'enterrement, en fin d'après-midi, je ne remarquai pas ce détail un peu macabre : autour de la « parcelle » ouverte comme un piège pour ma mère s'étendaient d'autres tombes, dans lesquelles reposaient ou reposeraient bientôt certains des plus fidèles amis de ma famille, qu'elle avait convaincus grâce à sa cordialité et à des arguments de vente, des avantages supposés d'un cimetière privé.

Mon père n'eut pas beaucoup de mal à s'éloigner de la tombe. On ne compte plus les cas où le survivant ne peut quitter l'endroit où l'on vient d'enterrer son compagnon ou sa compagne ; mon père, lui, avec une grimace difficile à déchiffrer, tourna le dos à la sépulture, qui n'aurait pas de dalle avant une ou deux semaines, le temps de la fabriquer et de la placer sur le sol, au ras du gazon, et il s'éloigna d'un pas ferme. Durant les mois qui suivirent, je l'entendis plusieurs fois dire que ma mère n'était pas là-bas, dans « ce cimetière de merde », phrase qu'il proférait avec mépris, je suppose, pour se convaincre qu'il n'y avait rien dans ce cercueil qui fût ou méritât de s'appeler « personne aimée ».

Comme Miguel (assurément le meilleur ami de mon père) désirait lui aussi quitter le cimetière dès que possible, j'eus l'idée de les prendre avec moi dans le taxi qui m'attendait ; de cette façon, mon père passerait un moment avec la personne qui le faisait le plus rire, y compris dans des circonstances aussi graves que des funérailles. Lui et Miguel étaient des amis d'enfance. Ils s'étaient connus très loin de là, dans leur Roumanie natale, puis s'étaient perdus de vue, car avant même d'imaginer qu'il finirait en Argentine, mon père était allé faire ses études dans des universités de Belgique et de France. L'anecdote de leurs retrouvailles à Buenos Aires était célèbre dans la famille : environ dix ans après son arrivée en Argentine, par un après-midi pluvieux, mon père se promenait dans le centre et traversait la plaza de Mayo, à plus de onze mille kilomètres de Bucarest, quand il vit son ami Miguel venir à lui et, comme dans un agréable mirage, lui tendre une main fine et osseuse, avec une frémissante familiarité.

C'est en cette fin d'après-midi, à l'enterrement de ma mère, que je vis Miguel pour la dernière fois. Bien qu'il ait beaucoup blagué, comme à son habitude, il me sembla qu'il se tenait la tête très basse, et surtout je remarquai que son historique moustache à la Clark Gable ne fleurissait plus avec vigueur et qu'elle ressemblait plutôt à une pâle ligne en pointillé.

De quelques mois plus jeune que mon père, Miguel était arrivé à Buenos Aires après avoir passé six mois à Sobibor, humilié par les nazis. Mon père racontait que son ami avait non seulement été témoin de la révolte du camp d'extermination, en octobre 1943, mais encore qu'elle lui avait donné l'occasion de s'enfuir. Je n'ai jamais pu avoir la confirmation de ce récit, mais je me rappelle le jour, je devais avoir alors neuf ans, où Miguel me montra les chiffres tatoués sur son bras.

Quand Miguel mourut, un an après ma mère environ, mon père et moi assistâmes ensemble à son enterrement, dans le même cimetière. La tombe où il devait être inhumé était proche, à cent pas, de celle de ma mère, sur laquelle ni mon père ni moi n'étions retournés durant tout ce temps. Cette fois, il ne put s'opposer à ce qu'un rabbin, un rabbin vieux et maigre, ouvre la bouche et débite des balivernes que mon père ponctuait de soupirs d'impatience. Le pauvre Miguel n'avait-il pas voulu finir dans un cimetière juif ? Le discours du rabbin était une punition bien méritée pour ça, pensait mon père.

Après que nous eûmes salué les enfants de Miguel et sa veuve, femme sèche et assez intraitable, mon père parut hésiter entre quitter une bonne fois pour toutes ce « cimetière de merde » ou se planter devant la pierre tombale de ma mère, que nous n'avions pas encore vue et qui – lui et moi le savions d'avance – était certainement aussi petite et discrète que toutes celles de ce cimetière ouvert à toutes les croyances, selon les dépliants publicitaires, mais rétif au plus petit promontoire ou mausolée susceptible de gâcher son élégance.

Je voulus aider mon père et lui proposai de marcher jusqu'à la tombe de ma mère, même si les os enterrés là nous étaient pour ainsi dire étrangers. Mon père se laissa entraîner, en soupirant comme si le rabbin n'avait pas cessé de parler, mais au bout de quelques minutes, un peu moins troublé et un peu plus en colère, il fit signe que non de la tête et me guida en direction de la voiture.

Nous fîmes presque tout le trajet de retour à Buenos Aires en silence. À un moment donné je pensai mettre de la musique, peut-être quelque chose de Mahler, mais mon père, d'un brusque éclat de rire, fit avorter ma manœuvre tout juste naissante. Je lui demandai ce qu'il avait, ce qu'il trouvait si drôle. Il me répondit que Miguel se serait tordu de rire devant ce rabbin à tête de tortue, en entendant ses paroles pompeuses.

Le soir, le téléphone sonna chez moi. Il était tard. C'était mon père et, au ton de sa voix, je compris qu'il avait beaucoup bu. « Je te demande de me promettre que tu n'iras jamais sur la tombe de ta mère ni sur la mienne, d'accord ? » D'accord, papa, lui répondis-je, promis. « Je te demande de ne jamais me permettre de retourner dans ce cimetière de merde… Sauf quand je casserai ma pipe. » D'accord, dis-je, d'accord, bien qu'il nous restât encore deux ou trois amis qui, comme Miguel et d'autres amis déjà morts, avaient eu la bonne ou la mauvaise idée de s'y acheter une parcelle.

Ce soir-là nous bavardâmes plus d'une heure au téléphone. À un certain moment mon père me raconta, au sujet de Miguel, une histoire que je n'avais jamais entendue. Contrairement à lui, Miguel adorait le tango : il idolâtrait Roberto Goyeneche (dont la moustache prétendait ressembler à celle de Clark Gable), il aimait les orchestres et dans sa jeunesse, tout juste arrivé au pays, il fréquentait les bals populaires. Dans ces bals, à l'époque, les femmes entraient gratis et les hommes, en échange d'une somme minime, ne recevaient pas un ticket de papier comme au cinéma, mais devaient tendre la main, paume vers le bas, pour accuser le coup bien asséné d'un tampon qui, à l'encre noire, apposait une contremarque : cinq ou six chiffres qui changeaient tous les jours. Si les danseurs sortaient fumer ou prendre l'air, ils pouvaient rentrer ensuite en montrant leur main. Mon père me raconta que Miguel, au lieu de payer, de recevoir le coup de tampon et d'exhiber sa main au contrôleur, comme tout le monde, allait directement à la porte et montrait les chiffres que les nazis lui avaient tatoués sur le bras. Personne n'avait jamais osé lui dire que son tampon n'était pas correct, que son tampon n'était pas valable.

Après avoir longuement parlé ce soir-là avec mon père, je pensai que Miguel avait été enterré avec son tatouage. Avec Miguel était aussi morte une inscription, une trace de l'histoire ; chose évidente et sensée : à chaque ensevelissement, c'est beaucoup plus qu'un corps qu'on enterre. Dans le cas de ma mère, par exemple, je sentais que ce que le fossoyeur avait recouvert de terre et mis hors de toute atteinte, c'était ce quota de retenue, de sagesse, d'équilibre que durant des années, des dizaines d'années, mon père avait trouvé ou voulu trouver chez elle.

Au cours des mois qui suivirent l'enterrement de ma mère, je vis mon père faire des choses étranges ou, du moins, que je ne lui avais jamais vu faire. De l'idée que sans elle il allait à la dérive, je passai à l'idée opposée et conclus qu'il se montrait enfin tel qu'il était. Ne s'adaptait-il plus à l'image que ma mère s'était forgée de lui ? Ne s'en tenait-il plus à l'image qu'il avait voulu forger pour elle ? L'explication se trouvait entre les deux hypothèses : il était vrai qu'il avait fait de ma mère une sorte d'ancre, image plus qu'appropriée pour quelqu'un qui était arrivé en bateau dans un pays où il ne connaissait personne ; mais il était tout aussi vrai que, secoué à soixante-dix-neuf ans par la mort de sa femme, il se disait qu'il devait s'accorder quelques plaisirs avant qu'il soit trop tard.

Il reprit alors certaines activités qu'il avait pratiquées dans sa jeunesse. Il se mit à cuisiner des plats dont les recettes étaient un vague héritage familial. Il se mit à fumer la pipe et à se préparer des tabacs spéciaux. Il voulut acheter un voilier et reprendre la navigation comme passe-temps, mais son hernie discale ne le lui permit pas.

Quand en juillet 1994 une bombe explosa dans le centre de Buenos Aires, une bombe destinée à la mutuelle israélite, l'Amia, et que l'attentat fit plus de victimes encore que l'attaque de l'ambassade d'Israël en 1992, mon père, très remué, se mit à faire des sculptures, la plupart allusives. Je me rappelai qu'avant ma naissance, longtemps avant, quand il vivait encore en Europe, il avait passé des heures devant une glace pour compléter une série de quatre ou cinq têtes qui le représentaient jeune : sur plusieurs photos de cette époque on peut encore voir ces têtes alignées et, j'ignore pourquoi, toutes noires.

Peu après, en 1998, mon père se mit à écrire un roman. Sur le moment, cette nouvelle me perturba. Que mon père sculpte, fume la pipe ou cuisine des plats étranges aux noms imprononçables, tout cela me semblait fort sympathique et normal. Mais écrire ? Un roman ?

Un ou deux mois après que mon père m'eut dit qu'il avait entrepris d'écrire, je décidai de traverser l'Atlantique et de m'installer pour un temps à Paris. Au début, je pensai que je prenais cette décision pour une série de raisons plus ou moins complémentaires : (a) mon père avait commencé une nouvelle relation (des fiançailles, ai-je failli écrire) et il n'avait plus autant besoin de moi ; (b) avec la mort de ma mère, j'avais moi aussi perdu une sorte d'ancre ; (c) on allait éditer en français mon premier roman, *Le Désordre électrique*, chose si miraculeuse et si inouïe que pour rien au monde je ne voulais la manquer ; (d) le président de service avait décidé qu'un peso argentin équivalait à un dollar, décision si miraculeuse et si inouïe elle aussi (beaucoup plus que la traduction de mon roman) qu'elle rendait possible quelque chose qui des décennies durant avait été économiquement parlant irréalisable, et surtout (e) je venais de rencontrer celle qui allait devenir ma femme et, lors de notre première conversation, nous avions découvert que nous caressions tous les deux le projet de passer un temps à Paris, ce qui plus tard, quand nous fûmes installés dans le quartier Denfert-Rochereau, devint la plaisanterie rimbaldienne d'*une saison à Denfert*[1].

1. Les mots et expressions en italique et suivis d'un astéristque sont en français dans le texte. (N. d. T.)

Nous partîmes pour Paris courant septembre 1998. Nous avions réservé par téléphone un studio que m'avait recommandé une connaissance éloignée d'une connaissance proche. La petite note qui accompagnait la recommandation disait « Laurent Pinard », avec un numéro que j'appelai de Buenos Aires. Comme c'était un téléphone portable, cet appel me coûta un bras, disons un sixième du montant du loyer. L'homme qui me répondit ne s'appelait pas, en fait, Laurent Pinard (la connaissance, éloignée ou proche, avait noté son nom de façon approximative), mais comme il avait un nom voisin, Florent Pignal, il supposa que c'était bien à lui que la voix étrangère désirait parler, et il joua le jeu. Il ne m'épela son vrai nom qu'à Paris, quand il nous remit les clés et empocha les francs du loyer – nous étions dans les dernières années de l'ère Avant l'Euro (A. E.).

Bien que ma décision d'aller en France fût prise, avant d'acheter les billets d'avion et de l'annoncer à mon entourage, je voulus parler à mon père, pour voir comment il réagissait. Depuis quelques mois, il avait nettement meilleur moral. Il me donna rendez-vous, je m'en souviens, dans un café équidistant de chez lui et de chez moi : un café au nom ampoulé et pseudo-français (comme s'il soupçonnait quelque chose) qui se trouvait à trois cents mètres environ de son appartement et du mien, vu que nous habitions tout près l'un de l'autre. C'était dans ce café, des années plus tôt, quelques jours après l'enterrement de ma mère, qu'il m'avait dit, avec une espèce de nœud dans la gorge qui s'était révélé hautement contagieux, qu'il n'aurait jamais imaginé que ce serait lui le survivant du couple. Comme ma mère avait dix ans de moins que lui, il avait conçu un futur dans lequel elle était veuve, et non l'inverse.

La réaction de mon père, je pense, n'aurait guère été très différente si je lui avais annoncé que je partais pour une autre ville européenne. Mais le choix de Paris était spécial pour lui. Dans la maison où j'ai grandi, à Buenos Aires, dans une petite pièce où ma mère passait des heures et des heures à lire, à repasser, à écouter la radio ou à téléphoner, et que pourtant nous appelions un peu officiellement « le bureau de papa », il y avait un immense plan de Paris que quelqu'un, ma mère ou mon père, avait affiché au mur. Comme nous étions à l'ère Avant le Téléphone Portable (A. T. P.), il m'arrivait de m'installer moi aussi dans le « bureau », pour téléphoner surtout, et en le faisant, je m'en souviens, mon regard se perdait dans les rues de ce plan. Il est possible que ce soit pour cette raison, parce que j'avais ainsi mémorisé cette topographie, que depuis toujours Paris m'était familier. Une ville connue et inconnue à la fois : j'ignorais l'apparence des choses, je n'avais jamais parcouru ses rues, mais je savais à la perfection que si je tournais à gauche en arrivant à tel carrefour, je tomberais sur tel musée ou tel monument, et que si je tournais ensuite à droite, je me retrouverais sur telle place ou tel boulevard.

Une fois installés en France, ma femme me raconta un soir que chez elle, quand elle était enfant, il y avait aussi un grand plan des rues de Paris affiché sur un mur. Je ne connais personne d'autre en Argentine qui ait eu un tel plan chez lui.

Théoriquement, nous devions passer environ six mois à Paris. Ou, tout au plus, un an. Nous y restâmes dix ans.

Grâce au miraculeux peso argentin, qui en se regardant dans la glace voyait un dollar, je vécus la première année à Paris avec ce qu'on me payait à Buenos Aires pour écrire des articles de presse et des scénarios de documentaires pour la télévision. Pour ces derniers, l'organisation était tout sauf simple. Internet en était à ses premiers balbutiements et les courriels encore peu volumineux, si bien que chaque semaine je recevais par la poste un paquet contenant trois ou quatre vidéocassettes avec les enregistrements bruts de neuf ou dix interviews. Chacune d'elles durait une heure ou une heure et demie et, comme un puzzle, je devais monter un scénario de cinquante-deux minutes au maximum.

Les documentaires traitaient de l'histoire du tango, de Gardel ou Troilo à Piazzolla, sans oublier l'idole de Miguel : Goyeneche. Il m'arrivait de passer des heures de suite à regarder parler ces chanteurs dans leur irréprochable argot de Buenos Aires, jusqu'à ce que, brusquement affamé, je descende au supermarché ou aille acheter un peu de pain, toujours dans la même *boulangerie** du coin. Quand je sortais, j'avais du mal à me souvenir que j'étais à Paris. Je me sentais comme le personnage de cette nouvelle de Cortázar qui, sans transition aucune, parvient à passer de Buenos Aires à Paris ou vice-versa, comme on ouvre une porte et change de dimension.

Une fois terminée notre *saison à Denfert**, ma femme et moi emménageâmes aux Gobelins, toujours rive gauche. Nous y louâmes aussi un studio, un peu plus petit que le précédent (un mètre carré de moins), mais dont l'espace était mieux aménagé, au point que dans la salle de bains il y avait une baignoire et non une douche. Nous ne tardâmes pas à savoir que la baignoire fonctionnait mal ou, comme nous aimions le dire en plaisantant, qu'elle était en fait une douche déguisée et que celui qui se douchait, c'était le pauvre voisin du dessous, à cause de cette baignoire incontinente qui répandait son eau à travers le plancher.

Notre studio se trouvait à quelques mètres de la place d'Italie, au nom presque semblable à celui de la plaza Italia de Buenos Aires. À l'époque, je m'accrochais encore aux analogies : après avoir vécu des années non loin de la plaza Italia, dans un quartier de Buenos Aires qui s'élève au-dessus d'un ruisseau enfermé dans une canalisation, le Maldonado, je vivais maintenant non loin de la place d'Italie, dans un quartier qui s'élève au-dessus de la Bièvre, enfermée dans une canalisation, ce quartier qu'on trouve dans plus d'un roman de Balzac.

Je ne téléphonais que très rarement à mon père de Paris. En revanche, je lui écrivais, et je recevais ses réponses écrites dans un espagnol correct, bien que parsemé de fautes. En lisant ses lettres, et en me heurtant à ces fautes, moins de grammaire que d'orthographe, il m'était impossible de ne pas entendre sa voix grave et râpeuse, de ne pas entendre cet accent étranger qui ne semblait jamais lui causer la moindre inhibition.

Dans les lettres que j'envoyais à mon père, je lui décrivais, surtout, mes promenades à travers la ville. Ce n'étaient pas des promenades aléatoires. Souvent, il me demandait de me rendre à tel ou tel endroit et de le lui décrire ensuite. Manifestement, il comparait mes récits avec ses souvenirs lointains. Et ma description, j'en ai peur, lui semblait un peu étrange et assez décevante. Autres yeux et autres temps.

D'une certaine manière, l'expérience de ma première année à Paris fut médiatisée par ces verres épais : les comparaisons que j'établissais avec Buenos Aires ; les comparaisons que mon père établissait entre le Paris de mes lettres et celui qu'il thésaurisait dans sa mémoire.

Il y eut un moment, sans que je m'en rende compte, où ces deux verres finirent par se dissoudre. Cela coïncida avec un fait plus ou moins lié : un jour, je m'aperçus que je n'avais plus besoin de me pencher en avant quand on me parlait en français ou quand je m'asseyais devant le téléviseur, non pour regarder de vieux chanteurs de tango, mais des programmes français récents. Assurément, ma posture corporelle avait dû se redresser de manière progressive, comme une sorte d'aiguille qui peu à peu se positionne perpendiculairement au sol, mais je n'avais pas été conscient du processus, du moins pas avant d'avoir atteint un point très éloigné de ma posture initiale.

Parmi les diverses nouvelles qu'il me donnait dans l'une de ses dernières lettres, mon père me racontait qu'il commençait le sixième cahier de son roman et qu'il avait l'intention de me le faire lire (ou du moins une partie) dès que je rentrerais à Buenos Aires. Ce fut la première et la seule mention de son roman dans la cinquantaine de lettres qu'il posta pour Paris. J'avoue que je ne l'avais plus jamais interrogé moi-même à ce sujet. Pas même lors de ma visite d'un mois, en août 1999. Ce fut Claudia, sa nouvelle compagne, qui me parla de ce roman, et elle le fit comme en passant, en profitant d'un instant où mon père s'était absenté. D'après Claudia, écrire lui faisait du bien, beaucoup de bien. Il y avait là, comment dire, quelque chose de thérapeutique.

Il est très probable, et je le reconnais comme une faute, que mon attitude par rapport au roman de mon père ait été distante, mesquine et peu aimable. En tout cas, il est clair que cela me troublait un peu de penser à mon père en train de jouer (ou pas) à être écrivain.

À Paris, j'avais pris l'habitude d'aller toujours dans le même café pour lire, sitôt ouvertes, les lettres que m'envoyait mon père. C'était un café du boulevard Arago où, proclamait une affiche, « *le prix attire la clientèle, la qualité seule la retient** », et pourtant c'était ma constance, et non le café-moka amer et froid qu'un garçon servait sans sourire, qui me poussait à y revenir ; cela et les lettres de mon père, bien sûr, que mon impatience me faisait souvent ouvrir dans la rue, sur le chemin de ce café, comme un enfant qui déchire l'emballage d'un cadeau.

C'est dans ce café, je m'en souviens, que j'ai lu un après-midi la dernière lettre qu'il m'envoya. J'étais alors incapable d'imaginer que c'était la dernière, incapable de concevoir que des années plus tard, plus de dix ans plus tard, je ferais un voyage concret à Paris avec l'objectif de passer des heures dans ce café du boulevard Arago, à une table face au boulevard relativement calme, avec dans la bouche le goût âpre et amer du moka froid, à lire quatre des six cahiers du roman de mon père.

S'il est quelque chose que j'ai toujours déploré à Paris, c'est le manque d'amabilité dans les relations sociales ; tout le contraire de Madrid, avec son tutoiement facile et son immédiate complicité, qui peut parfois devenir, à l'inverse, envahissante. À Madrid, les inconnus se lient comme des amis ; à

Paris, c'est plutôt le contraire, et j'avais beau faire des efforts, les premiers mois, j'avais beau aller tous les matins acheter ma *baguette** à la même boulangerie, où les boulangères se gratifiaient mutuellement d'un « vous » inébranlable, je me sentais comme dans ce film de Harold Ramis où chaque nouveau jour ne suppose ni un échelon ni aucune progression par rapport à la veille, et j'avais beau saluer chaque matin les boulangères, avec un sourire toujours égal et un peu exagéré, pour obtenir mon pain, je devais recommencer, repartir de zéro, mon *jour sans fin* : demander ma *baguette**, s'il vous plaît, entendre la question « bien cuite ou pas trop cuite, *monsieur** ? », répondre pas trop cuite, remercier, puis demander le pain d'épeautre qui faisait alors les délices de ma femme et entendre la question « *tranché ou pas tranché, monsieur** ? », tous les jours comme ça, de même qu'au café du boulevard Arago où je devais chaque jour demander, « *s'il vous plaît** un verre d'eau et un peu plus de lait » dans mon café-moka froid, suite à quoi le garçon borgne me contemplait comme s'il ne m'avait jamais vu.

Un jour je fis un test avec ce garçon. Je lui demandai mon café, mon verre d'eau, comme d'habitude, et quand il revint avec le plateau, avant qu'il pose le tout, avec sa longue figure rébarbative, il suffit que je lui demande en souriant si ça allait, « *tout se passe bien, monsieur** ? » pour qu'il en reste interdit, perdu, sans voix. Il me voyait pour la première fois, avec le seul de ses yeux apte à voir, et dès lors quelque chose changea. Quelque chose d'infime, bien sûr. Quelque chose sans autre importance, peut-être… Mais que le garçon de café borgne me salue désormais le matin et qu'une fois même il m'apporte mon verre d'eau sans que je le lui aie rappelé, cela n'avait pas seulement un goût de victoire ; c'était aussi, voulus-je croire, un fait symbolique (je commençais à faire partie du décor) qui s'ajoutait à un autre fait plus tangible et bureaucratique : ma première *carte de séjour** avec permission de travailler sur le territoire français quand je déciderais enfin de le faire ou quand le peso argentin, se réveillant de ses rêves de grandeur, ne vaudrait plus un dollar et qu'il me faudrait trouver un employeur français.

Devenu étranger, pensai-je un jour, après avoir écrit à mon père une assez longue lettre au café du boulevard Arago, devenu étranger, enfin, par décision unanime de l'État français et d'un vieux serveur borgne, je venais d'acquérir dans un autre pays le statut que mon père possédait en Argentine.

Ce que je ne pensai pas alors, ce qui m'échappa totalement, c'est qu'il existait un prodigieux équilibre dans cette situation : mon père semblait rivaliser avec moi en écrivant un roman ; moi je rivalisais avec lui avec mon titre d'étranger flambant neuf.

Pent Farm, 1

I

Étranger et mauvais caractère. C'est ce que pensaient certains de son mari et c'est exactement ce que dit Jessie pour expliquer à ce dernier à quoi ressemblait le visiteur, mélange de mendiant et de cycliste, qui était décidé à faire sa connaissance. Tout s'était passé en quelques mois. Un nouveau livre était arrivé au courrier (une réédition, en fait), tout juste sorti de l'imprimerie et débordant de cette odeur qui, bien qu'elle l'aimât beaucoup, arrachait à Jessie des éternuements à demi enfantins. Il y avait dans ce livre, au moins, deux récits magistraux. C'était ce que pensait Mr Pinker, l'agent de son mari. Et aussi Mr Hueffer, mais sans être d'accord avec Pinker sur le choix de ces deux récits. Jessie n'avait aucun recul par rapport à l'œuvre de Józef et elle aimait autant toutes ses nouvelles. Ou plutôt presque toutes, car l'une d'elles, *Falk*, avait sa préférence. Elle ne pouvait expliquer pourquoi.

Une fois le livre à Pent Farm, et passé une brève euphorie, Józef avait subi un blocage sérieux, le cauchemar récurrent de rester des heures et des heures sans rien écrire d'autre qu'une phrase qui ne sert à rien, et des semaines après, des mois après, il eut une nouvelle crise. Il en avait cinq par an, six tout au plus. Certaines étaient légères. D'autres si violentes que, plié en deux par la douleur, transporté de fièvre – c'étaient des crises de goutte, ou du moins l'affirmait-il –, Józef se mettait soudain à parler en polonais. Enfin, c'était ce que croyait Jessie, qui ne parlait qu'anglais. Lui, il était né en Pologne et il y revenait avec la fièvre, en grimaçant de souffrance. Ou bien était-ce la Pologne qui revenait à lui. Ou simplement la langue de la Pologne. Il y avait des choses que Jessie n'était pas sûre de comprendre.

Cela faisait presque sept ans qu'ils étaient installés à Pent Farm, dans le Kent. Ils étaient mariés depuis neuf ans et tout avait commencé alors qu'ils vivaient encore à Londres et qu'il l'avait invitée un après-midi à la National Portrait Gallery, dont le nouveau siège venait d'ouvrir, Saint Martin's Place. Parmi les œuvres qui s'accumulaient dans ce musée, il appréciait particulièrement, lui avait-il expliqué, les autoportraits d'Hogarth et un tableau célèbre qui montrait Shakespeare, si l'on acceptait que c'était Shakespeare et non quelqu'un autre : il y avait des doutes à ce sujet.

À l'époque, Jessie et Józef ne se connaissaient pas depuis longtemps : un ami, Mr Hope, les avait récemment présentés. Ils n'étaient pas fiancés, du moins pas que Jessie le sache, mais cet après-midi-là au musée elle avait vu qu'il regardait les tableaux sans trop d'attention et qu'il était plus songeur que d'habitude. Brusquement il lui demanda, de la façon la plus imprévue du monde, si elle était d'accord pour qu'ils se marient le mois suivant et partent aussitôt en voyage en France, pas pour une nouvelle émigration, non, rit-il, décidé à éviter qu'elle ne s'inquiète, simplement pour une lune de miel. Pour *leur* lune de miel. Ou alors, qu'ils se marient un mois et demi après ? Ou deux mois, au plus tard ? Il ne lui restait, croyait-il, plus très longtemps à vivre.

En sortant du musée, après leur conversation échevelée, il l'emmena dans une sorte de cafétéria. Il était impossible de dire non à cet homme. Ils trinquèrent. Ils mangèrent quelque chose au goût un peu étrange, le repas ne leur réussit pas et Jessie, intoxiquée, passa deux jours au lit. Elle eut de la fièvre, quarante degrés la première nuit, et tant qu'elle ne se sentit pas remise elle n'annonça pas à sa mère son mariage imminent avec cet homme, avec ce barbu étranger qui fronçait les sourcils même quand il était de bonne humeur et observait le monde avec l'œil droit, plus qu'avec le gauche, à travers un minuscule monocle qui était comme un minuscule œil-de-bœuf.

Alors qu'elle annonçait, à brûle-pourpoint, son mariage à sa mère, et que celle-ci ne savait pas si elle devait rire ou pleurer à cette nouvelle, Jessie se demanda si ce qu'elle était en train de dire était vrai. Si c'était vrai ou si c'était un effet hallucinant de la fièvre. La fièvre qui fait parler certains en polonais et qui l'avait poussée, elle, à s'imaginer mariée.

Bien qu'elle refusât de penser que Józef lui avait menti, il n'était pas vrai que celui-ci n'avait plus très longtemps à vivre. Elle en était certaine. À part ces crises de goutte qui lui rongeaient l'humeur, il pouvait se vanter d'avoir une santé de fer : la santé qu'on pouvait attendre d'un ancien marin. Ou, plus qu'une santé de fer, n'exagérons rien, une forte personnalité, si forte qu'il donnait l'impression d'être quasiment invulnérable. Excepté lorsqu'on l'observait de près, comme elle l'avait fait, ou lorsqu'il succombait aux distractions, oubliait des cigarettes dangereusement allumées, perdait le peu d'argent qu'il avait sur lui ou confondait deux personnes et, dans le meilleur des cas, parlait avec un religieux convaincu qu'il parlait avec un amiral. Tout cela toujours avec ces gestes ampoulés en quoi se résumait souvent sa courtoisie vieillotte.

Józef, assurait Jessie, était le premier étranger qu'elle fréquentait. Ce qui n'était pas tout à fait vrai parce qu'elle excluait, sans s'en rendre compte, les Américains qui fabriquaient et commercialisaient la machine à écrire Caligraph, ces gens de l'American Writing Machine Company, au sein de laquelle elle avait rempli pendant trois saisons, après la mort de son père, les fonctions de secrétaire et de dactylographe.

À vrai dire, Józef était le premier homme qu'elle entendait parler anglais avec un clair accent étranger. Le premier homme né dans une autre langue et transplanté en anglais. Le premier homme amputé – à demi amputé, préférait-elle – de son étrange langue maternelle : ce polonais pas entièrement évaporé car il survivait dans son accent, dans les gestes dont il ornait son discours, et peut-être dans la structure de certaines phrases un peu alambiquées ; ce polonais pas entièrement évaporé parce que la fièvre le faisait revivre.

Un jour, une de ses connaissances lui avait raconté une histoire au sujet d'un sous-lieutenant : un ami de la famille qui, après avoir perdu une jambe dans un épisode guerrier, sentait régulièrement la présence du membre désormais inexistant. Il y avait un terme médical pour cela : membre fantôme.

Jessie pensait que Józef possédait une *langue fantôme* qui n'était pas tout à fait amputée, mais que la société ne devait pas voir et qu'il essayait de rendre la plus invisible possible. C'était peut-être pour cela qu'il avait choisi de vivre loin de Londres. À deux heures, ou plus, en voiture. Pour cela qu'il s'exprimait le plus souvent par écrit. Avait-il embrassé la profession d'écrivain parce que, étant ainsi en retrait de l'activité orale, il n'avait pas tout le temps à exposer son anglais maladroit ? Avait-il pris l'habitude de dicter ses textes à d'autres – bien que son terrible accent s'interposât entre sa voix et ces doigts qui, d'une certaine façon, traduisaient – pour éluder les fautes d'orthographe qui auraient pu massivement le trahir ?

Comme si elle n'avait jamais renoncé à l'American Writing Machine Company, Jessie s'asseyait devant la Yost et tapait les mots (*light, right, fight, night, bright, brought, cought*) que Józef, dans ses quelques manuscrits, persistait à écrire avec la terminaison *tgh*.

Au cours des deux dernières années, après la naissance de Borys et quelques problèmes de santé de Jessie, Józef avait de plus en plus souvent insinué l'idée de s'offrir les services d'une sorte de secrétaire, une dactylo appointée, mais il le faisait prudemment, sans impatience, pour ne pas irriter cette autre secrétaire-dactylo dont dépendait leur fils et dépendait, plus encore, leur harmonie conjugale.

Dans le même temps, il dictait aussi à Hueffer tel ou tel manuscrit pour ne pas abuser de Jessie et pour rompre la routine, mais toutefois dans un cadre différent, parce que Hueffer, comme écrivain, comme collègue, avait l'audace et le droit de donner son avis.

Hueffer, visiblement, ne revenait pas à Jessie. Elle appréciait son soutien et la stimulation mentale qu'il apportait à Józef avec sa ferveur, sa jeunesse et son anglais. Elle appréciait que dans un élan de générosité, Hueffer leur ait loué sa maison de famille, une ferme appelée Pent Farm, pour une somme dérisoire (vingt livres par trimestre que Józef ne payait pas toujours – et lorsqu'il le faisait, ce n'était presque jamais à temps) et qu'il ait emménagé avec sa femme Elsie et leur fille Christina dans un logement moins confortable, ou du moins Jessie le concevait-elle ainsi : une maison à Aldington, à une heure de bicyclette. Mais Hueffer était vaniteux et se vantait, croyait Jessie, d'être l'auteur caché de nombreuses idées de Józef. Et Elsie lui revenait encore moins. Moins encore que n'importe quelle dactylo que Józef aurait pu trouver.

II

Pent Farm, Pent Farm… Voilà des semaines que j'essaie d'écrire l'histoire de Józef, de sa femme et de leur fils Borys, tout en étant incapable de comprendre quelle impulsion me porte à le faire, quelles raisons m'ont poussé à en être obsédé, jusqu'à ce que, brusquement, je comprenne qu'entre Józef et mon père les ressemblances abondent : rien à voir avec l'office littéraire, encore moins avec la renommée artistique ou la légende marine, non, il s'agit d'autres causes, qui tiennent à sa condition d'étranger, au fait que mon père, comme Józef, s'était installé dans un pays lointain, avait appris une langue nouvelle et s'était marié avec une femme plus jeune que lui, plus jeune d'une dizaine d'années : une femme qui ignorait son passé et ignorait aussi sa langue maternelle.

Pent Farm, Pent Farm… Je passe plusieurs heures sur Google à essayer de savoir comment aller à Pent

Farm depuis Madrid, où je vis aujourd'hui après avoir vécu à Buenos Aires et à Paris, et comme je déteste l'avion ou plutôt que j'ai la manie, disons, de ne pas prendre l'avion quand je peux l'éviter, je finis par tracer sur une feuille de papier un itinéraire possible quoique un peu fou : Madrid-Paris en train de nuit, pause de quelques heures à Paris, Paris-Londres en Eurostar, pause de quelques minutes à Londres, Londres-Hythe par un autre train, avec mini-escale à Hythe, et de là, quoi ? un taxi ? De là quelque chose jusqu'à la ferme de Pent Farm qui, j'ai pu le vérifier, est encore à peu près debout, plus ou moins rénovée, sorte de relique tenue et protégée par une association culturelle mi-anglaise, mi-polonaise dont il n'est pas difficile de trouver le site web.

Je fais mes comptes, bien que je n'aie jamais excellé dans cet exercice, et j'en arrive à la conclusion que je n'ai pas les moyens de m'offrir un voyage de ce genre. Ou plutôt, que je pourrais le payer si cela en valait la peine, mais je préfère en financer une partie ou pourquoi pas la totalité avec une sorte de bourse, une demande de soutien : une de ces aides qu'il faut ensuite rappeler, expliquer avec des remerciements dans un coin donné du livre, bien que, il faut en convenir, cette espèce d'écusson ou de sceau institutionnel exigé par ceux qui déboursent l'argent, aussi peu que ce soit – les mécènes semblant être plus friands de ces flatteries que des œuvres qu'on écrit et publie grâce à eux – enlaidisse le livre.

Je me demande, après avoir fait mes comptes, si cela vaut vraiment la peine d'aller à Pent Farm, s'il n'est pas possible de s'y prendre autrement pour écrire ce que je souhaite écrire, ou s'il ne vaut pas mieux ne pas y aller, renoncer à mes recherches et faire confiance à la fantaisie, de façon que Pent Farm soit une terre imaginée à ajouter à celles que j'ai l'habitude de développer dans mes romans, ces terres imaginées où je ne me rends d'ordinaire qu'après avoir écrit et publié le livre et qui me causent, lorsque je les visite, une triste désillusion qui ressemble à la triste résignation que j'éprouve toujours en relisant, une fois terminé, ce roman qui promettait tant de choses, tant de romans possibles, tant de possibles terres imaginées, mais qui finalement se trouve réduit à une simple matière insipide qui se résume avec le mot « ça ».

Je finis par décider que j'irai à Pent Farm par curiosité, par caprice personnel ou pour être en règle avec ma conscience, peu importe, mais en aucun cas parce que cette visite est impérative. Pas, du moins, pour le livre que je projette d'écrire. Je me rendrai dans le sud de l'Angleterre, dans le Kent, et je verrai la ferme de mes propres yeux.

Je pense soudain à un autre écrivain anglais – vraiment anglais, suis-je sur le point de me dire malgré moi – selon lequel le passé est un pays étranger où les gens font les choses autrement, et je comprends que dans ce nouveau roman que j'essaie d'écrire l'extranéité se manifeste doublement, et ce n'est pas la première fois que cela m'arrive, bien au contraire, comme si au fond écrire était, pour moi du moins, un vaste pays étranger avec sa vaste langue fantôme.

Je décide de loger à Hythe, où j'ai vu qu'abondent auberges, hôtels et même maisons à louer. Grâce à ma patience et à Google, j'obtiens le numéro de téléphone de l'association britannico-polonaise qui maintient Pent Farm en état. Je suis tenté, j'aime imaginer que cette association fonctionne dans les murs même de la ferme, cela n'aurait rien d'insolite, et j'appelle avec l'espoir qu'on me serve sur un plateau un conte fantastique : que ce soit la voix de Józef qui réponde ou, sinon, la voix d'un membre de sa famille, un descendant peut-être, et même un descendant mort comme Borys. L'individu à qui je parle (peu amateur de dialogue, et moins encore de contes fantastiques) me dit sur un ton sec que pour visiter Pent Farm je dois prendre contact avec une autre association de spécialistes de la vie et de l'œuvre de Józef car, manifestement, il existe un réseau très complexe d'associations et de sociétés littéraires les concernant. Les spécialistes en question se chargeront d'accepter ou de refuser ma demande. Et, bien entendu, de m'informer des tarifs. Je ne m'attendais pas à ce dernier détail : des tarifs ! Quelle envie de capituler. Mais, soyons sincère, je veux aussi savoir si je suis accepté à Pent Farm, dans la ferme véritable, après m'être installé sans demander la permission à personne (à force de rêverie, à force d'heures passées à écrire et à imaginer) dans une ferme fictive, mais à coup sûr réelle, à la façon dont je comprends les choses.

Pour plus de sûreté, je contacte l'autre association. J'envoie un courriel. Je parle au téléphone avec un homme du nom de Cockburn. Je remplis même une sorte de formulaire d'immigration où on me demande ma taille et la couleur de mes yeux (de quelle couleur, au fait ? peut-être veulent-ils savoir si un écrivain se contente de mettre « marron » ou s'il choisit des solutions comme « amande »,

« noisette », « miel » ou autres choses encore pires), j'écris sans aucune vérification 1,81 m pour ma taille et je m'assieds, disposé à attendre, attendre longtemps. Mensonge : pas si longtemps que cela, mais l'attente, pour moi, dure presque une éternité. Jusqu'à ce qu'enfin, un mardi, assez tard, un peu après neuf heures du soir, m'arrive un courriel. Admis, sous certaines conditions. Je sais maintenant que je pourrai visiter Pent Farm.

III

Ce que Jessie préférait à Pent Farm, c'était sa végétation, le chemin vert d'accès à la ferme, le beau jardin du devant et, surtout, l'auvent de bois au-dessus de la porte, toujours couvert de lierre, été comme hiver.

Ce matin-là, elle et Borys avaient sorti le petit train dans le jardin et maintenant les wagons roulaient au pied d'une fourmilière que Borys appelait montagne et que, dans sa tête, Jessie appelait menace ou danger de piqûres. Le ciel était couvert et l'air, épais et chaud, ne semblait pas serein. C'était le troisième jour de la crise de goutte. Le troisième jour était en général le pire.

Au bruit que fit la bicyclette, le petit train s'arrêta.

— Maman, dit soudain Borys, et il montra de la tête un homme, un inconnu, qui appuyait une bicyclette contre la palissade en bois blanc qui entourait le jardin.

Assise dos à la scène, Jessie regarda par-dessus son épaule avant de se lever lentement. Lentement parce que sa chute de janvier lui avait laissé des séquelles au genou. Depuis lors elle portait des chaussures spéciales, qui ne supprimaient pas entièrement la gêne.

En se dirigeant vers la palissade, elle fit des signes à son fils. Bien que ceux-ci ne fussent pas très précis, Borys en conclut qu'il devait rester près de son train.

La bicyclette était noire. L'homme portait de vieux vêtements et était mal rasé. Il s'appelait Meen. Tel était son nom. Il était né en Allemagne plus de cinquante ans plus tôt, mais vivait en Angleterre depuis dix ans. Il avait été marin, comme Józef. Il avait été sur le point de se marier, une fois, mais sa fiancée allemande s'était rétractée en apprenant que le métier du père de Meen n'était pas tailleur, non, mais fossoyeur. Le problème n'avait pas tant été le métier que le mensonge de Meen. Elle ne lui avait pas pardonné de lui avoir menti. Il avait failli se suicider, mais le courage lui avait manqué et il était resté célibataire. Maintenant Meen partageait à Chiswick, dans les environs de Londres, une maison vieille et sombre avec sa sœur, veuve d'un avocat anglais. Meen soutenait que c'était lui qui prenait soin de sa sœur, laquelle disait le contraire.

Meen n'avait pas expliqué à sa sœur les raisons de son voyage dans le Kent. Les raisons : un des personnages de la nouvelle intitulée *Falk*, à savoir la préférée de Jessie, était une parodie de lui, il en était sûr, une parodie insolente. Des années plus tôt, Józef et lui s'étaient trouvés sur le même bateau. C'était ce qu'affirmait Meen parce qu'il se souvenait d'un marin polonais qui était probablement Józef. Il n'en était pas sûr. Ce dont il était sûr, toutefois, c'est qu'il devait se venger, il devait régler ses comptes avec l'homme qui avait écrit cette nouvelle. Il n'avait pas été compliqué de trouver l'endroit où il habitait : un article de journal très racoleur décrivait la ferme de Józef, une ferme assez luxueuse (selon la façon dont Meen voyait les choses, selon son idée du luxe) que l'ancien marin payait avec ces récits où il parodiait des personnes comme lui, raisonnait-il, plein de fureur. Sa sœur n'aurait pas compris. Sa sœur se serait inquiétée. Elle n'avait pas été peu étonnée de le voir, les jours qui avaient précédé son départ, plongé dans le livre où se trouvait l'histoire de Falk et Hermann, l'histoire où Meen avait souligné à l'encre rouge, avec violence, des phrases, des paragraphes entiers. « Menton rasé, membres grassouillets et paupières lourdes, il n'avait pas l'air d'un travailleur acharné, encore moins d'un aventurier de la mer. » Ça c'était lui, déformé, changé en moquerie. Une moquerie appelée Hermann.

Sans saluer, sans donner ni son prénom ni son nom, l'homme brandit un objet que Jessie reconnut aisément, comme on reconnaît les choses proches dans les mains d'autrui. Ensuite il dit qu'il cherchait l'auteur de ce livre.

La bicyclette noire les séparait, comme une autre palissade. Jessie expliqua que son mari était malade. Au lit. Une crise de goutte. Elle n'avait pas à en expliquer autant, mais l'homme la troublait.

— Tant pis. Je reviendrai, fut sa réponse.

En fait, il avait dit je *reviendrrrai* et sa voix avait sonné comme une menace : c'est ce qu'avait pensé Jessie tandis que l'homme s'éloignait à pied, en traînant sa bicyclette comme s'il promenait une fiancée.

Jessie ne sut que faire, à part s'approcher de Borys. Il lui semblait mal d'alarmer son mari en pleine crise avec la nouvelle de cette visite. Il lui semblait mal de cacher la nouvelle de cette visite.

Comme l'intrus avait un fort accent, un accent qui ressemblait un peu à celui de Józef, elle imagina que c'était un de ses parents surgi du néant. Elle essayait de se rassurer, autant que possible. Elle n'arrivait pas à comprendre combien de parents avait encore Józef sur le continent. Elle s'imaginait souvent qu'une femme apparaissait et lui disait qu'elle était l'épouse française, polonaise, russe, ou ce qu'on voudrait, de Józef. Elle s'imaginait qu'à vingt ou vingt et un an il s'était marié dans un pays lointain, ou qu'il avait engendré un fils dans quelque port de passage. Un fils identique à lui : plutôt petit, de larges épaules, des bras longs, des dents extraordinairement blanches et un teint un peu foncé. Identique, oui, mais de vingt ans plus jeune. Presque de l'âge de Jessie, quinze ans plus jeune que Józef.

— Si on accrochait les wagons autrement, proposa Borys.

Sans se lever, en appuyant ses mains sur le gazon sec, Jessie s'approcha de son fils. Sa douleur au genou était plus forte quand elle pliait beaucoup les jambes. Le petit train avait maintenant l'air dévertébré.

Józef l'entendit monter l'escalier et posa le livre sur lequel il essayait vainement de se concentrer. C'était un livre de William Hudson. Un styliste, voilà ce qu'était Hudson pour lui. Un styliste qui écrivait comme l'herbe pousse ; un ami qui, de loin en loin, passait un moment à Pent Farm.

Jessie s'assit près de lui et le lit émit un grincement. Józef disait souvent que l'histoire de son foyer pourrait être racontée à travers les grincements du lit : ils augmentaient parce que l'usage fatigue les matériaux, mais aussi parce que sa femme grossissait. Il n'était donc pas étonnant qu'elle eût de plus en plus mal au genou.

Józef la plaisantait souvent à ce sujet : lorsqu'il s'était marié, il avait constaté les qualités de Jessie ; avec les années, quelle chance, elle avait aussi gagné en quantité.

IV

Admis, sous certaines conditions, je sais maintenant que je pourrai visiter Pent Farm, que j'aurai peut-être la chance (l'« honneur », a préféré dire Mr Cockburn, président de l'une des nombreuses associations) de passer une nuit, une seule, dans la ferme, bien que ça ne soit pas sûr non plus… Mais je sais bien qu'en marge de cela, je dois organiser le voyage moi-même, sans association qui vaille. Sans aide financière d'aucune sorte. Et, même, en payant un tarif. Le tarif que Mr Cockburn ne me précise pas pour le moment et que je n'ai pas le courage de lui demander.

Je me dispose, donc, à chercher un logement dans une localité proche de Pent Farm. Mr Cockburn a eu la gentillesse de m'en recommander trois, voisins de la ferme. En dehors de Hythe, je pourrai peut-être trouver à me loger à Stanford, à Postling ou à

Folkestone. Mr Cockburn s'est montré incroyablement serviable et m'a demandé si je préparais une biographie de son cher Józef. Si c'était le cas, il pourrait m'aider. J'élude la question, je ne lui dis ni oui ni non.

(Pent Farm se trouvait à un peu plus de soixante milles de Londres. Józef aimait les maisons loin du bruit de la ville. Là, il se découvrait capable de se remémorer son passé plus facilement. Son passé comme Polonais. Son passé comme marin. Ses deux vies antérieures.

Les maisons, avec leurs jardins, remplaçaient les bateaux avec leur mer alentour. Il y régnait un silence presque identique. Un silence qui dans les villes et leur agitation tendue, semblait se dérégler. Un silence concret, tombé du ciel ; un calme fait du vent et du chant et des manœuvres des oiseaux. Un calme qui n'excluait pas les fragrantes et flagrantes tempêtes qui de temps à autre déracinaient un arbre. Un calme robuste et – pensait Józef – viril.

Au milieu de ce silence, que quelqu'un vienne en visite sans y avoir été invité était comme se voir assailli par d'intrépides pirates. Jessie était un peu moins intolérante à ce sujet ; Józef, en revanche, jouait son rôle d'étranger sauvage et avait même développé un instinct quasi canin. Quand enfin elle lui parla de Meen, de cet individu qui avait dit je *reviendrrrai*, il pensa : cet homme reviendra.)

Je me mets en campagne afin de louer pour une ou deux semaines (et même un mois, si ce n'est pas irréalisable) un logement à Hythe, à quatre milles de Pent Farm. Les prix sont exagérés, surtout dans le secteur voisin du terrain de golf. En cherchant sur internet, je tombe sur une annonce qui propose un logement à un prix trop bas. Je décide d'envoyer un message et, quelques heures plus tard, m'arrive cette réponse en anglais :

Hello,

First of all i'm sorry to write you in english but i don't speak spanish. I just read your e-mail regarding my apartment located in hythe, Kent, Great Britain. It has 2 rooms : I bedroom, I bathroom, I kitchen and I living room (60 m²).

I bought this apartment for my daughter during her studies in hythe, but now she's back home permanently, so I'm renting the place.

The flat is fully furnished and renovated. Also, very important, the utilities (cold/hot water, electricity, wireless broadband Internet, digital TV, 1 parking spots, diswasher, garbage disposal, microwave, refrigerator, washing machine, etc.) are INCLUDED in the price of 250 EUR/month. The kaution is also 250,00, and you get it back, when you decide to leave the apartment (you will have to give me at least 30 days notice). As for me, you can rest assured that I will never ask you to leave the apartment. My daughter is building her life here, and I am too old to move to Hythe, so we won't disturb you.

Now, a little bit about myself so we can get to know each other better. My name is Simona Thambell and I'm a 58 years old graphic designer from Manchester /United Kingdom, planning to retire in the next two years. I have a lovely husband, Kevin and a 25 years old daughter, Kathy. I am very proud to say that soon I'm going to be a grandmother ☺. Another member of our family is a 8 years old labrador which we all love, so I have no problem if you will keep pets.

The only inconvenience is that my job doesn't allow me to leave Manchester even for a single day. We just hired some new staff and I'm in charge of their training. But this won't affect you at all. I can make arrangements to rent the apartment from Manchester (on my expense of course).

Looking forward to hear from you soon.

Simona Thambell
Department Manager in Graphic Design
46 Mount Street
Manchester M23NN

Deux cent cinquante euros pour une sorte de palais ? Trop beau pour être vrai. Alors, faisant appel à mon anglais le plus soigné, je réponds sur le même ton. Je raconte que je suis écrivain, que je prépare un roman qui se passe dans la « belle région du Kent » (caresse à une possible vanité régionaliste), que je dois m'y installer pour un mois… Et, sans parler du tout de Józef, j'explique que je veux louer ces 60 m² à Hythe pour des raisons de travail, et pas grand-chose de plus.

Deux jours plus tard, la réponse :

Thank you for your reply but the matter is that I'm in Manchester already. Like I have inform you before, the price you shall pay for one month of rent will be 250 EUR + 250 security deposit (kaution) = (500 euros), with no extra taxes to pay. I must have one month rent + security deposit from you. You pay this money just for this time and every month you pay just 250 euro. The money, I want to recive it monthly to my bank account, so I hope it will be no problem for you to wire the money to my bank account. The apartement is ready for you, you will need only to receive the keys and the contract to check it, and see if you like it. Obviously we need a way to complete this deal, that will allow us to make sure we receive what we are after. I am not interested to make a lot of money from the rent as I am interested to find a tenant that will take a good care of the property. Because didn't had time to find a trustworthy agent, don't have any friends in the area to send the keys. I found an alternate solution in order to close the transaction safe for the both of us, a real estate company, it is an international real estate company called Interbooker Services. They will provide assistance in handling the payment and delivery of keys ans Lease Agreement, Deposit request 450 Euro + 450 Euro (Security Deposit). Whith this procedure you will able to check the apartment before I receive the payment. Like a escrow company, let me know if you are interested please because I really need to take care of this matter. Simona.

Vu l'urgence, l'anglais maladroit et la rédaction négligente, je n'ai plus le moindre doute : tout cela sent l'arnaque, ce que les Anglais appellent *hoax* ou *scam*. Non, poursuivre l'échange de courriels n'a aucun sens. Et dans l'idée de confirmer ces soupçons, je tape « Simona Thambell » sur Google, Facebook et autres sites du même genre. Aucune trace. Rien de rien. Ni lorsque je tape le nom « Thambell » tout court, sans Simona. Le nom n'existe pas, bien qu'il ait l'air convaincant et vraisemblable pour un non-Anglais comme moi. Finalement, au bout d'un moment, quelque chose me pousse à taper sur Google un extrait du premier message : *Another member of our family is a 8 years old labrador which we all love, so I have no problem if you will keep pets.*

Comme par enchantement, la phrase se multiplie et se répand sur l'écran. Identique ou avec de légères variantes. Sur l'un des forums créés par certaines victimes de diverses escroqueries, je lis que le message ne porte pas toujours la signature de Simona Thambell. Cela peut être Roger Webster, Simona Webster, John Thambell, Peter Gordon ou Sarah Gordon. Les cahiers de notes des écrivains contiennent souvent de telles listes : listes pour baptiser de possibles personnages, comme les listes de prénoms établies par les parents des semaines avant un accouchement. Sans réfléchir, sans vouloir y réfléchir, j'écris un troisième message à la dénommée Simona Thambell. Un courriel de six mots : *Roger Webster, Simona Gordon, John Thambell.* Rien d'autre. Cette fois, personne ne répond. Sottement enhardi, je décide qu'un des personnages de mon roman portera le nom de Thambell. Les écrivains se livrent à ces inoffensives vengeances.

V

À deux milles environ de Pent Farm, près de Stowting, de l'autre côté de la colline de Hempton, vivaient le fermier Thambell et sa femme. C'était un homme grand et svelte, mais pas chétif. Un de ces hommes qui naissent incroyablement minces et qui, à la différence de la plupart des autres, ne cessent de l'être en dépit de la bière et de la nourriture.

Bon dans son travail, bien qu'il l'accomplît avec de plus en plus d'inconstance, pour obtenir un revenu supplémentaire il proposait une chambre aux quelques rares voyageurs.

De loin en loin, un écriteau que sa femme avait rédigé en caractères d'imprimerie attirait un promeneur. Les hôtes donnaient de l'argent, apportaient des nouvelles fraîches, et, en passant, tenaient compagnie à ce foyer sans enfants.

Un jour, Thambell avait reçu la visite d'une femme très âgée qui voyageait seule dans le Kent et qui, en le regardant dans les yeux, lui avait affirmé qu'un mois plus tard elle fêterait ses cent six ans. Un autre jour, il avait logé un homme qui avait la voix la plus grave qu'on puisse imaginer, si grave que, aux dires de son épouse, on aurait dit la voix de Dieu ou, en tout cas, du Dieu sévère qu'elle concevait et craignait : avec des paroles comme des coups de tonnerre. Mais il n'avait jamais reçu dans sa ferme un homme comparable à celui-ci.

Corpulent, mal vêtu, le visiteur (qui plus tard serait Meen pour les Thambell) était arrivé après la tombée de la nuit et avait demandé à manger sitôt abandonnés ses paquets et la bicyclette sur laquelle il voyageait. La femme de Thambell lui avait réchauffé une assiette de soupe. Voyant qu'elle allait la poser sur la table de la salle à manger, avec sa vieille nappe en dentelle raccommodée, Meen la lui avait arrachée des mains, avait été chercher une cuiller qu'il avait trouvée avec une insolite facilité, comme s'il était chez lui et qu'il connaissait la place de tous les ustensiles, et s'était aussitôt réfugié dans sa chambre : la chambre pour laquelle il devrait payer deux shillings par semaine, argent avec lequel les Thambell projetaient d'acheter de l'huile pour les lampes.

Sitôt l'étranger enfermé dans sa chambre, Thambell vit de l'inquiétude sur le visage de sa femme. Ce qui venait de se passer semblait confirmer ses pires craintes. Elle préférait recevoir des femmes, des personnes âgées, des enfants, des animaux… bref, n'importe qui, sauf des hommes seuls ; au point qu'un jour elle avait menti à un visiteur en disant qu'il n'y avait pas de place, que la seule chambre n'était pas libre, tout cela parce qu'il était seul et avait un air revêche.

Thambell minimisa l'incident avec Meen. L'homme semblait fatigué et était d'un naturel maussade. Il n'avait pas voulu la blesser, argumenta-t-il presque en murmurant pour que le nouveau venu ne sache pas qu'ils parlaient de lui.

Sa femme évita ses regards, grogna quelque chose d'incompréhensible et sortit brusquement de la pièce, en laissant Thambell la moitié d'une phrase sur les lèvres.

Il avait d'abord pensé la suivre, mais il ne bougea point. Comment lui expliquer, puisqu'elle ne voulait rien entendre, qu'ils ne pouvaient se payer le luxe de refuser cet hôte. Assurément, ce n'était pas l'hôte idéal. Mais les derniers mois avaient été difficiles, très difficiles, et l'argent manquait. Sa femme le savait aussi bien que lui.

Thambell dormit très mal. Il se réveilla deux fois, se leva plus tôt que d'habitude. Il alla vérifier si le visiteur dormait. Oui, il dormait, apparemment : la porte était fermée et on n'entendait pas le moindre bruit. Thambell ne se recoucha pas, bien qu'il fît encore nuit et que l'aube fût encore loin. Il se mit à faire le café et décida de ne pas sortir. Il travaillerait à la maison puis dans le périmètre étroit de la ferme jusqu'à ce qu'il comprenne l'état d'esprit de cet homme. S'il se montrait de nouveau grossier avec sa femme, il devrait être ferme avec lui. Se résigner peut-être à le perdre, aux dépens de son économie.

Le ciel, totalement dégagé ou avec, tout au plus, un seul gros nuage effiloché (c'était déjà le cas la veille), commençait à ébaucher une nouvelle journée de chaleur, quand sa femme apparut, l'air d'avoir encore plus mal dormi que lui.

Durant une heure ou deux, ils oublièrent leur hôte. Ou firent semblant de l'oublier. Quelques minutes après dix heures, Thambell consulta sa montre et jeta un coup d'œil sur la porte de la chambre de Meen. Sa femme suivit son regard, nerveuse, en étirant le cou. Avec une énorme délicatesse, Thambell rompit enfin le silence. Il ne voulait pas recommencer une discussion. Je dois sortir, expliqua-t-il. Une demi-heure, une heure, pas plus. Sa femme relativisa ses craintes : elle était sûre que leur hôte dormirait très longtemps et ne se montrerait pas avant le soir.

Un jour passa. Deux jours passèrent. Meen ne sortait pas de sa chambre. Thambell pensa que leur nouvel hôte s'était enfui en pleine nuit. La porte était toujours fermée à clé, ainsi que la seule fenêtre de la pièce, qui donnait au sud. Mais il n'était pas mort. On entendait des pas légers à l'intérieur. Des mouvements que Thambell voulut qualifier de maniaques. Respiration agitée.

Thambell ne savait pas que Meen était allemand, encore moins qu'il s'appelait Meen (cela vint plus tard), car il n'avait pas l'habitude de demander ce genre de renseignements à ses hôtes. Il ne leur réclamait même pas un règlement anticipé, bien que cela fût, il le savait, une attitude imprudente de sa part, il en avait parlé plusieurs fois avec son épouse. Par chance, le plancher laissait entendre que leur hôte ne s'était pas enfui sans payer. Comme autre preuve de ce dernier point, la bicyclette était toujours, pleine d'abnégation, là où Meen l'avait laissée.

Meen n'était pas le premier étranger à qui Thambell avait affaire. Régulièrement, quelques Français parcouraient la région et finissaient par pester contre la nourriture, le vin et l'hébergement plus ou moins improvisé que leur réservaient les habitants. Et outre les Français, il y avait le cas de Józef, le voisin à la barbe taillée en pointe qu'il voyait souvent parce que sa ferme, Pent Farm, qui en réalité servait plus de foyer que de ferme, était à mi-chemin de Postling.

Tout comme ceux de Józef, se dit-il, les mots que disait le nouvel hôte étaient entortillés, nébuleux. Mais à la différence de Józef, leur nouvel hôte avait l'air indomptable, comme sauvage.

Avant que Meen ne s'enferme, Thambell avait échangé quelques mots, très peu, avec lui. Ce jour-là, celui de son arrivée, il flottait dans l'air une odeur de mer. Meen avait fait un commentaire à ce sujet et une grimace assez monstrueuse s'était esquissée sur ses lèvres. Un sourire ? Était-ce là sa façon, une façon quelconque de sourire ?

Quand vint le troisième jour, comme la réclusion de Meen se poursuivait et qu'on n'entendait plus aucun bruit, Thambell commença à se perdre en conjectures. Il s'est suicidé, conclut-il. Et il le dit à sa femme, qui confirma ses soupçons, avec une expression de peur.

Thambell ne voulait pas d'esclandre, en aucun cas. Il ne voulait pas que, à cause d'une mort, sa ferme passe pour être le lieu où un hôte fou s'était pendu ou tiré une balle.

Il attendrait encore un peu, trois ou quatre heures peut-être, avant de frapper à la porte. Avant de l'ouvrir, s'il n'obtenait pas de réponse.

(J'imagine que lorsque enfin j'irai dans le Kent, je pourrai consacrer mes après-midi à des promenades à Postling, Sellindge, Newingreen, Newbarn ou Hythe… Mais, non sans impatience, je me procure déjà un livre avec des photos donnant un aperçu complet du paysage de la région. Et dans un petit cahier, que je projette d'emporter avec moi, je décris avec enthousiasme le paysage rural du Kent : la campagne basse et plate, une pente herbeuse le long de laquelle serpente un sentier étroit au sol qu'on dirait de calcaire, les cimes ondulées des arbres et la couleur foncée de la terre labourée. C'est plus fort que moi : le voyage commence avant, avec l'écriture.)

Quand Meen réapparut, quand enfin il ouvrit la porte et sortit de sa chambre, l'après-midi du troisième jour, comme le soleil se couchait, il salua le fermier Thambell d'une nouvelle grimace épouvantable et, sur un ton naturel, ou qui se voulait tel, il lui expliqua qu'il s'était senti malade et que maintenant, oui, tout allait bien. Avait-il passé trois jours sans rien manger ? Il avait probablement des provisions, pensa Thambell. À tout hasard, le voyant un peu affaibli, il lui proposa une assiette de soupe, la soupe dans laquelle sa femme et lui rajoutaient de l'eau, qu'ils regarnissaient et recuisaient depuis l'arrivée de l'automne jusqu'à la fin du printemps.

Comme s'il était un autre homme, poliment, Meen accepta la soupe et s'installa à la table où les Thambell prenaient leur dîner.

Thambell proposa d'aller chercher un médecin ; Meen secoua la tête et émit une sorte de toux.

Sans avis préalable, la femme de Thambell apporta une bouteille qui contenait un liquide épais, couleur ambre.

— Ça fait des miracles, dit-elle.

— Des miracles, répéta Meen avec son plus bel air d'incrédulité. Et il accepta la cuiller qu'elle lui tendait.

Comme il portait le liquide à sa bouche son poignet trembla un peu. Après une moue de dégoût, il ébaucha un sourire de gratitude.

Thambell vit qu'il avait la nuque rouge et sentit l'odeur piquante de la sueur. Il n'avait pas encore fait trop attention à son visage, pensa-t-il. Il avait une tête de viking, de guerrier, de marin.

VI

J'assiste un jeudi soir à la causerie d'un traducteur littéraire qui traduit du français en espagnol (une causerie dans les locaux de l'élégant Institut français de Madrid, non loin de chez moi) et je ris avec les autres participants quand il évoque l'erreur d'un de ses confrères, un confrère plus jeune qui donnait une conférence à Paris et avait commencé à dire, dans un français ibérique, très efficace en théorie, mais pas tant que cela dans la pratique, que pour traduire il fallait avoir du *coraje*, à savoir oser affronter les erreurs, sauf qu'au lieu de traduire par *avoir du culot** le pauvre avait dit *avoir du culotte** et le traducteur qui évoque cette confusion conclut, après les rires, que l'erreur n'exclut pas la réussite parce que traduire consiste à voir le texte original à nu ou en linge de corps.

Je rentre chez moi en me disant que le commentaire final, aussi forcé qu'affecté, ne rend pas justice à l'anecdote. Et une fois à la maison je trouve un message « frissonnant », comme dit la chanson, sur mon répondeur. Un message de Mr Cockburn qui a eu *la culotte** de m'appeler à neuf heures vingt-huit du soir, sauf si l'heure indiquée par l'appareil n'est pas correcte.

Le message, succinct, de Mr Cockburn, qui me demande de répondre « le plus tôt possible » à son appel, me fait sursauter. Je me dis qu'il a constaté que je suis un simple romancier, que je ne prépare pas de biographie, que je suis un des ces écrivains parmi cent autres qui cherchent à faire de Józef un personnage propre à donner quelque relief à leur fiction (comme si un mauvais livre pouvait être sauvé grâce à Józef ou à un autre bon écrivain), il est clair que Mr Cockburn m'a quelque peu googlisé, comme je l'ai fait moi-même avec Simona Thambell, même si c'est probablement un vieil homme, comme le laisse entendre sa voix, et qu'il n'est peut-être pas très habile avec internet.

Je consulte ma montre, qui marque dix heures et demie, c'est-à-dire vingt-deux heures trente, et je pense que c'est un peu tard pour lui renvoyer son appel. Je le ferai plutôt demain. Mais le lendemain matin Mr Cockburn appelle à sept heures quatorze et, après m'avoir redemandé si j'ai besoin d'aide pour la biographie de Józef, il m'explique qu'il a pris la peine de faire mon numéro en antéposant le 0034 espagnol pour m'annoncer que je dois désormais voir les détails de mon voyage avec une certaine Polish Literary Society, une des nombreuses et inévitables associations qui coordonnent les visites à Pent Farm car, semble laisser échapper Cockburn (que j'imagine comme un vieux marin à barbe blanche impatient de raccrocher pour reporter à la bouche sa pipe fumante), ce sont les Polonais qui s'occupent du Józef du sud du pays (Bishopsbourne, Capel House, Ashford, Pent Farm et un long etc.), le siège de la Polish Literary Society se trouvant dans la ville de Folkestone, et à défaut ce sont les membres de l'association présidée par Mr Cockburn qui s'occupent, depuis Londres, de tout ce qui concerne Józef et Londres, Józef et le nord du pays.

Je note sur un morceau de papier une adresse mail que Mr Cockburn s'obstine à me dicter au téléphone, alors que je lui demande de bien vouloir l'écrire et me l'envoyer par courrier électronique, pour prévenir les erreurs, pour plus de sûreté, mais il se met à épeler un nom polonais, très long et très compliqué, et je sens qu'il ne m'écoute pas, ce Cockburn est peut-être légèrement sourd, me dis-je pendant qu'il épèle, avec une formidable lenteur S-L-A-W-O-M-I-N-S-K-Y, mais brusquement il se corrige, non, s'excuse-t-il, S-L-A-W-R-O-M-I-N-S-K-Y, c'est cela, j'oublie toujours ce R, et éventuellement, ajoute-t-il, essayez aussi avec un I à la fin, S-L-A-W-R-O-M-I-N-S-K-I, je ne sais jamais très bien, et pendant ce temps j'écris une lettre après l'autre, comme un élève appliqué ; à la fin je me permets de douter : M-I-N-S-K-I ? Ne serait-ce pas M-I-N-S-K-Y, plutôt ? Les deux, me répond Mr Cockburn sans plaisanter. Une des formes, oui. Un des courriels arrivera. Si vous n'avez pas de réponse dans dix jours, écrivez-moi, je vous aiderai de nouveau.

Je raccroche, préoccupé, en me demandant si Cockburn a réussi à m'apporter une aide qui l'autorise à m'en promettre une autre. Malgré tout, j'écris les courriels, je les envoie, j'envoie les quatre variantes, y compris une sans le R, aussi bien S-L-A-W-O-M-I-N-S-K-Y que S-L-A-W-O-M-I-N-S-K-I, et je m'assieds pour attendre la réponse, c'est la partie la plus dure. Je commence à m'inquiéter quand une des quatre adresses, justement celle que Cockburn avait éludée, à savoir S-L-A-W-O-M-I-N-S-K-I, répond par un bref courriel dans un anglais impossible, tout démantibulé, pire que l'anglais de Simona Thambell.

Je copie avec soin les renseignements du courriel de la Polish Literary Society. Bien entendu, personne ne viendra me chercher à la gare. Ce n'est qu'une modeste association bénévole de deux membres à peine : Mr Bruno Slawominski et un certain « collaborateur » que Mr Bruno Slawominski, dans son courriel si déférent, ne daigne pas appeler par son prénom ni par son nom. L'un d'eux m'attendra à la porte de Pent Farm le mardi 4 mars à vingt heures quarante-cinq car ils ont analysé les billets (payés de ma poche, bien sûr), étudié consciencieusement mon itinéraire si compliqué et en sont arrivés à la simple conclusion que j'arriverai aux portes de Pent Farm à cette heure-là ou, au plus tard, à vingt et une heures.

Je réponds en les remerciant et leur donne, à toutes fins utiles, un numéro de téléphone. Celui de mon portable espagnol. Je finis en posant des questions. Surtout, celle qui m'empêche tant de dormir : pourrai-je passer la nuit à Pent Farm ? Mr Cockburn m'avait dit qu'ils me montreraient la maison, qu'ils me permettraient même d'y passer un moment à écrire, cela donne en général l'inspiration, avait voulu commenter Cockburn, mais en revanche, quand j'avais essayé de savoir si je pourrais coucher dans la mythique Pent Farm, comme le suggérait un vieux courriel d'une des associations, il avait éludé ma demande.

Je pose ces questions et j'attends, patiemment d'abord, moins patiemment ensuite. Mr Slawominski ne me donne plus de nouvelles.

L'impatience m'a gagné quand Mr Cockburn m'appelle de nouveau très tôt, vers sept heures dix du matin, et d'une voix gênée m'explique que « les choses ont été un peu agitées ces dernières semaines dans le Sud », expression de marin, me dis-je, d'un marin qui compare tout avec le climat, avec le vent, avec la mer. Mr Slawominski, à ce que je parviens à comprendre, car Cockburn n'est pas très précis, a eu un certain contretemps. Est-il mort, l'a-t-on tué, a-t-il renoncé à sa charge ou y a-t-il eu dans le petit monde de la plus petite Polish Literary Society un *coup d'État* pas si petit que ça, voilà qui n'est pas très clair. Bien que le savoir, me dis-je, pourrait être amusant et surtout utile pour mon voyage. Ce qu'il y a de concret, c'est que Mr Slawominski n'existe plus, même si pour l'instant son adresse électronique est toujours valable, me détaille Mr Cockburn avec une pointe d'ennui. Et aussitôt il épèle le nom du remplaçant : K-A-R-P-I-N-S-K-I, c'est ainsi qu'il s'appelle, si toutefois ça ne se termine pas par I-N-S-K-Y, ce qui semble être le doute favori de Mr Cockburn.

Je note ce nom et je suis près, tout près de raconter à Cockburn qu'il y a bien longtemps, quand j'avais huit ou neuf ans et que je vivais à Buenos Aires et non à Madrid, j'avais eu un camarade d'école appelé Karpinski, dans son cas avec un i final, je crois, tout en sentant que Cockburn m'a communiqué ses doutes, un enfant arrivé de Pologne avec sa famille, qui avait passé un an et demi dans ma classe avant de s'évaporer, peut-être parce qu'il était retourné en Pologne, peut-être parce que sa famille était partie pour un troisième pays. Je n'ai jamais pu le savoir.

Ce serait une sacrée coïncidence, me dis-je, que ce Karpinski ou Karpinsky soit le Karpinski ou Karpinsky de mon enfance. Et je me réveille une fois, deux fois dans la nuit, toujours avec le même doute sur le bout de la langue. Comment s'appelait le Karpinski ou Karpinsky de mon école ? Andrzej, Karol, Klemens, Dariusz, Tadeusz. Dans mon insomnie j'essaie des prénoms comme on essaie des nez dans un portrait robot de la police. Et s'il s'appelait Konrad ? Non, cela semble improbable. C'était plutôt Jerzy ou Jarek ou Jacek ou Jędrek ou Janek. Ou était-ce Jan ? Ou plutôt Józef ? Il n'y a qu'une chose dont je sois sûr : son prénom commençait par J.

VII

Une énigme, voilà ce qu'il était pour Jessie. Elle l'avait clairement ressenti après leur mariage, quelques heures après à peine, dans le train qui les menait de Londres à Southampton, où ils prendraient un bateau (il y avait toujours un bateau à l'horizon de Józef) pour leur lune de miel française, en Bretagne. Le train entra ce jour-là dans un tunnel ténébreux, les lumières de certaines des voitures s'éteignirent, il y eut un ou deux cris d'épouvante et Jessie voulut descendre immédiatement, appuyer sur un bouton, actionner une manivelle, une alarme, n'importe quoi pour descendre du train avant qu'il ne se transforme en bateau. Elle ne savait rien de Józef. Elle allait vivre avec un parfait inconnu et le pire, pressentait-elle, c'était que Józef serait toujours un abîme insondable pour elle. Un mari étranger sur le point d'écrire une nouvelle sur un mari étranger. Une nouvelle intitulée *Amy Foster*.

Le jour de leur mariage, à Londres, parmi une nuée d'amis et de connaissances de Józef (et, comme infiltrée là, indécise, de mauvaise humeur, sa mère : Jane, unique membre du « clan » de la mariée), ce jour-là Józef était arrivé en retard au bureau d'enregistrement de Saint-George, suffisamment pour que les invités consultent leurs montres et pour que Jessie éprouve un frisson, une vague d'incertitude.

Quand enfin Józef fit son apparition, il lui sembla être le Józef de toujours, mais différent. Son front avait accumulé de nouvelles rides. Sa tête s'était un peu plus enfoncée dans ses épaules. Désirait-elle vraiment se marier avec cet individu qui n'avait pas encore écrit dans un livre, mais qui l'écrirait bientôt, que la condition dominante dans notre vie est la solitude ?

Jessie ne pouvait oublier le retard de Józef ni l'aspect qu'il avait en faisant irruption dans le bureau d'enregistrement. Le retard, surtout, était pour elle indéchiffrable, presque autant que la hâte avec laquelle il lui avait demandé sa main au milieu des tableaux d'Hogarth. Pourquoi cette urgence de se marier et de voyager à l'étranger ? Jessie avait craint que Józef ne fuie quelque chose. Un délit. Une dette. Un procès.

Ils passèrent leur première nuit en Bretagne, à Lannion, dans un hôtel dont le nom allait de soi :

Hôtel de France. Ils y séjournèrent une semaine, tout en cherchant une maison à louer. Jessie avait commandé un thé avec un nuage de lait. Józef en avait demandé un autre, mais avec du rhum. Un thé au rhum ! Elle était horrifiée d'être horrifiée par quelque chose d'aussi dérisoire. C'est alors qu'il lui annonça qu'ils allaient passer six mois en France. Six mois de lune de miel semblait un peu excessif. Soudain, elle comprenait pourquoi Józef avait insisté pour qu'ils emportent la Yost, la vieille, la Yost 4, aussi lourde ou plus que la nouvelle Yost 10.

L'idée initiale avait été de louer une maison sur l'île de Bréhat, mais Józef cherchait le silence et aussi à faire des économies, Jessie devinait peu à peu son intention, et ils furent tous deux émerveillés par la maison d'Île-Grande que proposait à la location une certaine Mme Le Bail, épouse d'un marchand de marbre et de granit qui était en même temps ami d'un certain Frijean, connaissance de Józef qui jouait le rôle de chauffeur et de guide pendant le voyage.

Jessie fut ravie, surtout de la cuisine, de ce premier foyer qu'elle partageait avec Józef. Elle était immense. Elle était lumineuse. Elle était disproportionnée par rapport au reste de la demeure.

Józef commença à écrire la nouvelle intitulée *Amy Foster* dans la maison d'Île-Grande. Et si Meen avait l'impression qu'Hermann, c'était lui, ou que *Falk* parlait de lui, Jessie était en droit de penser qu'Amy Foster c'était elle ou que la nouvelle parlait d'elle et aussi de leur ménage, car de façon prémonitoire, ou pas tant que cela d'ailleurs, Józef y peignait un mari étranger, et pourquoi pas un mari polonais, qui tombait malade, avait de la fièvre et se mettait à balbutier dans la langue diffuse de son passé : une énigme impossible à résoudre pour sa femme anglaise.

Était-ce une nouvelle prémonitoire ou une nouvelle écrite à partir des premières expériences de leur vie conjugale ? Dans ses rêves, Jessie pouvait en citer des phrases entières. « Il y a des tragédies qui naissent de la crainte de l'incompréhensible qui plane toujours au-dessus de nos têtes… » Et quand elle ne rêvait pas ? Elle avait peur de le savoir, si peur qu'il valait mieux ne pas chercher de réponse, ne pas découvrir ce qu'il y avait en elle. Cela semblait la stratégie la plus appropriée pour vivre avec cet homme dont elle ignorait le passé.

Souvent, Jessie craignait qu'ils ne rentrent jamais, que ce ne soit que le début d'un long exil ou d'une espèce d'enlèvement. Bien sûr, elle était libre. Elle sortait et rentrait aussi souvent qu'elle le voulait. Et il était très agréable de se promener sur la plage de sable et de galets, de lever les yeux et d'énumérer, jusqu'à en perdre le compte, les clochers des églises, les mâts des petits bateaux de pêche.

Un jour elle pensa que Józef l'avait emmenée là pour qu'elle sache exactement, en le vivant dans sa chair, ce que c'était que de se sentir étranger, de marcher dans une ville et d'être incapable de comprendre plus de dix ou douze mots d'une autre langue. Comme sans le vouloir, Józef venait de lui expliquer qu'en France on utilisait pour les machines à écrire un clavier différent. Les mêmes lettres disposées autrement : A- Z-E-R-T-Y… S'y adapter donnait la migraine. C'était pour cela qu'ils avaient dû s'encombrer de la Yost.

Un autre jour, elle pensa que si Józef l'avait emmenée si loin c'était pour faire taire les rumeurs qui circulaient à Londres et qu'elle n'ignorait pas. La pire de toutes était qu'il avait demandé sa main pour obtenir ainsi les deux mains d'une dactylo professionnelle. D'une jeune dactylo exclusivement consacrée à lui, moins chère que celles de l'American Writing Machine Company, qu'il fallait payer à l'heure comme les… oui, comme les putes.

À la différence de la Caligraph 2, avec ses six rangées de touches rondes, toutes blanches comme les dents de Józef, la Yost 4 et la Yost 10 avaient un clavier saugrenu, un clavier de huit rangées et de deux couleurs, blanc et noir. De bas en haut : trois rangées blanches et trois rangées noires et, enfin, deux rangées blanches. Les lettres se répétaient, mais n'étaient pas égales. Sur les trois rangées noires on pouvait lire Q-W-E-R-T-Y-U, les majuscules. Sur les rangées inférieures : q-w-e-r-t-y-u, les minuscules. Jessie se disait souvent que son mari parlait la langue des touches du milieu : territoire plus obscur, plus rustique, moins fluide, et qu'elle, en revanche… Non, elle était injuste. C'était une plaisanterie facile.

Dans le hall de l'un des sièges de l'American Writing Machine Company, celui de Londres, où Jessie avait travaillé, était accroché un énorme panneau publicitaire (bon, pas si énorme que cela, en fait) : « Record de vitesse ! 126 mots par minute, pas une faute de frappe ! » Un certain T. W. Osborne avait gagné un absurde concours organisé au Canada : grâce à 630 mots en cinq minutes il était le nouveau « champion du monde » de dactylographie.

Józef disait qu'une journée de travail était réussie s'il était parvenu à récolter environ 400 mots. Mr Osborne (simple règle de trois) écrivait cela en moins de quatre minutes.

VIII

Comme il aurait été plus simple de prendre un avion pour Londres ou Brighton, pourquoi pas, et une fois là de continuer en bus ou de louer une voiture, comme on me l'avait recommandé. Le problème, c'est mon entêtement à éviter l'avion. Mon entêtement à faire un voyage romantique en train comme si je vivais à l'époque de Józef, quand la traversée d'Angleterre jusqu'en France prenait des heures et des heures, et qu'il avait le mal de mer malgré son expérience de marin, ce qu'il essayait en vain de cacher devant Jessie.

À cause de ma peur entêtée, tout se complique dans un enchaînement de correspondances. Je vais de Madrid à Paris en train de nuit, le Francisco de Goya, dans lequel les voitures-lits les moins chères vous obligent à dormir en compagnie de trois inconnus. Je peux me vanter d'une certaine chance, car le train est à moitié vide et seules deux couchettes de mon compartiment sur les quatre sont occupées, à savoir la mienne et celle d'un autre voyageur, mais en fait je joue de malchance parce que je suis tombé sur un ronfleur qui, pour comble de malheur, sent mauvais, épouvantablement mauvais. Ce qui fait que je ne ferme pas l'œil de la nuit et que j'arrive mort de sommeil à la gare d'Austerlitz après avoir pris mon petit déjeuner au wagon restaurant. Moment très agréable, « apogée » du voyage, tout comme arriver à Paris à six heures du matin et sentir la ville se réveiller devant moi.

Comme l'Eurostar pour Londres ne part que cinq heures plus tard et que je n'ai pas beaucoup de bagages, je traverse la ville à pied (quai Saint-Bernard, île Saint-Louis, Le Marais, rue Saint-Martin...) et j'arrive très en avance à la populeuse gare du Nord.

Il n'est pas encore neuf heures et demie, mon Eurostar part à onze heures dix, alors j'entre dans un salon de coiffure en face de la gare (pas en face, à vrai dire, plutôt à côté) et je demande un shampooing parce que j'ai les cheveux sales et que je me dis que si je ne prends pas de mesures, je serai dans le train pour Londres l'équivalent de l'homme puant du Madrid-Paris.

J'entre et je demande qu'on me lave les cheveux, mais qu'on ne me les coupe pas. « *Pas de coupe, monsieur** ? » me demande-t-on. Je réponds non, *pas de coupe**, juste un shampooing léger, et soudain je m'aperçois que je suis dans un salon de coiffure afro-antillais pour dames. Il s'en faut de peu qu'on ne me prenne en photo, tout pâle, les cheveux courts et gras avant le shampooing, et qu'on ne l'accroche au milieu de la longue rangée de photos de brunes et de métisses avec un petit air de Diana Ross.

Les cheveux propres, à la gare du Nord j'achète un livre pour le train, un roman de poche, quelque chose qui soit le plus éloigné possible de Pent Farm. Parmi les livres exposés dans le kiosque, je choisis un roman : *Gare du Nord*, d'Abdelkader Djemaï, un Algérien dont on m'a dit beaucoup de bien. Mon choix est lié à son titre, comment refuser cette sorte d'invitation ? Mais cela a aussi à voir avec le fait qu'ayant ouvert le livre au hasard, je lis une citation de Dos Passos en épigraphe : « Il est possible d'arracher un homme à son pays ; il est impossible d'arracher son pays du cœur d'un homme. » Je lis ces mots et je me dis que mon père les aurait peut-être désapprouvés.

En allant à Londres par le tunnel sous la Manche (ce canal au nom trompeusement quichottesque) j'assiste à la scène suivante : un voyageur anglais furieux parce qu'un autre voyageur, non anglais (un Européen de l'Est, crois-je deviner à son air et à son accent, un accent identique à celui de Józef), a voulu s'approprier sa valise et l'emporter deux ou trois voitures plus à l'avant… Les cris de l'un (« c'est ma valise, ma valise ! »), la défense maladroite de l'autre, tout cela attire les regards des voyageurs et la présence de trois policiers, gros, costauds, qui avec une véhémence experte tentent de régler le problème. Le Polonais (je le veux polonais, avec le désir insensé que toutes les pièces s'emboîtent) montre une valise semblable, mais pas tout à fait, et en faisant appel à un anglais clairement tarzanesque, essaie de faire comprendre qu'il s'agit d'une confusion, mais alors un troisième passager, qui voyage à côté de moi, se lève brusquement et, avec un franc accent français (quel jeu de mots), vocifère que cette valise, la troisième, l'« alibi » du Polonais, est à lui. Tout autour naît un mélange de rires et d'indignation. Le Polonais, s'il veut sauver son honneur, ne peut plus reculer. Jusqu'à ce que le Français, sans bouger de sa place, demande à l'un des policiers d'ouvrir sans tarder la valise, d'y chercher un petit papier qu'il trouvera, lui explique-t-il avec une exubérance de détails, dans une enveloppe rouge à l'intérieur d'une grande chemise bleue, et lorsque l'enveloppe apparaît (ce qui est une preuve suffisante, et le Polonais devient alors plus rouge que l'enveloppe, tandis que le mélange de rires et d'indignation laisse place à un mélange d'indignation et de mépris), au lieu de se tenir pour satisfait, loin de là, le Français se met à réciter par cœur le texte du petit papier, texte que suit, muet, un des policiers en remuant les lèvres et en acquiesçant : « Je m'appelle Laurent Courtemain et ces affaires m'appartiennent. »

La scène est si étonnante, si parfaitement théâtrale, que je pense à une *troupe** d'acteurs qui représentait des scènes similaires, à l'improviste, dans le métro de Madrid. Mais cette scène-ci est réelle et M. Laurent Courtemain (car j'ai pris soin de noter son prénom et son nom, dignes d'une nouvelle de Marcel Aymé) se met à saluer et à faire des révérences sous les applaudissements du wagon. Évidemment, la salve d'applaudissements étend comme un voile d'invisibilité sur le Polonais et distrait les voyageurs, qui ne remarquent pas, de ce fait, le moment où les trois policiers l'emmènent avec rudesse. Pendant ce temps, je me dis qu'en réalité M. Laurent Courtemain a réalisé son rêve. Qui sait combien de fois depuis sa plus tendre jeunesse (une idée comme celle-là, est-on tenté d'écrire, est une idée juvénile) Courtemain a-t-il écrit et réécrit, rangé et re-rangé ce texte ridicule dans son obsolète enveloppe rouge. Dans l'attente d'un voleur. De *son* voleur.

J'arrive enfin à Saint-Pancras, fatigué, les cheveux propres, d'accord, mais pas rasé, mort de sommeil et le dos mal en point à cause du train. À Londres, à cinq heures et demie, je prends un autre train, le troisième de mon odyssée, qui doit me conduire à Hythe (Kent), seulement après m'être rendu compte que dans mon achat en ligne, j'ai bien réservé un billet – quelle erreur – pour Hythe, oui, mais Hythe (Essex), ce qui est comme dire « Paris, Texas ». C'est ainsi que je débarque, quelques heures plus tard, dans le bon Hythe ou plutôt, à la gare de Westenhanger où je dois prendre un bus qui me dépose à Hythe (Kent) et de là un taxi qui me conduit en un peu moins d'une heure à Pent Farm. Le chauffeur, peu amène, de type pakistanais, m'aboie qu'il ne connaît pas de Pent Farm dans les parages. Par chance, j'ai un plan que j'ai imprimé à Madrid et nous trouvons le chemin.

À l'entrée de Pent Farm, une sorte de sonnette. J'appuie sur le bouton et j'attends un moment.

J'appuie de nouveau, deux fois. Une porte s'ouvre et apparaît un homme blond, à peu près de mon âge : Andrzej Karpinski, de la Polish Literary Society.

Massif, compact, sans cou, bras courts et précédé et suivi d'une odeur d'orange ou de mandarine, Karpinski s'empresse de m'accueillir, avec des gestes qui proclament un certain épuisement. Sur la façade de Pent Farm, occultant avec mauvais goût ce que je désirais tant admirer, pend un immense drapeau, de la taille de ceux qui pendent aujourd'hui dans les tribunes des stades de football. Moi qui ai toujours été très amateur de drapeaux, bien que je déteste les hymnes et les autres symboles patriotiques (enfant, je m'enorgueillissais de connaître, surtout, les drapeaux colorés de l'Afrique), j'observe le dessin de celui-ci, moitié rouge, moitié blanc, un blanc de teinturerie, immaculé, et je me souviens que dans les courriels échangés avec la Polish Literary Society, avec l'éphémère Mr Slawominski, et même dans mes incursions sur son horrible site web officiel, j'ai eu l'impression qu'ils veulent faire de Józef une grande statue, un grand héros national, un de ces écrivains qui finissent sur les billets de banque ou les timbres et que, une fois par an, pas beaucoup plus, un fonctionnaire de service, qui n'a pas lu son œuvre ou qui l'a lue vite quand il allait à l'école et l'a complètement oubliée, époussette de la même façon qu'on époussette les drapeaux et revendique ses valeurs « morales » sans mentionner le moins du monde un seul de ses mérites artistiques.

Je me dis, avec un peu d'espoir, que Karpinski va finir par faire un geste qui ressemblera à une invitation à entrer dans la maison de Pent Farm, mais il se contente de lâcher une espèce de mugissement, regarde sa montre et dit, en tordant un peu la bouche, dans un anglais désordonné qu'il prononce comme en faisant un effort, qu'il est tard, qu'à cette heure-là tout le monde dort, que je dois être fatigué, que demain, oui, demain, plutôt demain…

Je passe ma première nuit dans un petit hôtel quelconque : une sorte de pension à Postling. Je passe presque toute la nuit (la longue partie de la nuit où je n'arrive pas à dormir) à me demander si Karpinski n'est pas le Karpinski de mon école.

De ce Karpinski, je me souviens que, comme il avait les cheveux très courts et en pointe, l'ensemble, nom et cheveux, était une invitation ouverte à lui donner le surnom de Carpincho, nom sous lequel est connu en Argentine ce gros rongeur qu'on appelle ailleurs cabiai. Je me souviens aussi qu'un jour Carpincho m'avait offert un insigne à accrocher à la boutonnière, et qui montrait un drapeau rouge et blanc en miniature. Mais je ne me souviens de rien d'autre, ni de son prénom (non, ce n'était pas Andrzej, non, non), simplement de ses cheveux, et donc, pour en avoir le cœur net, le lendemain je décide de dire à Karpinski (à l'autre, qui n'est pas le même, j'en suis quasiment sûr) que j'ai grandi à Buenos Aires et que j'ai fréquenté telle école, information non nécessaire qui ne suscite chez Mr Andrzej Karpinski aucune émotion particulière, qui ne le pousse pas à dire « j'ai fréquenté moi aussi cette école », qui n'a pas pour effet qu'il me donne l'accolade et que dans cette accolade les Karpinski, les deux, se fondent en un seul.

Je parviens enfin à m'endormir dans le petit hôtel de Postling, et je fais un rêve confus où apparaît Karpinski, mon camarade et pas celui-là, un rêve confus que je note le lendemain, au réveil, dans un de mes carnets de poche, bien que je sois un peu réticent à prendre les rêves au sérieux : « À K. s'ajoutent, soudain, d'autres camarades de classe. Ce qui est étrange, c'est que chacun d'eux a un âge différent : l'âge, parviens-je à comprendre sans sortir de mon rêve, où j'ai vu chacun d'eux pour la dernière fois : M. a environ quarante ans, D. autour de trente, C. vingt ou vingt-deux et, à côté d'eux, K., F. et S. ont treize ou peut-être quatorze ans, parce que je ne les ai jamais revus après avoir quitté l'école. » Malgré ces âges différents, mes camarades et moi parlons comme si nous avions tous quatorze ans et dans mon rêve sont concentrées, comme dans les bandes annonces au cinéma, les scènes les plus significatives de mon passage par cette école si exclusive, si singulière : le jour où F. a exhibé devant un groupe de camarades un billet de cent pesos et a dit, sur un ton blagueur, que la signature imprimée sous le portrait du vieux grand personnage était l'« horrible signature » de son papa, à l'époque directeur ou quelque chose comme cela de la Banque centrale ; l'après-midi où rentrant chez moi mon père m'annonça qu'un nouveau coup d'État s'était produit le matin, ce qui fit que je pus comprendre pourquoi le petit N., fils cadet du président renversé, avait pleuré dans la cour ; le jour où, n'en pouvant plus, je demandai à mon père pourquoi il m'envoyait à cette école, alors que tant d'autres enfants fréquentaient des « écoles normales », et où, sans hésiter un seul instant, il me répondit qu'il ne voyait aucun inconvénient à me tirer de là, ce qu'il fit deux mois plus tard.

Le souvenir de Carpincho suscite en moi un autre souvenir : celui d'un second Polonais que j'ai connu dans la même école, sauf que, au lieu d'y étudier, il y enseignait. Je me souviens bien mieux de celui-là : son nom complet (Jan Seyda), son visage, son accent étranger (cette espèce de bourdonnement qui enveloppait son espagnol) et ses cours insolites, si insolites que plus d'une fois il réussit, par miracle, à m'intéresser aux mathématiques.

Jan Seyda fut aussi mon premier écrivain, le premier que j'aie vu en personne ; car à part nous faire classe à Karpinski, à moi et à tous les élèves, il avait écrit et publié à l'époque un roman pour la jeunesse. Un roman que j'ai lu plus de trente ans plus tard grâce à un ami écrivain dont le père, comme Józef, avait été marin, et qui, m'ayant entendu raconter cette histoire, alla chercher, allez savoir où, un vieil exemplaire du roman que Seyda, comme s'il poursuivait la tradition commencée par Józef, avait écrit dans la langue de son pays d'adoption.

Au milieu de ma demi-insomnie et de mes souvenirs de Seyda je décide de changer d'hôtel. Dans d'autres villes, l'offre est plus large, plus confortable. Quelques heures plus tôt, en voyant la façade de mon triste logement, Karpinski avait froncé les sourcils et m'avait vanté le New Kentish Hotel, à Hythe. Je me retrouverai peut-être plus loin de Pent Farm, d'environ trois milles, en supposant que la ferme incarne le centre symbolique et concret de mon voyage, mais je dormirai mieux. Ou du moins je dormirai, corrigé-je en cherchant en vain comment éteindre le suffocant chauffage du petit hôtel de Postling.

IX

Cela se passa pendant un dîner, au moment où Thambell s'y attendait le moins. Tandis que Meen coupait un morceau de viande, la femme de Thambell les laissa seuls. Il était tard, leur expliqua-t-elle. Meen se leva, comme mû par un ressort, et lui souhaita une bonne nuit. Puis il se rassit, but son verre de vin, se frotta les mains avec force et se mit à parler de Józef.

Thambell mit du temps à comprendre. Avec une certaine fougue, Meen alla chercher le livre qui contenait la nouvelle qui l'exaspérait, la lui montra, lui récita par cœur les parties où, selon lui, Józef se payait sa tête (c'était la seule nouvelle avec des annotations en marge et à l'encre) et, de façon précipitée, comme si quelque chose explosait en lui, il proclama qu'il était venu pour tuer Józef.

— Pour le tuer ? demanda Thambell, en essayant de le regarder sans ciller.

— Pour le tuer. Oui, monsieur.

Il avait dit ça avec orgueil, sur un ton qui n'admettait pas de réplique.

Le lendemain, Thambell ne sut quelle conduite adopter. Il craignait que Meen, en se réveillant, ne se souvienne de leur conversation et, se repentant de n'avoir pas tenu sa langue, ne veuille lui faire du mal. Le menacer, peut-être, pour qu'il n'aille pas raconter l'affaire à quelqu'un.

Il avait peur de sortir et de laisser sa femme seule avec Meen.

L'Allemand sortit très tôt de sa chambre. Il n'était pas encore six heures et il y avait dans le ciel des nuages qui ne présentaient pas de signes de pluie. Comme sa femme dormait encore, Thambell servit un thé un peu froid que Meen but debout, sans se presser ni ouvrir la bouche, avant d'aller chercher sa bicyclette.

Par la fenêtre, Thambell vit clairement Meen s'arrêter pour scruter les deux roues d'un air dubitatif, et finalement choisir de s'en aller à pied.

Le lendemain matin, dès que Meen eut quitté la ferme, Thambell décida de le suivre. Par précaution. Par curiosité, surtout. Il n'arrivait pas à croire que l'annonce qu'il était venu pour tuer Józef fût vraie. Et, malgré tout, il sentait que son devoir était de le surveiller.

Il le vit déambuler au pied de la colline d'Hempton. (Je passe par là et je remarque qu'on y a dressé, de nos jours, un immense panneau publicitaire.)

Il le vit entrer dans le cimetière et lire les noms sur les tombes, il le vit s'asseoir parmi elles et manger une pomme. (Je me rends dans le même cimetière et ne peux m'empêcher de chercher, en vain, une tombe portant le nom de Meen.)

Le premier des quelques jours qu'il passa à le suivre, Thambell eut la confirmation que Meen était un individu agreste. Une espèce d'animal, rien ne le définissait mieux, qui après avoir hiberné (hiberné en plein été), se promenait allégrement dans la région. Mais il découvrit aussi – et ce fut presque une déception – qu'il avait peur des bêtes : s'il y avait une vache sous le soleil, Meen l'esquivait *ipso facto* ; et plus encore si c'était un cheval. Il remarqua aussi que les animaux n'allaient pas à lui non plus. Ils étaient liés par une sorte de crainte mutuelle.

Le deuxième jour il commença à s'ennuyer de le surveiller. Cela ne semblait pas nécessaire. Cela n'avait pas grand intérêt. Meen n'était pas dangereux.

Le troisième jour, toutefois, il changea d'idée. Le voyant traîner sa bicyclette et monter la colline de Hempton, il s'assura que sa femme dormait encore et il alla explorer l'armoire de la chambre d'hôtes.

Meen avait fermé sa porte à clé, mais Thambell en avait une autre, une deuxième clé, à toutes fins utiles. Cela le rassurait. Et exactement dans le coin où lui-même aurait caché une arme, s'il avait dû le faire, il trouva le fusil de Meen.

Si l'Allemand avait choisi le coin qu'il aurait lui-même choisi, Thambell n'était pas d'accord sur l'arme : un fusil court, une espèce de carabine à crosse de bois à moitié cassée. Thambell n'était pas expert en la matière ; il ne comprenait pas les collectionneurs d'armes, maudissait ceux qui abusaient de la chasse (bref, il détestait toutes les pratiques des riches de la ville) et, plus que tout, il désapprouvait les duels. Tout ce qu'il savait au sujet de ce genre de carabine, c'était que, quelques mois plus tôt, un duel illégal avait eu lieu non loin de Hythe, dans le bois de Cowtye : un jeune homme avait été légèrement blessé, alors que l'autre duelliste était mort sur le coup. Comme ils étaient tous deux bons amis, on soupçonnait un fait infamant pour les familles : ce n'aurait pas été la première fois qu'une paire d'amis scellait un pacte suicidaire, le camouflant en duel. Bien entendu, le survivant refusait de le confirmer. Mais si le pacte avait échoué, croyait-on, c'était parce que le mort s'était servi d'une carabine inutilisable.

Constater que la vieille carabine de l'Allemand était de la même marque que celle qui n'avait pas tué l'un des duellistes ne rassura pas Thambell. Dans leur parodie de duel, les amis s'étaient tiré dessus à quinze ou vingt pas de distance ; Thambell croyait Meen capable de faire feu de beaucoup plus près et de plus sa cible était un homme à la santé chancelante, et non un jeune homme sain et robuste comme le survivant de Cowtye.

Soudain, Thambell entendit du bruit. C'était sa femme, pas Meen. C'était sa femme qui, voyant la porte ouverte, était entrée sans s'annoncer. En espérant trouver Meen ? Ou en succombant, surtout, à la simple curiosité qu'éveillaient toujours chez elle, à un degré plus ou moins grand, les hôtes qu'elle logeait ? Il étudia les yeux, la bouche, les mains de sa femme en quête d'une réponse, absurdement jaloux, mais jaloux en fin de compte de l'Allemand, quand il sentit la carabine entre ses doigts. Dans un geste mécanique, il avait saisi l'arme en entendant le bruit.

Les yeux, la bouche, les mains de sa femme n'avaient que trop de raisons d'exprimer une telle peur.

La Dérroute, 1

De Piatra Neamţ, on envoyait des chargements destinés à Galatz. Les troncs n'étaient pas transportés sur des bateaux, mais par voie de terre jusqu'à la ville voisine de Roman et acheminés ensuite par flottage au moyen d'un système appelé plutăs. Le coût de ce transport était insignifiant, mais les individus chargés des opérations étaient souvent des arnaqueurs qui livraient à l'acheteur des troncs de pin au lieu de troncs de chêne, de mélèze ou de peuplier blanc. Piatra Neamţ était située presque au sommet d'une montagne, au milieu de forêts profondes. En ce qui concerne la ville de Roman, elle est arrosée par le Siret, qui naît dans les Carpates et dont le cours est d'une incroyable rapidité. Cela est dû au fait que tout son parcours, de sept cents kilomètres environ, est en très forte pente, depuis une altitude d'un peu plus de mille mètres jusqu'à ce qu'il se jette, non loin de Galatz, dans le Danube.

On appelait plutăs tant les dispositifs de navigation que les hommes qui les guidaient. En synthèse, les plutăs ressemblaient à des radeaux : un grand nombre de troncs liés entre eux et à la merci du courant du Siret. Les équipages étaient constitués, sans exception, de Roumains pauvres, gens résignés, personnes exposées à des accidents mortels car ils devaient barrer sur une rivière vertigineuse et encombrée de rochers. Plusieurs plutăs étaient morts en heurtant les rochers dispersés le long du trajet ; d'autres étaient morts noyés ; d'autres s'en étaient tirés par miracle, mais étaient restés à tout jamais invalides. Comme si ce n'était pas assez, une fois leur travail terminé ils devaient rentrer de Galatz par de sombres routes où opéraient des bandits. Presque invariablement, les plutăs arrivaient à Roman morts de faim, exténués.

Parmi ceux que je voyais souvent à Roman se détachait un homme jeune qui attira puissamment mon attention. Son physique était différent de celui des autres ; eux avaient le teint foncé, tandis que lui arborait une longue chevelure d'or, ses yeux étaient bleus et sa taille très supérieure à la leur. Je fus aussi surpris par le fait qu'à part le roumain, il parlait un allemand parfait.

Je l'approchai et nous entamâmes une conversation au sujet du bois et des plutăs. Il s'appelait

Radulescu, avait été formé à ce travail par son père, plutăs lui aussi, et il devait ses traits exceptionnels à sa mère, qui était née en Bavière. Radulescu, qu'on le croie ou non, ignorait comment ses parents en étaient arrivés à se marier et avait peu de souvenirs de sa mère, morte quand sa sœur et lui étaient tout enfants.

L'humidité qui émanait du Siret me faisait tousser. Radulescu me conduisit à sa cabane et me fit boire de la țuică bouillie, qui est le meilleur remède contre le rhume. Faite de troncs, la cabane était de construction précaire. En dépit de l'étroitesse du lieu, une sorte de paravent séparait le logement en deux. Il y avait de chaque côté une couchette. Les autres meubles se composaient d'une salamandre servant à la cuisine et au chauffage, d'une table et de deux petits bancs de bois. Dans un coin, je vis une casserole, deux verres, quelques ustensiles de cuisine et une vieille cuvette réservée, supposai-je, à la toilette. Sur un mur en piteux état, près d'une des couchettes, était accrochée une icône ; à côté de l'autre, un crucifix.

Radulescu m'expliqua qu'il partageait l'endroit avec sa sœur, qui était institutrice. Il y avait à Roman une école où l'on enseignait l'allemand, mais où les salaires étaient très bas, vu la pauvreté ambiante.

Par l'intermédiaire de Radulescu je connus quelques plutăs et pus approcher les propriétaires terriens locaux : les maîtres du bois.

La sœur de Radulescu me fit forte impression par sa beauté et je pensai l'employer comme secrétaire, mais j'eus peur que son frère et elle ne le prennent mal. Je ne voulais pas qu'elle pense que j'essayais de l'acheter. J'étais peiné de voir la misère de la cabane et les vains efforts qu'elle prodiguait dans la petite école. Mais surtout il se trouvait que, comme tout bon juif ukrainien, on m'avait éduqué dans les croyances religieuses les plus strictes, si bien qu'un mur infranchissable se dressait entre la jeune femme et moi : tout un ensemble de tabous et d'interdits qui ne me permettaient d'aimer qu'une femme juive.

Pent Farm, 2

X

L'*Adowa*, un navire de deux mille tonneaux, avait un capitaine dont le nom se prononçait *fraud*, mais s'écrivait Froud, ce que Freud aurait adoré.

Régulièrement, quand Jessie devenait très bavarde, Józef savait comment faire pour lui couper la parole : afin de s'assurer d'attirer son attention – qui dans ces cas-là, équivalait à son silence –, réticent à l'art de la conversation, mais s'y accrochant comme à une planche de salut, il lui parlait de l'*Adowa* et des autres bateaux sur lesquels il avait navigué. Il lui racontait des choses de son passé. Des choses qu'il avait l'habitude de relater par écrit, dans ses livres de souvenirs, qu'il surnommait réminiscences et qu'elle tapait à la machine.

Jessie le remerciait en souriant pour ces histoires. Elle ouvrait tout grands les yeux, pour ne perdre aucun détail, mais n'en exigeait jamais plus qu'il ne fallait.

Elle s'adaptait à ses silences remplis de brusquerie, comme si le délicat prosateur devenait gauche à voix haute et mettait mal les points ou ne savait pas finir ses phrases. Elle n'osait pas non plus lui signaler que telle ou telle anecdote avait déjà été racontée, comme l'histoire du grand-oncle Nicolaï qui lors des guerres napoléoniennes avait dû mâcher et avaler de la viande de chien (ah, mais cette obsession, magnifiée, exagérée, transformée en cannibalisme, ne réapparaissait-elle pas dans une conversation entre Hermann et Falk ?), ou comme l'histoire récurrente de Jacques.

De Jacques, son premier lecteur.

Mr Pinker soutenait que le cas était merveilleux, que Józef devait faire quelque chose à ce sujet. Quant à Jessie, il ne lui semblait pas fortuit que le premier lecteur de son mari ait été, comme lui-même et comme l'homme à la bicyclette noire, un étranger. Un transhumant, peut-être. Un Canadien, étudiant de Cambridge, qui allait en Australie à bord du rapide *Torrens*, un navire de plus de deux mille tonneaux.

Józef avait écrit sept, huit chapitres de son roman, de son premier roman, quand tout à coup, comme s'il se jetait à l'eau, il avait confié son manuscrit à Jacques. Cette nuit-là, dans l'attente du verdict, avait-il senti que la mer était agitée comme jamais ? Le lendemain matin, Jacques était entré dans sa cabine et, sans dire un mot, en le regardant fixement, lui avait rendu son roman et s'était installé dans le fauteuil, comme un sujet qui fauche son trône au roi.

Tout s'était limité à trois questions ponctuelles et à trois réponses à peine moins que laconiques. Valait-il la peine de continuer à écrire ce roman ? Évidemment, avait confirmé Jacques. L'histoire l'avait-elle intéressé ? Oui, beaucoup. Les faits étaient-ils clairs ? Tout à fait.

Un soir, Mr Pinker eut l'audace de demander ce qui se serait passé si Jacques n'avait pas été assez – comment dire – enthousiaste. Józef haussa les épaules et remit son monocle en place, mais ne répondit rien. Pinker, alors, se sentit obligé de demander ce qu'était devenu le dénommé Jacques. Avait-il pu lire les chapitres manquants ? Avait-il pu se vanter, après le succès de Józef, d'avoir été son premier lecteur ? L'épilogue était triste et, à sa façon, poétique. Peu de temps après, moins d'un an après, Jacques était mort en Australie ou en haute mer ou quelque part ailleurs dans le monde… Józef n'était pas sûr.

Mr Pinker fit la réflexion qu'en un certain sens l'écrivain et son premier lecteur étaient quittes : Józef ignorait la fin de l'existence de Jacques, tout comme Jacques était mort sans connaître le dénouement de ce livre sur Almayer et sans être témoin non plus du moment presque inouï où le marin de trente et quelques années (le marin qui, jusque là, n'avait écrit que des lettres) commençait une nouvelle vie, devenait un romancier important.

XI

Quand, résolu à fuir la guerre qui allait éclater ou qu'il estimait imminente, il embarqua sur le bateau qui devait l'emmener à Buenos Aires, mon père parlait, outre roumain et français, un petit peu anglais, russe et allemand. Comme il avait un véritable don pour les langues, il lui avait suffi d'acheter un dictionnaire de poche français-espagnol à peine plus grand que son passeport.

Pendant la traversée, qui dura environ trois semaines, mon père se lia d'amitié avec un jeune Libanais – c'est ainsi qu'il le racontait et je me plais à le répéter – qui parlait déjà espagnol ou qui en tout cas était plus avancé que lui. De manière désintéressée, ce dernier s'offrit à lui donner des leçons. Mon père accepta et en arrivant à Buenos Aires il était capable de construire des phrases et de tenir une conversation ; sauf que, petit détail, il parlait d'une façon étrange, comme parlerait un Arabe, avec des « j » à moitié aspirés, et en prononçant les « p » comme des « b ». Bassager. Bassebort. Bologne. Bent Farm. Bort de Buenos Aires.

Il y a de cela quelque temps, lorsque j'eus trente ans, je me mis en tête de commencer une nouvelle vie, de vivre à l'étranger, dans une autre langue, de l'autre côté de la mer, peut-être pour savoir ce que mon père avait ressenti en arrivant à Buenos Aires. Je ne fis pas le voyage en bateau, bien que cela m'eût beaucoup plu, mais j'arrivai dans l'autre pays dans une situation assez semblable à la sienne : je parlais un peu la langue (mais pas avec un accent arabe, non), l'essentiel pour comprendre et me faire comprendre un minimum.

Bien sûr, je savais que pour moi ce n'était qu'un jeu ou une expérience, en comparaison de son exil : je pouvais rentrer au premier problème, au premier accès de nostalgie, chose qui fut absolument interdite à mon père des années durant, mais je savais également qu'il ne faut jamais dédaigner l'importance des jeux et des expériences et que, en somme, chacun vit du mieux qu'il peut.

Dans ce pays étranger, qui n'était pas (ne devait pas être) le pays natal de mon père, mais bien la France, c'est-à-dire le pays où il avait passé deux ans avant de traverser l'océan, dans ce pays vivait encore une cousine de mon père, âgée, mais lucide, si lucide qu'avec elle je pus reconstruire des histoires qu'il avait choisi de garder sous silence.

À l'époque, j'aimais bien la notion selon laquelle la « patrie » d'un écrivain est sa langue natale. Aujourd'hui, avec plus d'ancienneté comme étranger, je préfère l'idée que son véritable pays se trouve dans ses livres : ceux qu'il a lus ou désire lire (sa bibliothèque), ceux qu'il a écrits ou rêve d'écrire (certains appellent cela une « œuvre »). Bien entendu, je partage avec les compatriotes de ma génération des influences semblables : des lectures déterminantes (une partie de cette bibliothèque ou de cette « patrie » que beaucoup appellent héritage ou tradition) et une enfance, surtout. Mais dans ces « choses communes » qui modèlent les nations il entre, en toute rigueur, beaucoup d'illusion collective ; quelque chose de comparable à ce que Raymond Radiguet a écrit sur deux amis dans *Le Bal du comte d'Orgel* : « On ne pouvait rêver deux êtres plus loin l'un de l'autre que ces deux amis. Cependant, ils croyaient s'être liés à cause de leurs ressemblances. C'est-à-dire que leur amitié les poussait à se ressembler, dans la limite du possible. »

Je me suis souvent demandé, au cours de ces années, combien de choses nous ignorions, ma mère, en tant qu'épouse, et moi, en tant que fils, de ce que cachait mon père. De ce qu'il cachait volontairement et de ce qui était, pour ainsi dire, caché malgré lui. Avec le temps, après la mort de mon père, je me suis accusé moi-même d'avoir accepté le « récit » qu'il proposait. Je me suis accusé de ne pas lui avoir posé de questions. C'eût été très facile. Ou pas tant que ça. Si je ne l'ai pas fait, me dis-je aujourd'hui (me disculpé-je aujourd'hui), c'était parce que je ne savais pas quoi lui demander. Bref, il se trouve qu'un beau jour je suis parti vivre au loin, à l'étranger, pour savoir quelles questions je devais poser à mon père pour le comprendre, et quand enfin je pus réunir ces précieuses questions (et pendant que je les ordonnais et rassemblais mon courage et mon calme pour les lui poser), mon père mourut sans moi, mon père mourut avec moi à l'étranger (je pourrais dire que nous étions tous les deux à l'étranger, chacun dans son étranger à lui), avec moi loin de lui ou, plutôt, avec moi au pied de son lit parce que je rentrai de toute urgence et pus faire ainsi mon deuil alors qu'il était mourant, et non déjà mort.

Je me souviens de la première fois que j'ai entendu mon père parler dans sa langue fantôme. Des années plus tard, il m'arriva quelque chose de semblable en voyant dans leur langue originale des séries télé que je ne connaissais que doublées en espagnol. En y réfléchissant aujourd'hui, il me semble fabuleux d'avoir vécu si longtemps en ayant de lui une image tronquée, incomplète.

J'avais vingt-trois ans, ou vingt-quatre, quand j'ai entendu pour la première fois mon père parler en roumain. J'exagère peut-être un peu, mais je ne mens pas. J'exagère parce que j'avais déjà entendu quelques mots roumains dans sa bouche, une ou deux phrases isolées. Très peu de choses, à vrai dire. Si peu que lorsqu'il mourut, en mai 2000, cette année dont il disait avec une fausse fierté qu'il ne la verrait jamais parce qu'il mangerait depuis longtemps les pissenlits par la racine, je me dis, alors qu'en effet il regardait désormais pousser à l'envers pissenlits, carottes et autres plantes, que quelques heures et quelques feuillets suffisaient pour composer un glossaire roumaindemonpère-espagnol et, vite fait bien fait, je consacrai un après-midi de pluie à l'écrire dans un café de Paris :

Boshorok : Vieillard malingre et à l'esprit un peu égaré ; mon père l'utilisait pour parler de Ceaușescu et, parfois, pour critiquer un voisin qui vivait dans la rue d'à côté et qui ne lui revenait pas.

Saxe : Allemands (il m'expliqua plus tard que c'est ainsi qu'on appelait, apparemment, les Allemands de Transylvanie).

Noapte-buna : Salut dont il nous gratifiait ma mère et moi avant de se coucher. « Bonne nuit ».

Tablé : Jeu de backgammon.

Nazen cur : Insulte ironique qu'il lançait chaque fois que quelqu'un éternuait.

Doamne Malveshte : Quelque chose comme « Mon Dieu » ou « Seigneur, prends pitié » ; lui qui était athée et anticlérical utilisait bien entendu cette expression dans une intention humoristique, ou quand il était débordé par une situation.

Du-te dracu : Quelque chose comme « Va au diable ».

Sarutito : Bisou. Adaptation, je suppose, de *sărut* : baiser.

Des années plus tard, je fis la connaissance d'un Roumain, un type qui travaillait comme électricien à Paris (électricien sachant tout faire : un homme orchestre pragmatique) et qui venait souvent à la maison, où se produisaient tous les quatre matins des courts-circuits. Il s'appelait « Dudu ». Un surnom, une apocope d'Eduard, veux-je croire. La cinquième ou sixième fois que Dudu vint réparer un court-circuit (les câbles subissaient, disons, une sorte de combustion spontanée), je lui racontai que mon père venait de Roumanie. De Roumanie ? De quelle ville ? me demanda-t-il. Mais non, Dudu était originaire de l'autre bout du pays. D'une ville appelé Oradea. Alors j'en profitai, et comme un élève qui récite le court poème du jour, je lui sortis les quelques mots que j'avais réussi à réunir dans mon glossaire personnel. Dudu en connaissait quelques-uns et ne put s'empêcher de corriger ma mauvaise prononciation. Il y en avait aussi qu'il ne connaissait pas. Votre père utilisait ce mot ? Là-bas, peut-être, près de la Russie. Peut-être autrefois, bien sûr... Moi je ne l'ai jamais entendu dans ma ville. Pauvre Dudu : il semblait triste, il avait l'air mal à l'aise, comme s'il mettait en doute une légende familiale.

La révélation eut lieu, d'une certaine façon, à ma demande. Relativement contre la volonté paternelle. Au milieu des années quatre-vingt, il y eut en Argentine une tentative de coup d'État militaire. La chose n'alla pas trop loin. « La maison est en ordre », proclama le président argentin d'un balcon, devant une place bondée, et d'autres choses qui n'ont rien à voir avec cette histoire. Deux jours plus tard, je dis à mon père que je voulais avoir un passeport roumain ou, plus simple encore, un deuxième passeport qui ne soit pas argentin. Un sauf-conduit, quel qu'il soit. À toutes fins utiles. « Jamais de la vie », me répondit mon père. Pour rien au monde il ne mettrait les pieds à l'ambassade, pas même au consulat, tant que Ceauşescu serait au pouvoir.

J'avais oublié l'épisode quand, quelques années après la chute de Ceauşescu, mon père vint me dire : « Tu voulais ce passeport ? Nous avons rendez-vous dans un mois. »

Le consulat de Roumanie à Buenos Aires se trouvait à cinquante mètres environ de l'ambassade d'Israël, dans l'élégante rue Arroyo. Quelques mois plus tôt, une bombe, un attentat bestial, avait arraché net les murs, les fenêtres et même les soubassements de l'ambassade. Quand je m'y rendis avec mon père il n'y avait plus, là où elle se dressait jadis, qu'un trou guère différent des tranchées qu'on creuse pour les fondations d'un immeuble, sauf que ce trou, au lieu d'annoncer une construction, était le témoignage d'une cruelle et sûre démolition qui avait laissé mal en point, vitres cassées mais étonnamment encore debout, les immeubles voisins, tout autour.

J'avais rarement vu mon père aussi nerveux. Je ne serais pas étonné aujourd'hui si quelqu'un venait me dire que ce matin-là, devant sa glace, en se rasant, il avait pratiqué son roumain comme un jeune garçon qui répète sa déclaration d'amour avant d'aller à un rendez-vous. Les fonctionnaires du consulat étaient tous jeunes, ils avaient moins de trente-cinq ou quarante ans, sans exception. L'air nouveau qui soufflait en Roumanie semblait aller de pair avec un remplacement générationnel : la cause, la conséquence ou les deux à la fois. Au début, mon père hésita un peu avec sa langue. Ou peut-être même beaucoup. Ignorant le roumain, je manque d'armes pour le mesurer. Ou peut-être voulus-je le croire, surpris d'entendre ces étranges sons qui sortaient de son corps, de sa bouche.

Je quittai le consulat avec mon passeport roumain, comme prévu, et mon père – chose imprévue, elle, mais sensée – avec un passeport lui aussi (parce qu'il avait déchiré le vieux, il l'avait consciencieusement réduit en morceaux, des années plus tôt, quand il avait obtenu son passeport argentin), nécessaire pour établir le passeport de son fils, à savoir le mien. Mon père se moquait un peu. Pourtant, je pense qu'il était heureux. Il avait été bien accueilli. En un certain sens, on l'avait félicité et récompensé. Récompensé avec un passeport. Récompensé avec quelque chose qui n'était pas, qui ne devait pas être un prix, qui était avant tout un droit.

XII

Pour aller voir Józef, Thambell voulut mettre ses meilleurs vêtements, très chauds, trop, pour cette période de l'année. Il se protégea du soleil puissant avec un chapeau melon, mais son pantalon de flanelle, bien qu'il n'eût pas de trous, fait exceptionnel dans son cas, ni de taches, ni de rapiéçages comme des cicatrices, était un pantalon d'hiver : il faisait transpirer les jambes, n'allait pas avec ce vieux chapeau et n'avait jamais été assorti à son visage et à ses mains.

Toute la vie rurale se reflétait sur le visage, les mains, et la façon de s'habiller et de marcher de Thambell. En général, il avait une cigarette aux lèvres, pas toujours allumée, comme s'il abritait l'espoir de rencontrer quelqu'un qui pourrait lui donner du feu.

Beaucoup de fermiers de l'endroit rivalisaient entre eux, il y avait des clans, comme c'est le cas partout, des amitiés, des inimitiés, des alliances, de fausses rumeurs et des rumeurs fondées, mais Thambell, un peu idéaliste, comme beaucoup le décrivaient, homme un peu naïf sans être un imbécile, loin de là, s'était gagné la confiante indifférence – ou du moins pouvait-on le penser – de tous.

Si les joues de Thambell, comme de cire, étaient plus enflammées cet après-midi-là, ce n'était pas seulement à cause du soleil, mais sans doute aussi à cause du respect que lui inspirait Józef, et parce que l'imminente discussion qu'il allait avoir avec lui le rendait nerveux. Ce n'était pas le respect d'un lecteur idolâtrant la culture. C'était quelque chose de simple et de physique, quelque chose dans la présence de Józef, dans ses mots parfois gutturaux, comme ceux de cet hôte déjà lointain et à la voix de Dieu, comme ceux de son nouvel hôte.

Il vit s'approcher la femme de Józef, qui venait l'accueillir après que, en s'excusant presque, il se fut annoncé à Bowman, le jeune garçon d'écurie. À cet instant il sentit, chose importune, que son nez gouttait un peu. Mais aussitôt que Jessie lui tendit la main en disant « Monsieur Thambell, comment allez-vous ? » (il était agréable de voir qu'elle se rappelait son nom, à moins que Bowman lui eût rafraîchi à l'instant la mémoire), aussitôt qu'elle expliqua, en levant les yeux au ciel, que Józef était malade, qu'il avait fait une autre crise, Thambell sentit que son nez séchait brusquement, qu'il respirait mieux, ce qui était encourageant, et qu'il retrouvait son calme.

Il avait décidé d'être prudent avec Józef. Il ne pouvait lui annoncer, d'emblée, qu'un homme voulait le tuer. Il n'avait pas non plus, évidemment, de preuves suffisantes : Meen pouvait avoir dit cela pour se moquer de lui. Il avait résolu de dire à Józef qu'il avait vu un fusil, une espèce de carabine, et que cet homme avait toujours sur lui un livre dont il était l'auteur. Rien de plus. Si Józef était aussi bon écrivain que l'affirmaient les gens, il nouerait les fils, tirerait les conclusions que lui-même, Thambell, par paresse ou lâcheté, n'arrivait pas à tirer.

Voilà ce qu'avait pensé Thambell, mais la présence de Jessie chamboulait ses plans. Pour commencer, elle ne lui inspirait pas le même respect que Józef. Et donc, pendant un moment, il garda le silence, ne sachant que faire.

Jessie haussa les sourcils, dans l'expectative, et sourit avec les yeux. Thambell fut le premier surpris par ce qui se passa ensuite : avec un aplomb dont il ne se serait jamais cru capable, il prit la femme par le bras, la mena loin de la maison, là où personne ne pourrait les entendre, plus près de la vieille écurie que de la grange, et lui raconta tout, avec un luxe de détails. Ou, plutôt, il lui parla de la carabine de Meen, du livre de son mari tout souligné par Meen et des mots que celui-ci en était venu à prononcer entre deux verres de vin : « Pour le tuer. »

Jessie avait déjà mentionné la visite de l'Allemand à Józef, mais elle ne lui rapporta pas tout ce que Thambell lui avait dit. Elle fit croire à son mari que l'Allemand était un fol admirateur qui parcourait la région avec son dernier livre, convaincu d'être Hermann, d'être Falk ou un autre de ses personnages, c'était là un point secondaire. Pas une seule mention de l'arme, encore moins de l'intention criminelle. Józef acquiesça et demeura pensif. Pourquoi avait-il insisté pour le voir, par conséquent ? Bon, il y a des hommes qui se croient autorisés à frapper à la porte de l'auteur qui, pensent-ils, parle d'eux. De l'auteur qui, estiment-ils, parle avec eux. Józef ne disait-il pas, dans ses débats avec Hueffer (si ce n'est, plutôt, l'inverse) qu'un écrivain, bien plus que parler de quelqu'un, parle généralement avec quelqu'un ?

Jessie craignait que l'expression de son visage ne la trahisse, mais Józef crut que sa préoccupation était due au temps que mettait cette fois la crise de goutte à disparaître. Ou bien était-ce dû au courage avec lequel Jessie dissimulait ses croissantes douleurs au genou. Et leurs conséquences pour son dos et ses pieds. Depuis qu'elle portait des chaussures spéciales contre le mal au genou, ses pieds avaient perdu leur forme de pied.

Józef fut frappé d'apprendre que Meen se promenait dans la région avec un de ses livres. En général, les voyageurs avaient sur eux une bible. D'après ce que Thambell avait rapporté à Jessie, le livre de Meen (qui était, surtout, le livre de Józef : les possessifs ne sont pas clairs lorsqu'il s'agit de parler de livres) était couvert d'annotations, dont certaines à l'encre rouge. Annotations de Meen, annotations en pattes de mouche, comme avait dit Thambell et comme le répétait Jessie maintenant.

Józef en savait long sur les marges et les bords. Bords de rivières et de mers. Marges de livres d'autrui.

Bien des années plus tôt, dans le port de Rouen, il s'était mis à écrire dans les marges et les coins en blanc d'un roman de Flaubert dont l'action, précisément, se déroulait dans cette ville qui s'élevait en face du bateau, autour du port. Józef épiait par le grand hublot de sa cabine une maison ancienne où Flaubert avait voulu imaginer que *son* Emma retrouvait audacieusement *son* Rodolphe (de nouveau les possessifs) et dans un élan, il s'était lancé dans la traduction de Flaubert.

(Il m'arrive de penser que je devrais ouvrir au hasard, ou non, un roman de Józef, traduire en espagnol quelques phrases de l'anglais puis, avec ce « ton », cette langue obtenue dans les marges des pages de Józef, écrire sur mon père.)

De cet acte fou à Rouen avait surgi une autre folie : à savoir son premier roman, le roman d'un Polonais qui traduisait en anglais un écrivain français. Des marges blanches d'un livre imprimé était né, bien des années auparavant, un auteur. Est-ce que des marges d'un autre livre, même si Józef l'ignorait, émergeait aujourd'hui un personnage appelé à tuer cet auteur ?

XIII

Je suis depuis quelques jours à Hythe, au New Kentish Hotel, plus hospitalier, où j'ai pu dormir comme je n'avais pas pu le faire à Postling, et soudain, dans mon lit, je repense à quelque chose qui s'est passé voici une vingtaine d'années dans un autre hôtel anglais. Je vivais encore à Buenos Aires et je venais d'emménager dans un nouvel appartement, après avoir habité plus de dix ans dans celui que je venais de quitter, quand je dus faire un voyage à l'improviste, un voyage de sept semaines en Europe. La dernière semaine, une nuit dans un petit hôtel de Londres, je me rendis compte que ce n'était pas le logement que j'allais retrouver (celui où je venais d'emménager) qui me manquait, mais l'autre : celui qui n'était plus mon foyer, mais que je gardais plus solidement enfoui dans ma mémoire. Je me souviens que rentré en Argentine je déposai mes bagages à mon nouveau domicile, et que ce fut comme si j'arrivais dans un lieu étranger au lieu de rentrer chez moi. Comme si j'étais encore à l'étranger.

Je me souviens de cela et je suis tenté de conclure que c'est ainsi que fonctionne l'exil : à mesure que le temps passe, le pays qui nous manque n'est pas toujours celui qui nous attendrait, si on décidait de rentrer, mais un autre. Un pays qui n'existe plus ou qui n'existe qu'au plus profond de notre mémoire.

Je me souviens de cela et je me dis que non seulement mon père n'était pas rentré en Roumanie, mais qu'il n'avait pas tenté de le faire. Et qu'en quarante ans – les quarante dernières années de sa vie – il n'avait pas prononcé, d'après ce que je calcule aujourd'hui, plus de cent mots dans sa langue natale.

C'est un couple d'un certain âge qui est en charge du New Kentish Hotel. Je suppose que le mari a soixante ou soixante-cinq ans. Sa femme doit en avoir six ou sept de moins. Un ménage sans enfant, à ce que je m'empresse d'estimer, jusqu'à ce que la femme m'informe, tandis que je prends mon petit déjeuner, qu'ils ont une fille, Nancy, vingt-quatre ans, mariée et mère à son tour d'une petite fille. La dénommée Nancy, qui vit à Londres, vient les voir tous les étés et aussi pendant les longs week-ends, quand il y a un vendredi ou un lundi férié. Chaque fois qu'elle vient, me conte la femme, qui s'appelle Helen (comme sa petite-fille, soit dit en passant), Nancy loge à l'hôtel, seule ou avec son mari et la petite Helen, dans la chambre que j'occupe maintenant. La meilleure de toutes ses chambres. Elle se flatte de m'avoir donné la meilleure.

L'après-midi, je vois Karpinski. Il a promis de m'obtenir un exemplaire d'un livre de cuisine que Jessie a écrit et publié. « M'obtenir » signifie qu'il enverra un courriel à Cockburn pour lui demander de nous fournir, pour quelque temps, l'exemplaire de son « fonds bibliographique », c'est le terme qu'il emploie, ou au moins de nous envoyer un PDF de la totalité du livre scanné. Dieu veuille que ça ne se termine pas par une promesse non tenue. Depuis mardi dernier, Karpinski promet que nous irons à Pent Farm, mais il remet encore et toujours la visite.

Cela fait un moment que je cherche le livre de Jessie, mais il est difficile à avoir et, quand il en apparaît un, on en demande une fortune : trois cents livres, cinq cents ou même plus. Je n'arrive pas à savoir, quand j'en parle avec Karpinski, s'il est au courant de l'existence de ce livre de cuisine. Et encore moins si la silhouette un peu ronde de Jessie lui revient ou non. Par moments, j'ai l'impression que tout ce qui ici n'est pas polonais le contrarie un peu, le met mal à l'aise.

Choses que je dois mettre dans mon roman :

Józef n'a jamais su nager, en dépit de sa vie de marin.

Hueffer était extraordinairement superstitieux, avec un penchant spécial pour les chiffres. En 1903, après une crise personnelle et familiale, il conclut que cette crise était inévitable parce que les trois chiffres de cette année faisaient treize. « Personne n'aurait dû faire quoi que ce soit en 1903. »

Józef avait beaucoup de problèmes avec ses dents. Et les dentistes le terrorisaient.

Hueffer souffrait, apparemment, d'agoraphobie. C'est peut-être ce qui l'avait poussé à quitter Londres pour le sud. Nombreux sont ceux qui soutiennent que Granger (le narrateur d'un roman écrit par Józef et Hueffer) est un personnage agoraphobe.

Józef avait détecté ces problèmes et recommandé à Hueffer un médecin du nom de Tebb.

Un autre matin, je bavarde de nouveau avec les propriétaires ou responsables de l'hôtel. La femme, Helen, me demande d'où je viens ou, comme elle préfère dire, d'où vient mon accent. Comme si nous n'étions pas une seule chose, mon accent et moi. Quand je lui dis que je suis argentin, que je vis à Madrid, elle a l'air un peu déçue. Je croyais que vous étiez français, dit-elle. Je lui réponds que j'ai vécu presque dix ans à Paris et que je me suis forgé une théorie sur la seconde langue. Jusqu'à mon départ pour la France, l'anglais était ma deuxième langue et le français la troisième. Ce qui me poussait non seulement à parler français avec un léger accent anglais, mais à commettre des anglicismes. En voulant dire, par exemple, *j'aime bien tes lunettes**, je disais *j'aime bien tes glaces**, variante pseudo-française de *glasses*. Des choses comme ça, tout le temps. Avec les années, sans que je m'en rende compte, c'est l'inverse qui commença à se produire : le français remplaça l'anglais. L'espagnol resta en marge, imperturbable. Maintenant, quand je parle anglais, je dois calmer et retenir les gallicismes. C'est peut-être pour cela, suggéré-je à la pauvre femme de l'hôtel qui m'écoute divaguer depuis un moment, c'est peut-être pour cela qu'elle a perçu dans mon anglais un certain accent français.

La femme ne semble pas trop persuadée par ma Théorie Empirique de la Deuxième Langue. Pour la convaincre, je lui raconte qu'il arrivait la même chose à mon père. Plus que parler espagnol avec un accent marqué de traces de roumain, il le faisait comme s'il était français ou allemand. La femme veut savoir comment mon père avait atterri en Argentine. Et, surtout, pourquoi l'Argentine et non, par exemple, les États-Unis ? Sur son visage je détecte, pour la deuxième fois, une moue de déception. Je ne lui parle pas des différentes raisons qu'avançait généralement mon père. Je ne lui dis pas que le billet de bateau pour New York était quatre fois plus cher que celui pour Buenos Aires. Je ne lui dis pas que le bateau qui allait à Buenos Aires faisait deux escales préalables, une à Rio de Janeiro, une autre à Montevideo, mais que mon père avait décidé de débarquer en Argentine parce que, comme il se plaisait à le raconter, il se servait en France d'une gomina, d'un fixateur pour les cheveux, de marque « Argentum » ou quelque chose comme cela, une gomina qui, selon les photos de ces années que j'ai pu voir, lui faisait les cheveux raides et brillants, comme ceux des chanteurs de tango qui se produisaient alors à Buenos Aires. En revanche, je lui rapporte que mon père avait fait, dans le port français de départ, une sorte de tirage au sort, un choix laissé au hasard. Qu'il avait débarqué au Brésil dans l'idée d'y rester, qu'il y avait mangé une banane pour la première fois de sa vie, qu'il en avait mangé quatre, cinq, six, peut-être même dix, qu'il s'était senti mal, s'était couché dans sa cabine et avait continué jusqu'à Buenos Aires. En d'autres mots, je lui résume un des premiers récits que j'ai écrits, à l'âge de vingt ans, plus ou moins. Une nouvelle où, justement, on raconte les aventures d'un personnage polonais.

Quand c'est enfin à elle de parler, Helen me dit que son mari et elle sont les propriétaires de l'hôtel. L'histoire de la façon dont ils le sont devenus est curieuse. Helen s'était mise à jouer à une sorte de loterie, plus par amusement que par ambition, mais au bout de quelques mois un billet lui avait rapporté une fortune. Cela s'était passé vingt ans plus tôt. Jusqu'alors, elle était employée dans cet hôtel. Le matin, elle faisait le ménage, le soir elle était à la réception, tandis que son mari (son tout nouveau mari, à l'époque) passait sans trop de bonheur d'un emploi à l'autre. Lorsqu'ils remportèrent leur lot, me dit Helen, son mari et elle écrivirent une sorte de liste : une douzaine d'idées sur la façon d'investir leur argent. Il y en avait de délirantes, il y en avait de judicieuses. Mais cette liste ne contenait pas, curieusement, l'acquisition de l'hôtel. Il leur semblait alors que devenir millionnaires équivalait, devait équivaloir, à quitter cet hôtel minable où on la traitait mal et la payait plus mal encore. C'est le propriétaire du Kentish Hotel, car déjà à l'époque l'hôtel s'appelait Kentish, un type qui frisait les soixante-dix ans, sinon plus, qui lui suggéra l'idée. Helen me raconte qu'ils payèrent l'hôtel moins qu'il ne valait vraiment. Courtoisie du vieux propriétaire.

Après une pause, je lui dis que je n'avais jamais rencontré quelqu'un qui ait gagné à la loterie. De petits lots, peut-être, il faudrait que j'y repense. Mais quelqu'un qui ait gagné une fortune, ça non. La femme me raconte qu'il existe en Angleterre une sorte de cercle ou de club de gagnants à des jeux de hasard. Pour être membre, il faut avoir gagné une somme de plus de *n* livres. Pour devenir membre, semble-t-il, il faut prêter un serment selon lequel on ne rejouera plus jamais à un jeu de hasard. De nombreux membres de ce cercle de gagnants se sentent ou se sont sentis coupables à un moment de leur vie, d'après Helen. Ils sentent ou ont senti qu'ils ne méritaient pas d'être si chanceux, chanceux à ce point. Par bonheur, le cercle est là pour les retenir et les aider. Le pire qui pourrait leur arriver, pense-t-elle, serait de gagner de nouveau.

Le 8 mars, je prends mon petit déjeuner à l'hôtel. Un samedi. Dans la petite salle qui du lundi au vendredi est généralement vide et à ma disposition, à la table à côté de la mienne, il y a une femme belle, grande et mince. Si grande que je le remarque alors même que je la vois assise. Il n'y a pas de moment de plus étroite intimité dans les hôtels que celui où, à demi endormis encore, toilette pas faite ou juste faite, les cheveux parfois pas encore tout à fait secs, leur sac à main plein d'objets de valeur (argent, papiers, cartes de crédit), les clients se retrouvent pour déjeuner, se heurtent sans le faire exprès devant la bruyante machine à café, les viennoiseries, le grille-pain, les céréales, la charcuterie ou les fruits, sans se parler, sans se regarder, en faisant comme s'il était normal de prendre son petit déjeuner avec tous ces voyageurs qui, à peine un instant plus tôt, grâce à Dieu, étaient invisibles.

Comme arrive une famille nombreuse, Helen nous demande, à ma voisine et à moi, si cela nous ennuierait de partager notre table. Un peu à contrecœur, je me lève de la mienne avec mon exemplaire de *Gare du Nord*, d'Abdelkader Djemaï, que je n'arrive pas à terminer. Je le pose sur la table, à côté de la tasse où a refroidi mon café au lait, et je vois que la femme lit en français (comme moi), un roman d'un écrivain argentin dont les livres sont publiés en traduction aux éditions du Seuil : un écrivain dont le père a été marin, et qui est cet écrivain qui m'a offert le roman de Jan Seyda. Nous ne sommes pas longs à le découvrir : c'est une Algérienne qui lit en français un auteur argentin ; je suis son parfait contraire. Elle ne semble pas étonnée, comme si elle était imperméable aux ironies du hasard. Nous bavardons un moment et elle me dit que ça lui fait du bien de parler avec moi en français. Elle est chorégraphe-danseuse. Depuis presque trois semaines elle parcourt la Grande-Bretagne et elle y restera encore quinze jours, et en fait elle doit prendre à midi un train pour Hastings et elle a mal à la bouche, me dit-elle, mal à la mâchoire à force de tant parler anglais. Je comprends ce qu'elle ressent, je connais cette douleur. J'avais ressenti la même quand j'étais arrivé en France. Je le lui dis. Elle me répond que, très jeune, elle dansait sous les ordres de différents chorégraphes, deux ou trois mois avec l'un, deux ou trois mois avec l'autre, et qu'avec chacun d'eux elle finissait avec des douleurs musculaires différentes. Chaque chorégraphe était, finalement, une langue distincte.

XIV

J'imagine Thambell fort intrigué par ce client qui lui a annoncé la raison de son séjour dans la région. Je réécris plusieurs fois cette scène où Meen, peut-être à cause de l'alcool, avoue son intention de tuer Józef. Ou, pour être plus précis, je ne la réécris pas plusieurs fois, j'écris plutôt plusieurs scènes différentes avec des variantes plus ou moins importantes, mais qui contiennent toutes ce qui est fondamental : l'annonce. Dans l'une d'elles, Thambell ne croit pas ou n'arrive pas à croire tout à fait ce que Meen a proclamé ; il lui semble que cette simple confession équivaut à reconnaître qu'il n'aura pas le courage de le faire, que tout n'a été qu'une fanfaronnade, l'expression d'un désir. Dans une autre scène, Thambell réagit en s'écriant qu'il ne peut garder cette information sous silence : dès qu'il fera jour, il ira prévenir Józef ; Meen lui répond par un éclat de rire ; bien entendu, c'est pour cela qu'il a fait cette annonce :

la rumeur en parviendra aux oreilles de Józef et sera, à ce que croit Meen, le prélude à la vengeance, sinon la vengeance finale : une autre sorte de supplice de la goutte d'eau.

L'endroit était doté de deux centres de réunion par excellence : le Ye Olde Mill et la Tiger Inn. Le plus proche des deux s'élevait, sombre et solennel comme une église, sur la confluence ascendante de Swan Road et d'Hayton Lane, en face d'un bois aussi brumeux en hiver que l'haleine qui sortait en serpentant de la bouche des clients. Une ou deux fois par mois, Thambell accrochait son manteau aux patères fort encombrées du Ye Olde Mill, afin de se tenir au courant des dernières nouvelles. Il n'y allait pas assez souvent – et ce n'était pas non plus son intention – pour faire partie de la confrérie qui s'y donnait rendez-vous et dans les statuts de laquelle figurait la récompense de l'assiduité.

Je le sais depuis un moment : dans le futur (futur qui est mon présent) existera le Old Mill Inn, héritier du Ye Olde Mill, avec tables, candélabres, téléviseurs, musique un peu stridente et un poiré irlandais que m'invitera à goûter le sympathique Mr Cockburn cent dix ans plus tard, sauf qu'avant, environ cent dix ans avant, je décide d'y aligner, épaule contre épaule, les clients les plus récalcitrants, jusqu'à ce qu'ils épuisent leurs réserves de bière, les clients qui n'ont pas le choix parce que c'est tout ce qu'on leur sert, pour ne pas dire qu'ils peuvent tout au plus choisir entre bière brune ou blonde, et autour d'eux je dispose beaucoup de fumée et une atmosphère un peu bruyante, mais pas trop non plus : certaines voix individuelles, porteuses de nouvelles, doivent ressortir.

Pour un endroit qui comptait cinq cents habitants, sinon moins, répartis dans une série de fermes et en trois hameaux qui définissaient un triangle imaginaire avec Pent Farm près de son centre, le fait qu'arrive un étranger était de grande importance. En un peu plus de dix ans on n'en avait pas vu arriver plus de dix. Et tous, sauf Józef, n'avaient passé que quelques mois dans la région avant d'en repartir.

J'écris qu'après avoir franchi la porte du Ye Olde Mill (cette porte qui est toujours en place, selon son propriétaire actuel), Thambell remarqua un fait singulier : contrairement aux autres fois, où deux ou trois nouvelles rivalisaient pour retenir l'attention, ce soir-là, les trois conversations parallèles portaient sur le même sujet et ne faisaient qu'une ou presque.

Une fois à l'intérieur, Thambell compta une trentaine d'hommes en tout. Six hommes âgés, dix-huit hommes jeunes et d'autres qu'il ne sut pas trop dans quelle catégorie ranger. Tous avaient quelque chose de plus ou moins vrai à raconter. Quelques-uns prenaient plaisir à suivre les récits des autres, mais ils parlaient à l'unisson, rivalisant et se mettant en quatre pour se faire entendre.

Ray Ashwood, Neil Boyd, Nick Ralston, Eddie Flemming et Don Greene, réputés pour être d'éminents conteurs, sortaient du lot. Il y avait aussi Joe Cowley, qui apportait parfois une anecdote juteuse, toutefois il ne la racontait pas bien, mais d'une voix timide et irritante qui manquait de conviction. Un cas à part était celui de Jeff Ross : cela faisait des années qu'il travaillait à la compagnie ferroviaire, et avait par conséquent accès à des informations particulières, sauf qu'il fallait les lui arracher, et s'il finissait par lâcher le morceau, il fronçait les lèvres comme si, plus qu'une histoire, c'était une dent qu'on lui arrachait.

Près d'une fenêtre, avec son immanquable chemise à carreaux boutonnée jusqu'au cou, Neil Boyd disait qu'il avait vu Meen en train de traire une vache qui était, selon lui, une de celles de Greene. De la traire et de boire son lait.

Débordant de mépris, Fred Jackson l'avait décrit quelques minutes plus tôt comme « un vagabond insolent ». Neil Boyd n'était pas d'accord. L'Allemand n'était pas le plus querelleur, mais il arborait un petit air fanfaron et était aussi (il chercha l'adjectif), aussi énigmatique qu'imprudent. « Un vagabond indiscret », commenta Flemming en faisant un clin d'œil à Ralston, qui n'avait pas encore ouvert la bouche et avait souvent recours à cette stratégie : laisser parler les autres pour provoquer l'intérêt.

— Hier je l'ai vu passer à bicyclette, commença un homme au nez fort et aplati, dont Thambell ignorait le nom.

— À bicyclette ?

— Oui, monsieur, confirma Nez Aplati.

Ce fut ensuite le tour de Ralston.

— Cet homme, commença-t-il à dire, en savourant ses mots, je sais bien, moi…

Mais le bruit de la grande porte l'interrompit. Avec leurs figures presque identiques et leurs corps si différents, les frères Finn approchaient. Il y eut des toux en signe de bienvenue. La voix de Ralston, bien que forcée de se taire, attirait encore l'attention.

— Cet homme, reprit-il. Nous devrions être vigilants...

Je note dans un de mes carnets : « On a l'impression que Thambell se sent, pour la première fois, comme un poisson dans l'eau au Ye Olde Mill. On parle de quelque chose qui le concerne, qu'il connaît, qui l'inclut dans cette confrérie. Bien que ladite confrérie ne sache ni ne soupçonne rien. »

XV

Comme son Flaubert vénéré, Józef pensait – et le disait souvent à Hueffer – que pour convaincre, attirer, envoûter les lecteurs, un écrivain est moins tributaire d'actions, de scènes ou de trames justes que de mots exacts. *Les mots justes**, selon Flaubert, sauf que Józef pensait que le son pouvait avoir plus de pouvoir que le sens. L'accent ou le son exact. *L'accent juste**, disait-il dans cette langue française qui à l'heure de la réflexion lui était matière propice, comme l'eau au temps de ses navigations. C'est peut-être pour cela qu'il souffrait lors des lectures publiques. Parce que son indomptable accent, un peu slave et un peu français, semblait se refuser à être *juste*, et ces pages écrites en anglais semblaient se refuser à servir des idées frappées sur un autre rivage, dans une langue fantôme.

Il était inutile de clamer que, s'il n'avait pas écrit en anglais, il n'aurait jamais rien écrit de sa vie. Il n'était d'aucune utilité d'avouer sa dévotion et sa soumission à cette langue qui, à ce qu'il pensait, l'avait adopté ; cette langue qui, même si elle l'avait dans une certaine mesure éloigné de la mer, l'en avait aussi rapproché parce que c'était la langue des marins : ceux de l'*Adowa* et du *Mavis*, ceux du *Palestine* et du *Vidar*, ceux du *Torrens* et de l'*Otago*. Cette langue anglaise, Józef la concevait comme l'eau : fluctuante, malléable, contrairement à la parfaite solidité continentale, terrestre, de la langue française qu'il n'avait pas apprise adulte, par la vie en société, mais enfant, avec l'aide d'une certaine mademoiselle Durand (sourcils foisonnants, nez démesuré) en moins de quatre mois. Qu'il était pénible de lire en public, à voix haute, en se résignant au joug de son faux accent. Lui, précisément, qui cherchait dans les mots une forme de beauté. Il avait alors le sentiment, comme jamais, d'être un phénomène de cirque. Ou pire encore, une sorte de païen qui, en écrivant en anglais, ne faisait que confirmer l'orgueil chauvin de la masse des lecteurs.

Sa vie de marin avait commencé et s'était terminée en France. Elle avait commencé avec un voyage au cours duquel il avait vu de près les quatre îles du Frioul, surtout les plus petites : l'île de Tiboulen et le rocher d'If, décor du *Comte de Monte-Cristo*. Entre le roman de Dumas et la publication de *Madame Bovary*, il y avait un peu moins de quinze ans ; entre son baptême de la mer et ses adieux, à Rouen, face au décor réel du roman de Flaubert, il y avait moins de vingt ans.

Jessie était impressionnée par la fragilité du cas : en son temps, son mari avait choisi entre le français et l'anglais comme langue littéraire ou, bien plus, comme langue patrie, et cette décision finale, qu'elle jugeait si précaire, avait ouvert les portes à ce qu'on appelait leur vie en commun : leur mariage, Pent Farm, Borys, tant de choses... Un soir où ils dînaient avec les Hueffer dans une harmonie presque parfaite, Józef avait admis que le français aurait été le choix le plus simple, mais aussi le plus risqué : il y avait en France quantité de stylistes, vous secouiez un arbre dans le bois de Vincennes et il en tombait quatre, cinq, six (sans se heurter les uns les autres, parce qu'ils étaient stylistes même pour tomber), tandis qu'un styliste anglais était un fruit vraiment étrange.

Jessie avait passé la nuit qui avait suivi le dîner avec les Hueffer consternée, et sans pouvoir trouver le sommeil. C'était donc une décision littéraire, aussi périlleuse que les vents qui tenaient les bateaux à leur merci, qui avait rendu possible sa rencontre avec Józef ? Elle préférait croire qu'ils étaient unis par un destin ou quelque chose de semblable à la volonté. Ou c'était peut-être cela que le destin : un coup de vent bien orienté.

Un matin, cinq ans plus tôt, Jessie l'avait interrompu en plein travail, chose qu'elle ne devait pas faire sauf en cas d'urgence, et lui avait donné une nouvelle fabuleuse, c'était l'adjectif qu'elle avait employé : Borys, leur petit Borys, venait de prononcer ses premiers mots reconnaissables et ces mots, d'après Jessie, avaient été « máman ! pápa ! », ou peut-être l'inverse, « pápa ! máman ! », accentués sur la première syllabe, c'était un événement.

Quelque temps plus tard, en évoquant ce fait avec Hueffer, lors d'une pause dans leur travail conjoint, Józef s'était brusquement rendu compte que ces mots de Borys ressemblaient un peu, étonnamment, à des mots à lui : les mots « Kaspar ! Makan ! » par lesquels commençait son premier roman.

Hueffer proposa de faire une sorte d'inventaire des premiers mots de leurs écrivains favoris. Il s'établit alors entre eux un débat ridicule et l'un d'eux, Hueffer ? dit que ces premiers mots n'étaient pas toujours les premiers, pas de façon certaine. Avant, sans aucun doute, il y avait eu d'autres essais, ce qui fait que ces mots n'étaient les premiers qu'aux yeux des lecteurs. Alors l'un d'eux, Józef ? ou de nouveau Hueffer ? avait allégué qu'on pouvait dire la même chose de Borys et de tous les enfants en général : « máman ! pápa ! » étaient les premiers mots que Jessie lui avait entendu dire, mais pouvait-on être sûr que c'étaient les premiers ?

Ils s'embrouillaient souvent dans des discussions byzantines comme celle-là, surtout quand le travail ne coulait pas, quand l'écriture elle aussi s'embrouillait, les enveloppait et les entraînait dans son enchevêtrement. Un soir, venu en visite, Mr Pinker avait fait allusion à leur travail conjoint en parlant d'« écriture à quatre mains », et l'un des deux, Hueffer ? avait allégué qu'ils n'étaient pas des pianistes, que les couples d'écrivains travaillaient à deux mains.

Jessie, qui ne se mêlait pas de ce genre de débats, qui mordait davantage à l'hameçon quand la conversation roulait sur des questions domestiques, s'était senti cette fois-là le devoir d'intervenir, peut-être au nom de son ancienne profession. À deux mains ? s'était-elle permis d'objecter, et s'ils écrivent à la machine ?

Alors un des deux, Józef ? avait tranché la question avec un brin d'ennui : étant donné que Hueffer travaillait aux commandes de la Yost, que Jessie lui prêtait un peu à contrecœur, ils écrivaient à trois mains, telle était l'expression la plus fidèle, et Mr Pinker pouvait l'annoncer très fort, et proposer à l'éditeur cette phrase promotionnelle : *The Inheritors*, roman écrit à trois mains par…

Parfois Józef aurait aimé que Jessie soit plus curieuse, plus indiscrète. Qui est Falk ? Qui est Hermann ? L'étranger a-t-il vraiment servi de modèle à l'un d'eux ? Józef attendait que Jessie lui demande ce genre de choses, mais elle ne le faisait pas. Après tout, ils se posaient rarement de questions l'un à l'autre.

Józef ne se vantait pas ou peut-être que si, il se vantait un peu de savoir qu'il avait un passé plus grand, plus singulier, un passé plus étrange que celui d'autres hommes que Jessie et lui fréquentaient. On voit la coque d'un bateau sous l'eau et on sait approximativement quelle surface se trouve sous l'éclat de la ligne de flottaison. Simple question de proportions. Mais Józef était un bateau dont personne ne pouvait deviner la pâle et vieille coque sous l'eau.

Il y avait sous cette ligne des zones trompeuses, il y avait des ombres que même lui ne connaissait pas. Qui était Hermann ? Et Falk ? L'étranger avait-il vraiment servi de modèle à l'un d'eux ?

XVI

Je venais d'avoir quinze ans, quand un vendredi après-midi, je m'en souviens parfaitement, mon père m'appela de sa voix rauque, brisée, avec son épais accent étranger renforcé par le tabac. Je montai le petit escalier de la maison de Buenos Aires où nous vivions alors, il y a plus de trente ans. Il attendait debout, près du lit double présidé par une copie d'un tableau de Modigliani montrant une femme nue. D'un geste nerveux mon père me fit signe de m'asseoir sur le couvre-lit mexicain orange, bleu, rouge et blanc. Puis il ferma la porte, s'assit à côté de moi et m'annonça que l'heure était venue de me dire qu'en fait il avait cinq ans de plus que je ne le croyais, cinq ans de plus que son âge « officiel ».

La nouvelle me déconcerta. Brusquement, j'eus le sentiment qu'on volait cinq ans à la vie de mon père. Sauf que le voleur c'était lui. Je m'étais toujours senti perturbé par un père aux cheveux entièrement blancs que certains de mes camarades, sans mauvaise intention, prenaient pour mon grand-père. Ce vendredi après-midi, je dus admettre que mon père avait soixante-cinq ans, et non soixante. Toutefois le plus étrange, ce n'était pas cela, mais l'histoire confuse avec laquelle il tenta de m'expliquer qu'il existait un âge officiel et un autre, secret et véritable à la fois.

Mon père avait fui l'Europe en 1937 parce qu'il avait vu, avec perspicacité, que la guerre approchait. C'est ce qu'il me raconta. En altérant sa date de naissance, en retouchant le quatre à la fin de 1914 pour en faire le neuf de 1919, il avait réussi à échapper à la mobilisation. Le changement avait été couronné de succès : deux diplômes accrochés à la maison indiquaient 1919 comme année de naissance. Mais, à un moment (je ne sais ni quand ni pourquoi), mon père avait remis la date réelle sur ses papiers argentins. Quand il mourut, sa carte d'identité et son passeport indiquaient 1914.

Malgré ma perplexité, je lui demandai si ma mère était au courant. Au courant du fait qu'il avait – pour ainsi dire – deux âges. Il me répondit oui. Elle et lui en avaient discuté et avaient estimé que quinze ans était l'âge idéal pour me confier ce secret. Ce pluriel me sembla une simple marque de déférence à l'égard de ma mère. De plus, depuis le temps que la guerre était terminée, ce secret n'était-il pas inoffensif ou presque ? Mon père devait prendre sa retraite cinq ans après l'âge normal, car il était censé avoir cinq ans de moins. Il était fier de son emploi (après s'être longtemps débrouillé comme il pouvait il avait, enfin, un travail qui lui permettait de voyager et de s'offrir, par exemple, des couvre-lits mexicains), mais il était fatigué de toutes ces années d'efforts.

Finalement, on ourdit une solution : il travaillerait jusqu'à soixante-cinq ans, mais on lui donnerait un poste (une catégorie spéciale, quelque chose qui échappait aux lois) pour sa période supplémentaire.

Plus tard, à l'occasion d'un autre anniversaire (en l'occurrence, celui de mes dix-huit ans), mon père eut avec moi une autre conversation particulière, qui d'une certaine façon fut une copie de la précédente. De nouveau, il me fit asseoir sur le couvre-lit « aztèque », comme ma mère appelait ce souvenir du Mexique. Or, cette fois il y avait quelque chose dessus : mon père venait de se couper les ongles, opération qu'il accomplissait presque toujours à huis clos, et les ciseaux étaient restés sur le lit.

À l'époque, je pensais naïvement que lors de la conversation précédente il m'avait livré son plus grand secret. Le seul, ou celui qui avait le plus d'envergure. Mais cette fois-là il me raconta qu'avant d'épouser ma mère, bien avant, dans les années trente, il avait eu une autre femme. Et que cette femme était inséparable de son voyage, c'est-à-dire de sa décision de traverser l'Atlantique. Cette femme, me dit mon père, était juive. Il lui avait fait prendre le bateau pour lui sauver la vie. Et il avait embarqué avec elle.

En d'autres mots : lors de cette traversée océanique, sur le bateau où était aussi le Libanais qui lui avait appris l'espagnol, mon père avait voyagé avec une femme plus âgée que lui de sept ans. Une femme dont malgré mon insistance, il ne me révéla pas le nom, qu'il remplaça par un surnom un peu méprisant qui lui donnait aussi une certaine drôlerie. Les choses s'étaient mal terminées entre eux. Du moins était-ce sa version à lui.

Ce n'est que presque vingt ans plus tard, en 2001, un an après la mort de mon père, que je pus enfin connaître le nom de cette femme, de sa première épouse. C'est la veuve d'un ami cher de mon père qui me le confia. Cette veuve, une peintre, voyant avec quelle curiosité je l'interrogeais, chercha un bon moment dans une boîte en carton d'où elle finit par extraire, avec une grimace victorieuse, une très ancienne photo de mon père et de sa première femme : grande, visage allongé (pas laid) et sourire assez fier.

Je me souviens d'un lointain après-midi, je devais avoir dix ans, douze tout au plus, où je demandai à ma mère pourquoi certaines photos de l'album familial (de vieilles photos de mon père, uniquement) étaient découpées aux ciseaux. Je ne me rappelle plus la réponse de ma mère mais en revanche je me souviens bien, c'est curieux, c'est révélateur, surtout, de l'effort qu'il m'en coûta de lui poser cette question cet après-midi-là. Aujourd'hui je comprends que mon père avait éliminé sa première femme avec l'aide catégorique d'une paire de ciseaux. Et, pourtant, il n'avait pas réussi à l'éliminer entièrement. On voyait encore les contours maladroitement irré guliers de ces clichés (la présence d'une absence) et aussi certains indices plus subtils. Une main ou, même pas, trois doigts manifestement féminins sur la manche droite d'une chemise. Le bout d'une chaussure ou l'ombre du corps découpé. Quelque chose comme la synecdoque de l'absence.

XVII

« Il y a quelque chose de mon père dans tout homme devenu vieux. Mais la plupart ne disent rien. Ils ne peuvent pas. Ils ne sauraient pas comment ou peut-être que s'ils le savaient ils ne le voudraient pas. L'homme est un accident imprévu qui ne résiste pas à une investigation profonde. »

« Il s'étira impatiemment sur sa chaise et avec ses deux mains leva son livre à la hauteur de ses yeux. C'était un des livres de son père. Il l'ouvrit au hasard et son regard tomba sur le milieu de la page [...]. Son fils se mit à lire, en se recroquevillant intérieurement et en composant son visage comme s'il était sous le regard de l'auteur, avec une intense conscience du portrait qui se trouvait à sa droite, un peu au-dessus de sa tête ; une présence étrange dans ce cadre si lourd sur la minceur du mur. »

« On aurait dit qu'il écoutait la voix de son père, qui parlait puis cessait de parler. D'abord inquiet, il finit par trouver un certain charme à cette illusion et se laissa porter par la conviction que quelque chose de son père était toujours sur terre, une voix fantomatique que seules pouvaient entendre les oreilles de son propre sang. »

(Fragments de *Victoire*,
de Joseph Conrad.)

XVIII

Si Józef répugnait à se plonger dans ses propres livres, ce n'était pas seulement à cause des nombreuses imperfections qu'il y découvrait. Ses livres, loin de l'embarquer dans l'illusion d'une histoire, réveillaient en lui le souvenir du moment exact où il les avait écrits. « Il s'est enfin couché, lui dit-il, en lui montrant les collines derrière lesquelles le soleil… » Il ne pouvait pas lire cette phrase, par exemple, sans voir ondoyer le drapeau blanc avec le monogramme quelque peu baroque de la CFCT (« Compagnie franco-canadienne de transports », disait une inscription au-dessous : une sorte de note de bas de page) et sans qu'apparaisse avec un éclat onirique le gros encadrement de cuivre du hublot de sa cabine sur l'*Adowa* – dernier bateau de son existence, maintenant fabuleuse, de marin – et, dans cet encadrement, comme une image dans un livre scolaire, la façade du meilleur café de Rouen, celui-là même où M. Bovary et sa femme étaient allés après un spectacle inoubliable à l'opéra.

Souvent, le cadre de l'action contrastait tant avec le cadre de la création qu'il lui semblait impossible qu'une seule et même personne ait accompli l'exploit d'être au même moment en deux endroits si différents. Il penserait la même chose, à un âge plus avancé, de chacun de ses récits, de chacun de ses romans, si différents entre eux. Si différents que même s'ils étaient souvent réunis par la mer, ils semblaient l'œuvre de plusieurs auteurs. Les lecteurs cherchent et voient les ressemblances entre les livres, nombreux ou non, d'un écrivain ; l'écrivain, de son côté, voit surtout leurs différences. La certitude ou le sentiment d'avoir vécu cent vies excédaient peut-être la métaphore, la plaisanterie. Cette suite dissemblable de livres était peut-être une autre façon d'affirmer une de ses convictions : que l'écrivain parle de lui, fatalement, d'un livre à l'autre, mais qu'il ne se manifeste ni ne s'expose jamais complètement, et reste au contraire, dans toute la mesure du possible, un personnage voilé. Une présence soupçonnée plutôt que nette.

Lorsque Józef et Hueffer commencèrent leur association ce fut, sous un certain aspect, un autre mariage. Peut-être parce que le premier n'avait pas eu droit à une haute bénédiction (Jessie et lui ne s'étaient mariés que civilement à Hanover Square), il invita Hueffer à monter dans sa voiture, une Ford, comme le nom de plume de Hueffer, et en chemin il lui expliqua qu'ils allaient rendre visite à H. G. Wells.

Naguère, Wells s'était montré enthousiaste à propos de son premier roman. Józef espérait maintenant un enthousiasme similaire devant l'annonce de leur société artistique. La bénédiction, pourrait-on dire, que Jessie et lui n'avaient pas eue à Londres. Il plaçait la louange de Wells à une hauteur quasi divine. Mais Wells n'alla pas au-delà d'une indispensable cordialité et, le lendemain, il alla à bicyclette jusqu'à chez Hueffer dans l'intention de le dissuader.

Un autre homme. Une autre bicyclette.

— Vous allez lui gâcher son magnifique style oriental, protesta Wells sans mettre pied à terre.

C'était du moins comme cela que Józef imaginait la scène.

Le style, toujours le style.

Quand Hueffer le lui raconta, il dut faire un effort. Magnifique style oriental. Il n'est jamais simple de dissimuler une réaction de vanité.

Lorsque Jessie lui expliqua que l'homme à la bicyclette s'était reconnu dans le personnage de Hermann ou dans celui de Falk, peu importait, Józef ressentit une fierté assez semblable.

Il se demandait tout le temps si ses personnages étaient vivants. Provoquer l'intérêt, être crédibles : deux tâches obligatoires, selon Hueffer et lui. En ce sens, la visite de l'Allemand n'était pas une mauvaise nouvelle.

D'après Thambell, le dénommé Meen savait par cœur des paragraphes entiers du récit. Comme Thambell n'avait pas de livres – il n'y en avait pas un seul chez lui, exception faite de la Bible –, comme il n'avait pas non plus une grande expérience de la lecture, il s'était permis d'en douter. L'Allemand était alors allé chercher le livre, l'avait ouvert au hasard et, avec un regard de défi, il avait demandé :

— Lisez-moi le début d'une phrase. N'importe laquelle.

Thambell éprouvait beaucoup de difficulté à lire à voix haute. Malgré tout, la curiosité s'imposa et, le livre dans ses mains veineuses, sales, carrées, il déchiffra :

— L'ar… rière-goût… d'eau… sa… lée…

Meen répéta ces mots avec aisance, comme pour le corriger, et récita par cœur le paragraphe entier :

— L'arrière-goût d'eau salée, qui pour beaucoup d'entre nous avait équivalu à l'eau de la vie, imprégnait nos conversations. Quiconque a goûté à l'amertume de l'océan conservera à tout jamais le souvenir de sa saveur.

Józef n'était jamais arrivé à apprendre par cœur ses propres textes. Les quelques phrases isolées dont il se souvenait étaient des phrases d'essai : des versions préalables à celle qui avait finalement été imprimée, après une dernière série quelque peu impulsive de corrections, de ratures, d'ajouts, de suppressions. Hueffer disait que c'était relativement normal parce que l'auteur passait des mois, sinon des années, avec une autre version de la phrase : une version que le lecteur ne connaissait pas. La mémoire de l'écrivain conservait le matériau avec lequel il avait dû batailler. Sa mémoire s'était accrochée au problème, plus qu'à sa possible – en aucun cas véritable – solution.

En revanche, Hueffer et lui savaient par cœur des phrases complètes, de longs paragraphes de Dickens, de Flaubert, de Tourgueniev, et d'autres auteurs qui constituaient leur panthéon privé. C'était ainsi qu'ils avaient scellé, à vrai dire, leur amitié : en récitant par cœur Maupassant, Stendhal, Alphonse Daudet, comme s'ils étaient eux-mêmes les auteurs ou, plutôt, comme s'ils étaient devant eux ce que Meen était devant Józef.

XIX

Je descends prendre mon petit déjeuner à l'hôtel et je tombe sur Karpinski, qui m'attend, guère souriant. Je crois deviner un problème ou, du moins, que quelque chose le rend nerveux. Peu à peu, tandis que Karpinski déjeune en face de moi (par amabilité ou parce qu'il n'a pas pris son petit déjeuner et qu'il a vraiment faim, je ne sais), je comprends qu'il y a eu une espèce de confusion, qu'un courriel s'est perdu en chemin et que Karpinski, en tout cas, vient me chercher pour « aller en prison ». Je ne m'explique pas ce qu'il entend par ces trois mots inquiétants. J'essaie de me rassurer, je me dis qu'il n'y a aucune raison que je me retrouve derrière les barreaux, mais celui qui me rassure mieux encore c'est Karpinski lui-même qui, tout en conduisant une Volkswagen sur la voie de gauche (parce que nous sommes en Angleterre et que même les Polonais doivent rouler à gauche), me demande si j'ai déjà animé un atelier d'écriture dans une « unité pénale », euphémisme qui remplace maintenant ce mot de « prison » qui voici quelques instants a un peu gâché mon petit déjeuner.

Je me débrouille comme je peux et j'improvise un atelier d'écriture en anglais pour les prisonniers de la pas si calme prison de Burmarsh (où voici un mois et demi a eu lieu une mutinerie sanglante dont par bonheur je n'ai pas encore entendu parler) et je le fais pendant que Karpinski explique au directeur de l'unité pénale, sorte de Paul McCartney albinos, que tous les visiteurs qui logent à Pent Farm « remercient de leur séjour en rétribuant la communauté par un acte culturel ». Mince, cela n'aurait pas été mal qu'on me l'explique avant. Et tandis que le faux McCartney me donne une ou deux indications, par exemple de ne pas prendre congé des prisonniers à la fin en leur disant des phrases comme « bon, je m'en vais, je vous libère », conseil qui a suscité un rire comme bégayant de Karpinski, je décide de faire un clin d'œil à Józef et de proposer aux détenus d'écrire un texte où un personnage raconte une histoire à d'autres personnages.

La prison de Burmarsh possède une petite bibliothèque où les détenus peuvent passer une ou deux heures chaque jour (il y a des revues et des journaux, pas seulement des livres) et dont la bibliothécaire est une jeune fille à l'apparence si fragile qu'il semble invraisemblable qu'on lui ait donné ce poste. Je suis frappé par le contraste entre elle et la solidité de la prison. Mais je le suis bien plus encore par le perpétuel bruit de fond, un bruit de serrures, de cadenas et de mille et une portes qui s'ouvrent, se ferment, s'ouvrent…

Je donne le thème de l'atelier (et il faut voir avec quelle application les six volontaires se plongent dans leur travail) et je me laisse tomber sur ma chaise, encore un peu préoccupé parce qu'il n'y a là que les prisonniers et moi : ni Karpinski, qui est parti Dieu sait où, ni le directeur qui ressemble à McCartney, ni aucun gardien, ni aucun surveillant, personne d'autre qu'eux et moi, jusqu'au moment où une porte s'ouvre et surgit un septième homme, un participant de plus, avec un aspect si identique à celui de Józef (à certaines photos de Józef datant de la fin du XIXe siècle) que, un très bref instant, je me dis que tout cela n'est qu'une plaisanterie de Karpinski ou, pire encore, un mauvais rêve. Que je suis encore en train de dormir à l'hôtel, que je ne suis pas réveillé.

Je partage un autre petit déjeuner insipide avec Karpinski, nous sommes lundi 10 mars, et je le fais bien malgré moi, car Karpinski s'est révélé une gêne, un type agaçant qui ne me laisse pas une minute seul, toujours avec quelque chose de « très important » à raconter, à révéler ou à montrer. Un type qui, en ces premiers jours, m'a obligé à me lever outrancièrement tôt, mais qui ne m'a toujours rien dit de la visite à Pent Farm.

En silence, plus endormi que las, je laisse Karpinski réfuter certaines histoires qui figurent dans presque toutes les biographies de Józef. Je suis épuisé par la façon dont, comme un très mauvais avocat, il prend fait et cause contre certaines « campagnes dénégatrices », ce qu'il dit en faisant un effort pour ne pas trop élever la voix, mais il l'élève plus qu'il ne le croit et attire plusieurs regards. Presque toujours, bien entendu, ce sont des choses qui ont à voir avec Józef et son pays natal. Ce qui irrite le plus Karpinski c'est que quelques-uns affirment que son héros est né en Ukraine. Bien entendu, la ville de Berdychiv ou Berdichev ou Berdyczów, quelle que soit la façon dont on l'écrit fait aujourd'hui partie de l'Ukraine mais la tradition culturelle de Józef, argumente Karpinski à grands cris, est polonaise. Cent pour cent polonaise.

Un soir, enfin, je dîne chez Karpinski. Je ne peux y échapper, refuser serait l'offenser. C'est ainsi que je découvre, perplexe, que Karpinski a dix enfants, dix fils qui sont nés sans interruption (trois, quatre, cinq, six, sept, huit, neuf, dix, onze et douze ans), comme si sa femme et lui n'avaient jamais entendu parler de quelque chose qui s'appelle la contraception, puis, plus perplexe encore, j'entends les prénoms de la dizaine de rejetons : George, Edward, William, James, Charles, Henry, John, Stephen, Harold, Edmund. Apparemment, la femme de Karpinski a eu l'étrange idée de les baptiser en se référant aux prénoms des rois d'Angleterre, dans un ordre parfaitement décroissant, en évitant non seulement les répétitions et les prénoms féminins (il n'y a pas de filles ici), mais aussi les Cromwell (il n'y a pas d'Oliver ni de Richard), ainsi que Karpinski se charge de le préciser en plissant le nez pour prononcer ce nom : *Cronwell.*

J'apprends avec les Karpinski, au cours de ces trois heures qui me semblent une éternité, environ quarante mots en polonais. *Nazywam się Eliza*, enchanté, *dobranoc*, bon appétit, *dziękuje*. Le double du vocabulaire du roumaindemonpère. La différence, évidemment, c'est que le lendemain matin j'aurai oublié ce lexique superflu avec lequel Karpinski me met à la torture parce que, d'après lui, pour lire et apprécier l'œuvre de Józef il faut connaître cette langue tapie, immergée derrière l'anglais.

Je m'arme de patience. J'admire les yeux d'Eliza Karpinski, des yeux turquoise qui auraient fasciné tous les monarques d'Angleterre, des yeux qui, comme il veut me l'expliquer, peut-être parce qu'il est très évident que je ne cesse de les admirer, sont « cent pour cent polonais ». Je goûte au *chłodnik*, je goûte au *bigos* avec choucroute, je goûte à de copieuses boulettes qui, si elles ne s'appellent pas *pulfeti*, s'appellent peut-être *pulpeti* et je goûte à d'autres plats encore, de ces plats qui inondent les livres de mots en italique, surtout des *pierogi* mémorables que les dix enfants dévorent, sans exception, la bouche bien ouverte, en faisant un bruit insupportable, porcin, presque, un bruit qui, je n'ose pas le demander, est peut-être « cent pour cent polonais ».

Je finis de dîner avec les Karpinski, j'accepte un thé digestif, une tisane (Eliza Karpinski me permet de choisir entre un *tulsi* à la cannelle et le mélange « doux rêves ») que je bois avec une indéniable précipitation puis je lance : « Il se fait tard pour les enfants, n'est-ce pas ? » ou une autre excuse de ce genre, avant de remercier, de prendre mon manteau (qui, je ne le sais que trop, est usé, décoloré), de glisser un bras dans la manche droite et d'entreprendre ma retraite.

J'essaie par tous les moyens d'échapper aux griffes de Karpinski.

— Je peux rentrer à l'hôtel en taxi, ou même à pied.

Indifférent à mes paroles, remarquablement rapide, Karpinski glisse les deux bras dans son manteau, encore plus usé que le mien, et avant que j'aie glissé mon bras gauche dans la manche gauche, il va chercher les clés de sa Volkswagen, dans laquelle ne tiendraient même pas la moitié de ses fils à prénoms de rois.

Depuis un moment, j'éprouve un mal au cœur que je ne veux pas imputer au vin, mais plutôt à la fatigue ou à cette espèce d'aboulie que me cause l'exposition prolongée à Karpinski. Il est dix ou onze heures du soir, l'heure où nombre de villageois allument leurs cheminées et où il flotte comme un air enfumé par-dessus les toits.

Une fois dans la voiture, avant de démarrer, Karpinski scrute le rectangle du miroir abattable. Un regard, à mon sens, anormalement nerveux. Comme s'il avait quelqu'un sur les talons. C'est alors que je vois, garée à une trentaine de mètres derrière nous, une voiture plus grande, orange ou peut-être rouge, avec les lumières nocturnes on ne peut jamais savoir, une voiture sans aucun doute japonaise, et une silhouette, une tête qui remue à l'intérieur.

Sur le chemin de l'hôtel, Karpinski me dit que l'individu dans la voiture est le propriétaire de la maison qu'ils louent, Eliza et lui. Ce type n'est pas du tout gêné de passer des heures et des heures là, devant la maison, sans jamais descendre de voiture, mais sans se cacher de lui, assis à la vue de tous les passants, comme le plus nul des détectives privés. Karpinski a entendu dire qu'il vit de ses rentes, qu'il loue quatre ou cinq autres logements dans la région. Il est très probable, me dit-il, qu'il passe les jours où il ne se gare pas ici à surveiller les façades de ses autres maisons. À quoi lui sert-il de monter la garde de cette façon ? Que protège-t-il ? Quel message croit-il envoyer à ses locataires ? Karpinski ne me dit rien de tout cela. Et il ne me dit rien non plus, absolument rien, de la visite à la ferme.

XX

Après avoir servi à Józef son médicament visqueux dans une tasse, toujours la même (celle qui avait une fente peu visible sur l'anse), parce que ce médicament était répugnant, son goût mettait des jours à s'estomper et reparaissait, tenace, estimait Jessie, au moment où on s'y attendait le moins ; après avoir vu Józef en boire tout le contenu sans la moindre pause, avec une grimace qui trahissait l'amertume du liquide plus que la prouesse de le boire d'un trait ; après cela et avoir essuyé un reste du remède dans l'essaim touffu de la barbe de son mari, cette barbe qui semblait croître avec un acharnement renouvelé quand la crise de goutte se déclarait ; après tout cela, donc, Jessie s'assura que Józef s'était endormi, elle s'assura que Borys ne s'était pas réveillé et, profitant que la nuit était calme, ce qui était tout à fait normal car on était en août, elle s'installa au bureau *chippendale* (ce bureau qui, comme le prétendait souvent

Hueffer, avait été celui de Christina Rossetti) et ouvrit le livre là où commençait le récit de Falk.

Le dénommé Hermann était-il un héros ? Absolument pas. C'était un *Schiff-führer*, un simple chef de vaisseau, lut Jessie, relut Jessie ce soir-là.

Visage aimable et rondouillard.

Menton rasé.

Solidité primitive.

Membres grassouillets.

Oui, physiquement Hermann ressemblait à Meen. Et inversement. En revanche, Jessie ne voyait ni phrase ni épithète qui eût pu offenser Meen. Si quelqu'un était mal traité dans le récit, c'était Falk : une bête, un animal ; vil, immonde, méprisable, infâme.

Meen était fou, ou bien c'était un type très pointilleux qui exagérait les choses. Et ensuite : Thambell ne l'avait-il pas taxé de solitaire ? Dans le récit de Józef, Hermann avait une femme, avait des enfants… Il fallait croire que Meen avait voulu se reconnaître dans un personnage de fiction quelconque (par vanité, qui sait, par égolâtrie) et avait feuilleté plusieurs récits de Józef et d'autres auteurs jusqu'à ce qu'il trouve quelqu'un qui soit un peu à sa mesure, c'était possible, mais au fond tiré par les cheveux. Ou bien fallait-il croire, au contraire, que le plus grand mérite en retombait sur Józef. À savoir que la nouvelle de Józef, comme tout chef-d'œuvre (et pour Jessie c'en était un, peu importait qu'en l'occurrence l'auteur soit son mari), créait l'illusion de la reconnaissance. La magie toujours stupéfiante de l'identification.

Comment se pouvait-il qu'une lecture erronée, une lecture exagérée, pour le moins, exerce une telle influence sur la vie de l'Allemand ? Cela n'allait peut-être pas plus loin que l'obsession de se chercher et de se trouver dans les livres. De se chercher dans n'importe quel livre pour se trouver dans l'un d'eux, quel qu'il soit. (Je me dis, bien entendu, que c'est ce qui se passe en moi quand je reconnais dans Józef des éléments de mon père : un excès de foi dans les livres, de foi dans la littérature.)

Jessie passa la nuit sans bouger, à lire pour la quatrième fois le récit sur Hermann. La voix singulière de Józef, avec son accent impossible à confondre, résonnait en elle, comme si ses yeux étaient le prolongement de sa voix à lui, tandis que l'autre voix de Józef, la voix de la goutte et de la fièvre et des plaintes, lui parvenait par à-coups comme un balbutiant écho ou une moquerie.

Comme elle levait la tête, brisant cette espèce de cuirasse qu'elle avait créée avec le livre, elle crut entendre un bruit de pas. Ou plutôt de tuyauterie ? Non, ce qu'elle entendait était nouveau. Un bruit qui jamais jusque-là n'avait envahi Pent Farm. Les nuits où Józef était malade ou absent (ou même celles où il « partait en voyage » : écrire dans une autre pièce), les choses les plus quotidiennes, le vent, la lumière, la pluie, semblaient avoir un autre éclat, un autre aspect, un autre son. Elle se leva gauchement et alla jusqu'au lit de Borys. Il dormait les bras en croix, et ses jambes faisaient un angle tortueux. Comme s'il était sur le point de sauter de son rêve.

XXI

Je me souviens que quinze ans après m'avoir confié le deuxième de ses secrets (quinze ans après, alors que je ne vivais plus sous son toit), mon père m'appela un matin pour m'inviter à dîner car, me dit-il, il voulait m'annoncer quelque chose. Dans ma tête, brusquement, se déplia le fameux couvre-lit mexicain dont mon père ne se servait plus depuis la mort de ma mère. Dans ma tête, brusquement, s'alluma une lumière d'alarme : mon père avait-il gardé en réserve un autre secret, un troisième secret de la même nature ? J'allai au rendez-vous (au dîner), mon père me raconta qu'il avait commencé à écrire un roman et je ressentis alors un mélange d'inquiétude et de soulagement. Était-ce là le troisième secret ? Une légende familiale disait que dans sa jeunesse, quand il vivait encore en Europe, avant de prendre le bateau et de traverser l'océan, il avait essayé d'écrire une biographie romancée de Domenikos Theotokopoulos,

Le Greco, dont il avait à peine rédigé une centaine de pages qui, toujours selon la légende, avaient fini au feu. Pourquoi Le Greco ? Pourquoi un peintre ? Pourquoi le feu ? Je ne le lui ai jamais demandé. Pas plus que je ne lui ai demandé pourquoi il avait opté pour un texte qui mêlait la biographie et la fiction, ce qu'on pourrait dire au moment de définir ce que j'essaie de faire aujourd'hui avec Józef.

Mon père m'annonça qu'il avait commencé à écrire son roman après avoir lu *Le Désordre électrique*, mon premier roman, que je venais de publier et qu'il venait de lire comme un lecteur parmi d'autres, sans en avoir auparavant feuilleté les manuscrits. Je pensai que si *Le Désordre électrique* avait une utilité, c'était, au moins, que mon père ait renoué avec une vocation. Il n'avait encore écrit que quatre ou cinq pages qu'il refusa de me faire lire, bien qu'il soit vrai que je n'insistai pas beaucoup, un peu troublé par son annonce. Il m'avait convoqué pour que je lui donne des conseils : dans quel genre de cahier était-il opportun d'écrire, à savoir des cahiers de quel format, de quelle marque, de combien de pages et, surtout, à pages blanches unies, rayées, à carreaux ? En réprimant un sourire, je lui répondis que tout cela était secondaire. Moi je changeais tout le temps de cahiers, sans aucune méthodologie à ce propos. Mon père, pas vraiment satisfait, insista sur la question. Il devait y avoir une marque que j'appréciais plus que les autres. À l'époque, j'avais une petite faiblesse pour certains cahiers d'école à couverture très dure : les Rivadavia. Mon père en prit note et exigea d'autres précisions. Quelle marque de stylo lui recommandais-je. Quelle heure de la journée. Combien d'heures. À quel endroit. Qu'en pensais-je ? Mon père était tenté par l'idée d'écrire non seulement chez lui, mais aussi dans les cafés. Qu'en pensais-je ? Et l'histoire, ou plutôt, la trame, fallait-il l'avoir clairement en tête avant de s'asseoir pour écrire ? Mon père avait déjà décidé certaines choses. Il avait un fil conducteur, mais d'autres points lui résistaient, s'estompaient avec une inexplicable autonomie. Qu'en pensais-je ? Le soir, avant de m'endormir, je me dis que mon père m'avait posé beaucoup de questions sur de nombreux sujets, mais qu'il ne m'avait pas posé la question fondamentale : il s'était mis à écrire un roman. Qu'en pensais-je ?

Je me rappelle un matin où, il y a vingt ans, j'écrivais dans un café qui n'existe plus, au coin de la rue Salguero et de l'avenue Santa Fe, un café de Buenos Aires qui servait aussi une pizza mémorable, quand, levant les yeux et les détournant de mon cahier, je vis à une autre table mon père en train d'écrire dans un cahier semblable au mien.

Je pourrais prétendre que je n'avais pas voulu l'interrompre et que c'est pour cela que je ne l'avais pas salué ce jour-là, mais je ne crois pas moi-même à cette explication. Que quelqu'un écrive dans le café où j'essaie d'écrire m'a toujours perturbé. J'admets aujourd'hui que l'image de mon père, lèvres serrées, levant de temps à autre les yeux au plafond en quête d'un mot, faisant le geste de biffer une phrase ou un paragraphe, non seulement m'empêcha d'écrire ce jour-là, mais m'obligea à chercher, du moins pour un certain temps, un autre endroit où le faire, sans penser un seul instant que mon père pouvait, tout comme moi, changer de café.

J'ai souvent été sur le point d'écrire une nouvelle inspirée de ce sujet : une nouvelle sur un écrivain qui tombe tout le temps sur un autre homme qui écrit, une sorte de *doppelgänger* parodique qui dans la nouvelle n'est pas le père du personnage (car c'est une nouvelle « inspirée de » ce qui s'est passé) et aujourd'hui je soupçonne même que j'ai écrit cette nouvelle, mais que je l'ai perdue, et qu'elle est comme le texte fantôme de ce que je viens d'écrire.

Bien entendu, je finis par avoir accès au roman de mon père ; au roman qu'il n'acheva pas, peut-être parce qu'il l'abandonna avant de mourir ou parce qu'il mourut avant de l'abandonner. Et, en le lisant, je ne fus pas trop étonné que mon père ait choisi l'espagnol. Ni de trouver, çà et là, des fautes d'orthographe et de grammaire plus ou moins énormes, de ces fautes qu'un hispanophone de naissance ne commettrait pas, non parce qu'il ne commet jamais d'erreurs, mais parce que les hispanophones de naissance en commettent d'un autre genre.

En revanche, ce qui retint mon attention, c'est que mon père ait intitulé son livre *La Déroute*, titre intéressant, bon titre, estimai-je, sauf qu'il l'avait mal orthographié et, au début du premier des six cahiers (un cahier de marque Rivadavia, comme je le lui avais recommandé), on peut encore lire *La Dérroute*, avec deux « r » au lieu d'un seul.

J'ai souvent rêvé de réécrire ou de compléter le roman de mon père (mais en même temps je trouve présomptueux de « réécrire », en m'arrogeant la fonction d'arbitre ou de maître) et je me suis dit que, dans ce cas, il ne faudrait jamais changer ce titre mal orthographié : *La Dérroute*. La réussite de ce néologisme fortuit, c'est qu'il mélange l'idée de fuite désordonnée avec celle de changement involontaire de direction. Parce qu'il mêle un mouvement précipité avec un autre, comme une sortie de route. Si on devait forger un terme pour désigner celui qui voyage parce qu'il y est forcé, sans vraiment vouloir le faire (pour quitter un endroit, pas pour se rendre dans un autre), « dérroute » ne serait-il pas le mot parfait ?

XXII

Bowman, le garçon d'écurie, alla dire à Jessie que l'Allemand rôdait. Les trois jours précédents, il l'avait vu par deux fois approcher et voler des légumes du potager ; le potager où un soir, deux ans plus tôt, Jessie avait trouvé un homme inconnu – blessé ou ivre – allongé sur le dos au pied d'un arbre.

Pour n'effrayer personne, Jessie n'avait pas répété la totalité du récit de Thambell. Le garçon d'écurie ignorait que Meen avait une carabine ; l'Allemand n'attirait pas son attention parce que c'était un assassin (il ne pouvait le savoir) ou un danger (cela, en revanche, était plus visible), mais parce que, là et à ce moment, il incarnait pour Bowman une liberté inouïe et pleine de défi.

Il y avait dans ces champs une servitude de passage. Un précédent occupant de Pent Farm, Hueffer lui-même ? avait installé tout un enchevêtrement de piquets et de fils de fer. Une barrière inamicale. Mais cela n'empêchait pas Meen ni qui que ce soit de pénétrer dans les entrailles de la ferme, car en se promenant dans ces lieux on ne violait aucune propriété privée.

Jessie pensa échanger quelques mots avec les Finn, qui aidaient aux travaux de la ferme. Il y avait Finn le brun, à la barbe encore noire, et Finn le gris, son frère aîné à la barbe poivre et sel. Toutefois, comme elle craignait d'avoir l'air ridicule avec ces peurs quelque peu infondées, elle eut bon espoir que l'Allemand finirait par se lasser et, pourquoi pas, par abandonner.

Un soir, elle examina la possibilité d'avoir recours à Hueffer, mais finalement elle l'écarta. Hueffer serait très capable d'empoigner une arme et de sortir tuer l'Allemand (non, c'était sans doute un peu trop, mais en revanche de lui faire peur en pointant sur lui un revolver, de le chasser de la région) pour ensuite se vanter d'avoir sauvé la peau de Józef et de sa famille.

(Fatigué d'attendre si longtemps, je finis par prendre la décision d'aller à Pent Farm, ce qui promet d'être quelque chose comme un « voyage dans le temps ». J'irai, c'est décidé, sans la permission officielle de

Karpinski et sans l'escorte étouffante de Karpinski, qui ne me lâche pas d'une semelle. En somme, j'irai sans Karpinski, qui a quelque chose de ces « guides touristiques » que mettent en place certains gouvernements pour surveiller de près les étrangers suspectés d'espionnage.

Je note dans mon journal de voyage le moment de ma décision : « Ce matin un des cent mille fils de Karpinski est malade. Edward ou William, peut-être. Un des plus jeunes. Léger changement de plan, m'a-t-il expliqué par téléphone avec une sorte d'allégresse doublement irresponsable, comme si ni la santé de ses rois ni ma visite à la ferme n'avaient d'importance pour lui. »)

Pent Farm était constituée de plusieurs constructions peu séparées. À la construction principale s'ajoutaient non seulement les services sanitaires, mais aussi le grenier, l'entrepôt, l'écurie et la remise aux voitures. Le grenier était juché sur quatre hauts piliers de pierre, insuffisant remède contre les rats. Entre les bâtiments s'étendait le jardin, présidé par un grand arbre : un vieux châtaigner digne d'une aquarelle de Constable. Sur une de ses branches, vénérable, Józef avait réussi à installer une balançoire artisanale, mais une tempête ou quelque manœuvre brusque avait coupé la branche en deux. Borys se souvenait parfaitement du coup provoqué par sa chute, tout comme Jessie se ressentait encore, cinq ou six mois après, du coup sur son genou malade.

(Je vais de Hythe à Folkestone par le bus 102, puis je prends le bus 17 pour Newbarn. Une fois là, une marche d'une vingtaine de minutes me mène à Pent Farm, en passant par Staple Farm et par une sorte d'aérodrome appelé « Vintage Aero », toujours par un chemin conçu pour recevoir voitures, moto ou au maximum des bicyclettes, mais en aucun cas des piétons.

J'écris dans mon journal, lors de brèves pauses dans mon trajet. « Un moulin délabré qui élève ses ailes cassées », « un petit bourg aux toits rouges », « une maison de brique, avec de vieux et beaux carreaux en losanges aux fenêtres ». Des images isolées qui, tandis que je les note, me semblent familières.)

La chambre des tortures où Józef s'enfermait des heures et des heures pour travailler était sur le devant de Pent Farm. Borys avait imaginé deux méthodes pour épier son père, dont les longues absences diurnes lui provoquaient curiosité et ennui. La plus simple se limitait à regarder par le trou de la serrure. Dans ces cas, il voyait son père assis dans le petit fauteuil rouge à oreilles, de dos. Ce fauteuil était près d'une cheminée, non loin du bureau que William Morris avait fait faire spécialement pour le grand-père de Hueffer. Par la serrure, Borys voyait un pied : celui de la jambe que son père avait passée sur l'autre et qui dépassait de cette sorte de rempart que représentait le fauteuil. En fait, il n'épiait qu'une portion minuscule de son père, mais ce pied, l'expérience le lui avait appris, fournissait une précieuse information sur l'humeur du jour. S'il remuait un peu ou pas du tout, son père était calme ; s'il était vigoureusement agité, pour ne pas dire pris dans une sorte de spasme, le plus sensé pour Borys, pour tout le monde, était de ne pas entrer.

À part cette méthode il y en avait une autre, qui exigeait davantage d'audace : Borys grimpait à la treille qui poussait devant la maison et d'un autre angle, de face, il épiait son père par une large baie vitrée. Józef faisait souvent la sieste dans son petit fauteuil. Le chronogramme était quelque peu inhabituel, car au lieu de dormir sept ou huit heures chaque nuit, il effectuait trois ou quatre brèves périodes de sommeil tout au long des vingt-quatre heures de la journée, habitude que son fils, sa femme et quelques amis attribuaient, allez donc savoir pourquoi, à son passé de marin, comme ils attribuaient à ce passé toutes les choses qu'ils avaient du mal à expliquer.

XXIII

Enfin je suis à Pent Farm. Bien entendu, le monumental drapeau rouge et blanc n'en couvre plus la façade. Je n'ai pas de mal à imaginer Karpinski en train de le replier, de le ranger dans un tiroir avec la nappe que sa femme et lui ne déplient que pour les grandes occasions.

Outre l'entrée principale, je découvre la discrète existence d'une porte arrière. J'en tourne la poignée. Je la pousse. Je pousse de nouveau avec l'épaule dans laquelle j'essaie de porter tout le poids de mon corps. Elle a l'air fermée avec une sorte de barre ou de verrou. Quelqu'un de plus patient et de plus habile que moi arriverait peut-être à entrer, mais je ne veux pas qu'on me surprenne dans cette attitude suspecte.

« Bonjour ! Bonjour ! » vociféré-je. Et je donne des coups dans la porte et dans les fenêtres hermétiquement closes. Juste au moment de me retirer, j'entends un bruit, presque un crissement, comme de scie électrique. Dans le parc qui s'étend sur un des côtés de Pent Farm il y a un homme en train de travailler. Un jardinier.

Il faut que je me fasse ami avec ce jardinier. Je bavarde un moment avec lui, je lui tire les vers du nez ; il est possible que ce soit, au point où j'en suis, la seule façon d'accéder à Pent Farm. Je ne fais plus confiance à Karpinski. Il n'a pas l'air d'un sale type ni d'un escroc, mais je doute qu'il me fasse entrer dans la maison. Et s'il le fait, j'ai bien peur que cela ne soit qu'une visite distraite. Il semble plus préoccupé de m'emmener et de m'exhiber dans des prisons, des bibliothèques, des librairies et d'autres endroits de ce genre que de s'acquitter de ce qui, en fin de compte, m'a amené jusqu'ici. Je présume qu'il justifie de cette façon un argent que l'État ou un mécène accorde à son association.

Notes pour le roman :

Józef appelait Jessie *chica*, en espagnol.

Comme ses problèmes de santé et les tâches du foyer augmentaient, Jessie cessa peu à peu d'être la dactylographe professionnelle de Józef.

Józef avait un peu moins de soixante ans quand il décida d'organiser en privé, avec des amis, une lecture dramatisée de son roman *Victoire*.

Jessie appelait Józef *dear boy*, en anglais.

Józef avait un peu moins de soixante ans quand il s'offrit les services d'une dactylographe appelée Lilian Hallowes.

Jessie refusait de reconnaître en public les ressemblances entre elle et Amy Foster. Elle affirmait que Józef s'était inspiré, pour ce personnage, d'une domestique qui était restée deux ans à leur service.

Józef demanda à Jessie de tenir le rôle de Lena dans cette lecture dramatisée de *Victoire*.

Jessie demandait régulièrement à Lilian Hallowes d'emmener Borys à l'école. (Et elle acceptait, apparemment toujours avec le sourire.)

Le lendemain, à l'hôtel, Helen me prête une opportune bicyclette pourvue d'une selle très commode et d'un changement de vitesses (première, seconde, troisième) qui rend possible d'aller en moins d'une demi-heure de Hythe à Pent Farm par un chemin plus court que les bus d'hier. Plus court et également plus direct, bien qu'il y ait des côtes qui me mettent les jambes au supplice.

J'arrive à neuf heures. Le jardinier m'a dit qu'il serait là très tôt. Il s'appelle John-Patrick Merton et travaille depuis un moment sous le soleil. Les auréoles de sueur sous ses aisselles ne mentent pas.

Dans ce pays on aime jardiner. Je ne sais plus quel poète s'est vanté que la Grande-Bretagne était « un vaste jardin entouré d'eau ». Je répète cette phrase à Merton et il me répond qu'il n'a pas la moindre *fucking idea* de son auteur. Pas la moindre *fucking idea*, répète-t-il, avec ce « u » typique des classes populaires de l'île qui, lorsqu'elles parlent, semblent changer les voyelles de place, ce qui a pour résultat que l'anglais qu'on a appris dans un vieux cours privé semble soudain hors service.

— Je ne suis qu'un jardinier. Je ne connais rien à la poésie. Je ne connais rien aux écrivains.

Le jardinier. Évidemment. Encore un roman d'un Polonais qui a choisi d'écrire en anglais. Le jardinier qui, et ce n'est pas clair, est ou fait l'innocent.

J'abonde dans le sens de Merton. Quelle chaleur, oui. J'ai soif, pas vous ? Le gros malin ne me conduit pas à la cuisine. Il ne me donne pas un verre d'eau. Et, comme si le monde était un vaste jardin à arroser, il me tend le bout d'un tuyau vert phosphorescent et ouvre l'eau. Je mouille mes chaussures, ce que Merton semble trouver très normal.

— Comment va votre travail ?

Merton m'explique tout. Il me montre une plante grimpante (celle où s'agrippait Borys pour épier son père ?), des fleurs, des arbres, tout cela avec des gestes fatigués. Je crois qu'il a commencé à comprendre que je me fiche de son travail.

Pour qu'il prenne pitié de moi, je me mets à tourner et à tourner encore autour de la maison. Je prends mon carnet et je fais comme si je notais quelque chose ou si je dessinais un détail de la maison. Comme si j'étais un de ces écrivains qui font de « scrupuleuses recherches » et qui, si le véritable escalier compte vingt-deux marches, n'en mettraient pour rien au monde vingt-trois ou vingt dans leur livre, pas question !

À chaque pause, le jardinier me regarde. Et moi aussi je le regarde. De la porte arrière de Pent Farm. De la porte principale. De chacune des portes. Comme un chien qui supplie son maître : s'il te plaît, John-Patrick Merton, je veux entrer…

Le maître cesse enfin de travailler. Il jette par terre une sorte de râteau, essuie ses mains épaisses sur son pantalon sale, secoue la tête d'un air qui – du moins dans le pays d'où je viens – signifie « ça alors je ne peux pas le croire » et avance dans ma direction.

— Je n'ai pas les clés ! me crie-t-il quand il est à vingt pas de moi. *A dunno ha zi keis*, avec les voyelles changées. Pas *Aï dount hav ze kiis*. Et quand il se trouve encore plus près, sur le ton de la confidence : Mais je peux les avoir pour demain. Vous aimez le whisky ? Moi j'aime le Johnnie Walker Blue Label et j'ai besoin de deux ou trois bouteilles. Et maintenant je vous demande de me laisser travailler. Demain à onze heures et demie. N'oubliez pas.

XXIV

Józef avait fabriqué – avait fait fabriquer – une petite voiture à pédales, la deuxième en quelques mois. La première, dotée de deux volants et d'un système de direction complexe, avait été construite pour Borys par son père avec l'aide fidèle de Hunt, le jardinier de Pent Farm, mais elle s'était révélée tout à fait inutilisable, au point que Józef avait dû – sans que Jessie s'en aperçoive – couper la corde à linge pour remorquer le véhicule ; comme le personnage de Falk, qui dans la nouvelle remorquait de gros bateaux. C'était peut-être à cela que se réduisait tout lien humain comportant un certain engagement : à remorquer et à se laisser remorquer. Mais Borys, avec ses six ans, était encore bien jeune pour penser quelque chose de ce genre.

Borys n'avait pas beaucoup d'amis à Pent Farm. Il n'y avait pas d'enfants de son âge dans les environs, sauf sa tante Nellie et son oncle Frank. La différence d'âge entre Józef et Jessie était telle, et telle également entre Jessie et ses frère et sœur les plus jeunes, que l'oncle Frank avait l'air d'un autre fils de Józef.

Il y avait ensuite la tante Ethel, une fille jeune qui, souvent, dans son rôle de gouvernante improvisée, veillait à ce que les enfants ne dérangent pas Józef.

À part Ethel, Borys n'avait personne pour s'occuper de lui. À part son jeune oncle et sa jeune tante, il n'avait pas d'amis, mais parfois il jouait avec Bowman, le garçon d'écurie de treize ou quatorze ans. Ou avec le jeune jardinier, qui allait en avoir dix-sept.

(Je projette d'écrire une scène où Borys joue seul à un curieux passe-temps qu'on peut trouver dans une nouvelle de H. G. Wells : *La Porte dans le mur*. Dans cette nouvelle, le jeu s'appelle *Passage du nord-ouest* et consiste à trouver un chemin compliqué et différent pour un trajet habituel. « Borys pourrait essayer différentes manières d'aller jusqu'à un endroit concret ; par exemple, jusqu'à la colline de Hempton », écris-je dans un carnet. Et aussi : « Un beau jour, il pourrait se perdre. Il pourrait arriver par hasard à la ferme de Thambell. Et pourrait, ainsi, tomber sur Meen. À voir. »)

Le monde que fréquentait Borys était un monde plutôt adulte. Contre l'opinion de sa grand-mère (il était de notoriété publique que Józef et Jane, la mère de Jessie, s'entendaient de plus en plus mal et que tout ce que faisait l'un était réprouvé par l'autre), son père lui avait offert une carabine à air comprimé, avec laquelle Borys allait dans les bois chasser les lapins. Il était toujours suivi par Escamillo, son chien, qui répondait à chaque tir par un aboiement, un seul, comme s'il tenait le compte exact des décharges. Tirer sur les lapins était très amusant, mais au fond il savait que c'était plutôt une façon de tuer le temps, comme lorsqu'il regardait travailler les Finn. Quand arrivait le temps de la moisson, les Finn ouvraient un chemin à grands coups de faux pour pouvoir manœuvrer la moissonneuse, tirée par deux chevaux. Mais ce qu'attendait Borys, le grand événement – presque toujours un vendredi ou, à défaut, un samedi –, c'était le voyage hebdomadaire au marché de Hythe pour acheter les provisions.

Le voyage durait une heure, bien que la ville fût presque à côté de Pent Farm. Józef lui-même attelait une jument à la charrette, s'installait sur le siège du conducteur, prenait les rênes et faisait claquer son fouet. Il faisait tout cela avec aplomb, enveloppé dans une ample tenue (mi-lévite, mi-surtout), coiffé d'un chapeau melon et pourvu de son inévitable monocle. Le chemin était sinueux et, comme Borys le savait d'avance, ils se couvraient tous de poussière. Il y avait moins de sept milles entre Pent Farm et le marché. Le point d'arrivée était toujours le White Hart Inn où une certaine miss Cobay, la propriétaire, la femme la plus grande du monde ou, du moins, la plus grande que Borys ait jamais vue, leur servait quelque chose à manger en guise de bienvenue.

Parfois, en rentrant à Pent Farm, ils faisaient une halte chez H. G. Wells, avec qui ils prenaient le thé. Borys était convaincu que Wells cachait dans son hangar ou dans sa cave, qui sait ? une machine à explorer le temps comme celle qui était dans son livre publié dix ans plus tôt, mais il n'osait pas le lui demander.

XXV

Je n'avais pas encore dix-huit ans quand j'eus l'idée d'une nouvelle que je n'écrivis que presque une décennie plus tard. Une nouvelle intitulée *Les Monstres*. Un fils y croyait découvrir que son père avait dissimulé à sa mère et à lui sa physionomie réelle : qu'il s'était soumis à une importante opération esthétique avant que sa femme ne fasse sa connaissance, et l'avait gardée secrète. Le fils de la nouvelle était né avec un nez crochu : un nez pareil, en théorie, à celui que son père s'était employé à effacer grâce à la chirurgie.

En inventant cette histoire, j'ignorais encore le deuxième secret de mon père. Et j'ignorais plus encore un autre secret, que je devais découvrir plus tard : quand il était arrivé à Buenos Aires, quand il avait passé le contrôle de la douane, il avait modifié son nom. J'ignorais qu'il portait un autre nom. Que je portais, par conséquent, un autre nom. Et que ce changement de nom avait été une sorte de chirurgie esthétique, une façon d'effacer le passé et de se réinventer.

Je ne sais pas ce qu'a pensé mon père le jour où il a lu *Les Monstres*. Peut-être n'y a-t-il vu qu'un simple hasard. Peut-être n'y a-t-il rien vu de curieux. Ou peut-être qu'après une première alarme il a relativisé les choses en se disant qu'il ne devait pas exagérer dans sa lecture. (Ne pas exagérer comme Meen, me dis-je aujourd'hui.)

Dans un prologue qu'il écrivit *a posteriori* pour l'un de ses romans, Graham Greene soutient que les écrivains, tout comme les rêves, « tirent leurs symboles autant du futur que du passé ». C'est une idée inquiétante. Si inquiétante, admet Greene, que mieux vaut ne pas relire ses propres livres.

Moi, qui me demande si j'aurais écrit sur mon père si je ne l'avais pas fait d'abord sur Józef et sa famille, je soupçonne (de façon comparable) que mon père n'aurait jamais écrit *La Dérroute* si je n'avais pas écrit avant ce premier roman dans lequel, d'une certaine manière, j'ai deviné ou pressenti une partie de son histoire. C'est du moins ainsi que je veux interpréter, aujourd'hui, une série de coïncidences entre l'histoire que ne racontait pas mon père et celle qu'en revanche racontait mon livre.

J'avais donc écrit ce roman (*Le Désordre électrique*, où, curieusement, j'évoque la traversée de l'Atlantique), dans lequel un personnage décide de changer de vie, de prénom et de nom de famille. Mais lorsque j'ai inventé cette histoire (inventer est un verbe excessif ici, si l'on raisonne comme moi ou plutôt comme Graham Greene), j'ignorais que mon père avait changé de nom en arrivant à Buenos Aires, après sa traversée en bateau. J'ignorais que, comme Józef, mon père avait transformé un prénom en un nom de famille crédible. Pas comme un pseudonyme artistique. Non, dans son cas, comme une nouvelle identité.

Je me demande aujourd'hui si mon père avait pris la décision de prendre un autre nom longtemps avant de partir pour l'Argentine. Je me demande s'il ne l'avait pas prise, plutôt, à bord du transatlantique. Je me demande si, plutôt encore, il ne l'a pas prise dans le port même, en arrivant à Buenos Aires, en voyant avec quelle facilité ceux qui le précédaient dans la queue pouvaient changer de nom.

Je me demande quand il a raconté cette histoire à ma mère pour la première fois. Je me demande quand il lui a dit qu'en fait son nom n'était pas Berti.

Plusieurs mois après sa mort, j'eus la confirmation que mon père avait changé de nom. Je fus mis sur la piste par un ensemble de documents. Mais je dois préciser que j'avais déjà perçu des signaux préalables, surtout lorsque à Paris, un jour que je bavardais avec la cousine de mon père (elle habitait à La Celle Saint-Cloud), celle-ci me raconta une histoire que je ne sus ou ne voulus pas comprendre parce que je manquais d'informations et de la volonté de me renseigner.

Le fait est que j'écrivis *Le Désordre électrique* avant de partir pour la France. C'est-à-dire avant de constater ou ne fût-ce que de savoir ce que je devinais déjà : que mon père, quand il avait franchi la douane de Buenos Aires, avait inscrit ou indiqué un de ses prénoms au lieu de son vrai nom. Et il me semble incroyable qu'un monde comme ça ait pu exister, je veux dire un monde dans lequel il était aussi facile de réinventer officiellement son identité.

Je me souviens que mon père me racontait fréquemment l'histoire d'un Turc qui voyageait par le même transatlantique que lui, d'Europe en Amérique (tantôt il était turc, tantôt libanais, tantôt syrien : sur ce point mon père fluctuait), et qu'en passant la douane il avait lâché un nom si guttural, un nom si incompréhensible que le fonctionnaire de service avait haussé les épaules et inscrit sur le formulaire (sur la fiche d'entrée) le nom de « Julián Fortunato ». Je me demande souvent si mon père insistait sur ce cas Fortunato pour raconter sans le raconter son propre cas, de la même façon qu'il commença à écrire son roman *La Dérroute* pour raconter et ne pas raconter (pour ne pas raconter, surtout) son histoire à la première personne. Et moi, au fait ? En écrivant sur Józef, n'ai-je pas fait de Józef mon Julián Fortunato à moi ?

XXVI

Les bouteilles de Johnnie Walker Blue Label me coûtent une fortune : cent soixante-douze livres chacune. La fille qui est à la caisse regarde et regarde encore ma carte de crédit espagnole, un modèle obsolète, une pièce d'archéologie pour elle : sans *pin*, sans code secret, sans rien d'autre que sa bande magnétique archi-usée.

— Vous avez un passeport ? me demande-t-elle.

Je le lui donne. Elle l'examine avec la même suspicion.

— Vous n'avez pas de liquide ?

Je lui explique que je n'ai pas cette somme sur moi, mais en voyant la méfiance avec laquelle, vraiment réticente à me donner le whisky, la fille étrangle le col d'une des trois bouteilles, je dis :

— D'accord, d'accord… Voilà ce qu'on va faire : je vais au distributeur retirer quelques billets. Mais je vous demande de ne pas vendre les bouteilles, s'il vous plaît.

Ce sont les trois derniers Johnnie Walker de la boutique et, peut-être, à cent milles à la ronde.

La fille fait oui de la tête.

Comme je vais chercher l'argent, mon téléphone sonne et je reconnais le numéro de Karpinski. Il me dit que bien que George aille mieux (mais, voyons, ne m'a-t-il pas expliqué hier que le malade était Stephen ?), la contagion a maintenant gagné les petits rois John et Charles, et jusqu'à son épouse, la charmante Eliza, qui s'est réveillée avec des nausées et de la fièvre. Bien sûr, ce n'est pas simplement pour me dire ça que Karpinski m'appelle.

— Mr Cockburn, ajoute-t-il, est arrivé ce matin et il veut vous voir. Il vous attend à onze heures et demie à la porte de Pent Farm.

Un instant, je pense que le jardinier, absolument pas innocent (rien à voir avec le jardinier de Jerzy Kosinski), est le jardinier malin de Karpinski. Tout cela serait alors la façon la plus élégante qu'a su trouver Karpinski pour me dire qu'il est au courant de mes arrangements avec Merton ?

Plein de doutes, j'achète les bouteilles. Je n'en prends que deux. C'est assez d'argent comme ça. Je mets le whisky dans mon sac à dos et j'enfourche ma bicyclette.

J'arrive à Pent Farm à onze heures quarante et je vois tout un groupe. Il y a là Cockburn (j'apprendrai plus tard que c'est lui), Karpinski en personne, sa femme, pâle comme une morte, une partie de leurs enfants (cinq, la moitié exactement), quatre autres personnes que je ne connais pas et, sur un côté, fronçant les lèvres et incapable de détourner les yeux de mon sac à dos, qui émet régulièrement un tintement de verre manifeste, mon complice jardinier.

— Prêt à visiter Pent Farm ? me demande Cockburn.

La dernière chose que je souhaite est de faire partie d'un cortège. Mais j'acquiesce, le plus aimablement possible, ce qui semble réjouir Cockburn, qui sourit à ceux que je ne connais pas : une femme squelettique et aux cheveux orange, un homme poivre et sel et aux yeux cernés, un jeune couple de Japonais ou de Coréens.

Ce qui me frappe le plus chez Cockburn c'est à quel point il diffère du vieux Mr Cockburn que j'en étais venu à imaginer depuis Madrid, au téléphone, à partir de sa voix. Cockburn a un visage long aux mâchoires carrées. Des yeux verts, mais également un peu gris. Et des sourcils dubitatifs, qui n'arrivent pas à se mettre d'accord et semblent rejeter le concept de symétrie. À part la canne qu'il porte par coquetterie et non pour une autre raison, il n'y a chez Cockburn rien de vieux ni de marin. Mais en même temps, il est vrai, il a une voix de vieil homme. Si on ferme les yeux, Cockburn vieillit de vingt ans.

Je n'ai pas grand-chose à dire de Pent Farm. On ne m'en montre qu'une aile, fugacement. Avec tous ces gens autour et cette hâte générale, il m'est impossible d'admirer, d'observer ou de retenir quoi que ce soit. Je mens : je suis frappé par l'odeur. L'odeur de renfermé, d'humidité.

Il devient vite évident que les quatre personnes que je ne connais pas ne sont pas là pour m'accueillir ni rien de ce genre. Non, elles visitent Pent Farm, tout comme moi. On les a convoquées à la même heure et elles ont été plus ponctuelles. Je ressens une telle fureur que je ne prête attention à rien, sauf aux regards de Merton quand, au bout de quelques minutes, nous ressortons dans le jardin. Des regards qui cherchent le whisky étiquette bleue.

Le lendemain matin, je vais chez Karpinski. Je sonne. C'est un de ses fils qui m'ouvre. Un qui est assez âgé. Harold, crois-je comprendre. Ou Stephen.

— Mes parents sont malades, me dit-il, et il referme la porte sans dire au revoir.

Je resonne. Stephen/Harold m'ouvre à nouveau.

— Je dois parler à ton père.

— Un moment, dit alors Harold/Stephen, et il referme la porte.

La matinée est très fraîche et il tombe une espèce de pluie. Je vois passer au loin deux filles, à coup sûr deux sœurs, car elles se ressemblent assez. Je ne peux pas entendre leur dialogue, mais en revanche j'entends le bruit que l'une d'elles fait en traînant les pieds. Le frottement des semelles épaisses sur l'asphalte glacial.

Et, un peu plus près, je vois la voiture avec le propriétaire de la maison de Karpinski, assis à l'intérieur, impassible.

Stephen/Harold ouvre la porte, une nouvelle fois, et me donne un petit papier. Un message écrit sur une feuille froissée, mal pliée en deux. Je la déplie : un numéro de téléphone et, au-dessous, en majuscules : COCKBURN.

— Mon père vous demande de ne pas lui en vouloir. Que c'était l'idée de Mr Cockburn. Et qu'il se sent très mal.

XXVII

L'étranger, c'est-à-dire Meen, fut bientôt sur toutes les lèvres. Mais chaque bouche engendrait un étranger différent. Un délinquant qui était revenu après de longues années de prison, tant d'années qu'il avait été effacé de la mémoire collective. Un homme à la recherche d'un ancien amour, mais lequel ? Un fugitif de la justice. Une espèce d'ermite. Un créancier qui réclamait quelque chose, mais quoi ? Un vendeur ou un prophète d'une nouvelle religion ou les deux à la fois, pourquoi pas ?

Sur ses lèvres à lui, celles de Meen, il y avait quelque chose de bizarre. Un sourire de travers ? Plutôt une grimace figée, un de ces défauts permanents qui ont des répercussions sur la diction.

Comme ses lèvres, sa silhouette semblait elle aussi tordue dans le paysage.

Sa routine irréfléchie le poussait à descendre par la colline de Hempton, vers la zone des fermes, à différents moments de la matinée, toujours ou presque à bicyclette, toujours ou presque nerveux, avec une certaine tension, comme faisant un effort, comme si l'air lui manquait.

Meen ne parlait pas, presque jamais. Pour ne pas afficher son accent, pour ne pas se mettre en avant. Et parce qu'il n'avait personne à qui parler en dehors de Thambell et de sa femme, dont la ferme – sorte d'anomalie – était à l'écart des autres maisons, séparée d'elles par cette côte un peu trop dure pour la monter en pédalant, un peu trop abrupte pour la descendre en pédalant.

Jessie se rappelait que lors de sa visite, entre deux grimaces de douleur, l'étranger avait porté une main à sa hanche. Cela s'était passé avant qu'il ne s'éloigne sur son vélo, et elle avait alors pensé qu'il avait des rhumatismes. Elle croyait deviner maintenant que l'homme portait son arme à la hauteur de la hanche et que ses grimaces n'étaient pas exactement de douleur, mais peut-être de déception de ne pas avoir trouvé Józef ou, plus probablement, de gêne parce que son arme, anguleuse, volumineuse, cachée entre sa chemise et son pantalon, l'embarrassait.

La goutte de son mari, sa propre douleur au genou qui semblait augmenter et s'atténuer – oui, les deux à la fois – tous les jours, et même une grippe fugace dont Borys venait juste de sortir, tout cela avait influé pour que, un peu à la hâte, Jessie suppose que Meen était atteint d'une maladie. Ces derniers temps, Pent Farm était devenue une infirmerie où défilaient des médecins aux noms interchangeables : Fox, White, Clark, Tebb, Bell, Park, Jones…

Mais le rhumatisme n'en était pas un. Et cette affaire de goutte n'était pas simple non plus. Son mari disait qu'elle était la cause, et sa mauvaise humeur, l'effet. Jessie commençait à avoir des doutes sur l'ordre des facteurs. L'abattement ou la colère précédaient souvent l'affection. Une fois, par hasard, elle avait entendu Hueffer se référer à la goutte tenace de Józef en la traitant de « crise », de « dépression ». Bien entendu, c'était à sa femme, la présomptueuse Elsie, qui n'arrivait pas à traduire Maupassant et demandait son aide à Józef, que Hueffer avait dit cela. Jamais il n'aurait prononcé le mot de « crise », et encore moins celui de « dépression » en la présence de Jessie ou de Józef, car Józef aurait explosé comme un volcan.

Non que Jessie ne crût pas à la douleur ou aux plaintes de Józef. Quelques instants plus tôt, par exemple, alors qu'elle cousait calmement, il avait exigé sa présence à grands cris. L'heure des remèdes. L'heure de changer le bandage de son bras qui gonflait et devenait violet au point de ressembler à une aubergine. Si son bras malade était le droit (et, pour une raison quelconque, c'était ce bras qui avait tendance à souffrir le plus), la main inutile de Józef, impatiente, se débattait avec son bandage, grognait en forme de poing et frappait le matelas. Inversement, quand il pouvait manœuvrer sa main apte, Jessie l'aidait et l'appelait avec peine « Konradek » : le prénom que, des années plus tôt, en cas de maladie, utilisait le père de Józef.

Les jours passaient et il restait prostré dans sa chambre. C'était la pire crise depuis des années, peut-être la pire depuis celle qui avait coïncidé avec la naissance de Borys (elle ne se demandait pas encore si c'était par hasard que ces deux faits avaient coïncidé), mais Jessie était reconnaissante qu'elle dure anormalement et oblige son mari à ne pas sortir. Ce qui le mettait à l'abri de cet homme corpulent qui avait aboyé : je *reviendrrrai.*

Jessie imagina que si elle avait pu parler, la goutte n'aurait pas dit autre chose, également avec un accent étranger. C'est une consolation de croire que les maladies ne nous appartiennent pas, qu'elles proviennent de quelque région lointaine.

Hueffer avait peut-être raison. Chaque fois que la goutte se retirait – ou, plutôt, chaque fois qu'elle se retirait en promettant de revenir, comme l'avait fait l'homme à la bicyclette –, Józef entrait dans une phase d'euphorie. Dans cette euphorie, souvent, il trouvait le calme en visitant, parfois seul mais le plus souvent avec elle, des propriétés étrangères de la région. Il y avait là un peu de voyeurisme, inhérent, pensait Jessie, à tout écrivain. Pour pénétrer dans les maisons il était simple de se faire passer pour un simple acheteur ou un locataire en puissance, oui, cela portait en général ses fruits car les portes s'ouvraient comme par enchantement ; bien plus simple et plus rapide que de vouloir s'introduire par les relations sociales, ce pour quoi Józef n'était guère doué.

Dans ces moments d'euphorie, il parlait de déménager. C'était son âme d'aventurier, son esprit enclin au voyage : Józef rêvait de changer régulièrement de domicile, comme il avait dans sa jeunesse changé de bateaux et de mers. Cependant, ces visites étaient avant tout un jeu ou une sorte de consolation. Józef imaginait sa vie dans telle maison ou dans telle autre (tout comme il allait de livre en livre en concevant telle ou telle histoire), sachant qu'il vivait maintenant avec Jessie et avec Borys ; qu'il vivait sous la menace de la goutte, qui planait au-dessus de lui comme un nuage fatal, ou l'ombre d'un assassin fou.

XXVIII

J'appelle Cockburn, au numéro que Karpinski a eu l'imprudence de me donner : celui d'un portable dont j'ignorais l'existence. Cockburn me répond comme un gentleman, comme s'il avait attendu mon appel. Je ne lui dis pas à quel point je me sens frustré par la visite massive et tumultueuse de Pent Farm. Je ne le lui dis pas au téléphone, mais de vive voix, deux heures plus tard, devant un verre de poiré, dans un pub bruyant appelé Old Mill Inn (oui, celui-là même qui jadis s'appelait Ye Olde Mill) où Cockburn m'a emmené dans son Audi bleue après être venu me prendre au New Kentish.

Mr Cockburn est manifestement un buveur expert. Je le soupçonne d'en savoir plus sur les bières (Bitter, Old, India Pale, Light, Mild, Brown) que sur l'œuvre de Józef, qu'il connaît pourtant à la perfection. Et, à la différence de cet indiscret de Karpinski, il me plaît beaucoup. J'aime bien sa franchise cordiale. J'aime la façon dont il apaise la tension en disant, avant que j'ouvre la bouche : « Vraiment désolé pour hier. Ce n'était pas mon idée. J'ignorais que Karpinski avait invité d'autres gens. »

Je crois Cockburn. Entre autres raisons, nombreuses, je le crois parce qu'il ne fait aucun effort pour que je le croie. Et enfin parce que je ne supporte plus Karpinski.

Mais je le crois aussi et j'accepte ses excuses parce que je pressens qu'il rendra possible la visite de Pent Farm dont je rêve. Et parce qu'il me donne de meilleures réponses, aucun doute là-dessus, que Karpinski.

Nous partageons une table au Old Mill Inn, si on peut appeler table un tronc assez rustique où les verres ont du mal à trouver leur équilibre, un tronc coupé autour duquel il faut se tenir debout. Je m'attends, c'est plus fort que moi, à ce que la porte s'ouvre avec un bruit comme de protestation et que les frères Finn fassent leur entrée, avec leurs têtes presque identiques et leurs corps si différents, mais je comprends tout de suite que nous ne sommes pas au Ye Olde Mill, et que dans le dos de Cockburn scintille un match entre le Manchester City de Kun Agüero et une autre équipe que je ne parviens pas à identifier.

Je n'ai pas encore vidé mon verre de poiré que Cockburn attaque une deuxième ou plutôt une troisième pinte de bière. Je quitte le téléviseur des yeux et je vois que la nouvelle pinte de bière brune de Cockburn reflète la lumière indirecte d'un spot qui, comme une arme, est audacieusement pointé sur nous.

Je commence mon deuxième verre, toujours de poiré, et Kun Agüero marque un but, le troisième de Manchester City. C'est alors que Cockburn se met à parler de Józef avec passion. Toute la vie de Józef, toute la vie et toute l'œuvre de Józef, exagère Mr Cockburn, reposent sur un épisode et une personne concrète dont on ne sait pas grand-chose. Cockburn fait appel à la bière avant de lâcher le nom de la « personne concrète », bien qu'il omette de prononcer son nom de famille : Thérèse, dit-il simplement. Je sais parfaitement à qui il fait allusion, mais je me dis qu'il a peut-être des informations nouvelles, et je répète, me prêtant au jeu :

— Thérèse, quelle Thérèse ? Celle qu'il a connue à Marseille ?

Avec une pointe d'espoir, Cockburn me demande si j'ai entendu parler de Thérèse Chodzko, en abattant sur la table, sur le tronc, son nom de famille. Plus que d'une question cela a l'air d'une affirmation ou d'une sorte de supplique. Oui, j'ai entendu parler d'elle.

Quand Józef part pour Marseille, raconte Cockburn en alléguant que cela lui a été raconté (existe-t-il une structure narrative plus digne de Józef ?), quand le jeune Józef s'en va, plein de résolution, commencer son existence de marin et qu'il quitte son pays natal, sûr que pour lui le voyage représente une évasion, une aventure, son oncle Tadeuz vient de tisser un réseau polonais qui est, en même temps, une conspiration internationale, ce qui fait que Józef atterrit chez les Chodzko, une famille qui a du sang polonais et un lien très ancien avec les ancêtres de Józef. À peine arrive-t-il à Marseille, à peine tombe-t-il dans les filets de son oncle, Józef fait la connaissance de Thérèse, seule fille des quatre enfants d'Alexandre Chodzko et d'Hélène Jundzill. Le mariage d'Hélène et Alexandre, à ce que certains racontent, a pu compter, des années plus tôt, sur la poétique bénédiction de ce béni de poète Mickiewicz, exemple par excellence de l'écrivain converti en grand homme, en monument national. À peine plus âgée que Józef, toujours vêtue de noir, Thérèse a un énorme défaut : elle est mariée, depuis 1870 ou 1871, avec un certain Milliot, un médecin de bonne famille qui a créé, à des kilomètres de Marseille, sur la route qui mène à Toulon, un institut climatologique pour tuberculeux et autres catégories de patients compliqués. Le couple (Benjamin Milliot et Madame) n'arrive pas à avoir d'enfants : Thérèse met au monde un garçon, baptisé Alexandre comme son grand-père, mais qui ne vit que quelques jours ; Thérèse met au monde une fille, qu'ils appellent Jeanne, mais qui ne vit que quelques jours.

Quand Józef arrive en France, quel âge peut avoir Thérèse, vingt-deux ans, vingt et un ? et si l'admiration de Józef, pour ne pas parler d'amour ou de passion, trouve en elle une réponse, cela n'est pas clair du tout. Mr Cockburn, au Old Mill Inn, le croit, et il le dit. Bien plus, Cockburn veut imaginer qu'il existe un lien évident entre le second départ de Józef, c'est-à-dire entre le moment où Józef embarque sur un bateau de la marine marchande qui accostera aux Antilles et la mort de Thérèse, un an plus tard, jour pour jour. Cockburn prétend que Thérèse s'est suicidée, que sa noyade dans la baie de Hyères n'était pas accidentelle, et il m'observe bouche entrouverte, comme s'il était lui aussi sur le point de se noyer, comme si moi (qui suis tout sauf un spécialiste de la vie et de l'œuvre de Józef) je pouvais résoudre un dilemme qui depuis des décennies tient toute une secte en haleine.

L'entraîneur de Manchester City a décidé que le moment est venu de remplacer Agüero. Alors je me souviens, tout à coup, d'un livre que j'ai feuilleté il n'y a pas longtemps, parmi les nombreux ouvrages sur Józef : un livre qu'une journaliste ou une chercheuse française a consacré au passage de Józef à Marseille. La brumeuse Thérèse n'apparaît nulle part ailleurs avec une telle clarté.

Je me dis que Cockburn a peut-être lu le même livre et que son récit et ses théories, en somme, proviennent de là. À savoir :

(1) Qu'aussitôt que Thérèse meurt noyée, Józef connaît un sérieux incident avec une arme : ce que plusieurs biographes tiennent pour un suicide manqué.

(2) Que la presse locale annonce la mort de Thérèse dans le carnet social, et non dans la triste section nécrologique : « Mme Milliot était l'aimant, l'attraction angélique de la colonie polonaise et russe d'Hyères… »

(3) Que la famille Chodzko jettera un manteau autour d'elle. Ce qui s'appelle un manteau de silence.

(4) Que Józef non plus ne parlera pas de Thérèse, du moins pas de façon explicite. Qu'il l'occultera, dès lors, comme une autre langue fantôme.

Mr Cockburn va plus loin : il croit que Thérèse apparaît, omniprésente, dans toute l'œuvre de Józef. Chez plusieurs femmes qu'il baptise Thérèse, dans le suicide réitéré par lequel Józef tranche la vie de bon nombre de ses personnages. Un suicide, plus d'une fois, par noyade.

Oui, c'est curieux : deux inconnus, ou presque, face à face dans un vieux pub, parmi une nuée de véritables inconnus, parlent d'une femme inconnue, morte voici plus de cent ans, une femme dont ils seraient bien incapables de dire la couleur des cheveux, la couleur des yeux, le timbre de voix, rien de tout cela, mais une femme, pourtant, dont le nom, comme un genre de code ou de mot de passe, les unit et les rapproche un moment ou à jamais, qui sait, comme s'ils parlaient d'un membre de leur famille ou d'un ami commun.

La Dérroute, 2

Une fois à Galatz, je me dirigeai directement vers l'embouchure du Siret, où ses eaux s'unissent à celles du célèbre Danube. Les commerçants en bois avaient fait construire une petite darse où étaient reçus les plutăs. À côté se dressait la scierie, ce qui leur permettait de ne perdre ni temps ni argent en transportant les troncs ailleurs.

Sur le quai de cette darse se trouvaient plusieurs hommes vêtus à la mode des paysans. C'était l'hiver, il régnait un froid de steppe et le Siret charriait, avec les plutăs, des blocs de glace qui heurtaient aveuglément ceux que charriait le Danube, pour glisser ensuite vers la mer Noire. Dans leurs chocs, avec un bruit de tonnerre, ces blocs de glace formaient de petites montagnes d'eau.

Les hommes réunis là étaient, bien entendu, des plutăs. Durant les jours les plus sombres et les plus glacials de l'hiver, quand les cours d'eau semblaient être paralysés, ils se retrouvaient sans travail. La pause pouvait durer deux semaines, trois semaines, un mois et demi parfois. Pourtant, la misère des plutăs (aussi grande que la pression qu'exerçaient sur eux les commerçants de Galatz) faisait que, parfois, ils s'aventuraient au milieu du dégel. Dans ces cas, le voyage était plus risqué que jamais. Tomber à l'eau pouvait être mortel et presque tous les plutăs finissaient avec les jambes blessées à force de heurter ces glaçons effilés comme des couteaux.

« Hourrah, hourrah », crièrent en chœur les hommes. Je mis quelques secondes à comprendre ce qui se passait : quatre troncs détachés s'approchaient à toute vitesse et, au milieu d'eux, un homme se tenait en prodigieux équilibre sur un tronc exceptionnellement gros, en s'aidant d'une rame. Le choc contre la darse semblait inévitable, mais l'homme se maintint sur son tronc, ferme sur ses pieds, et débarqua d'un bond.

La navigation officielle sur le Danube et le Siret n'avait pas encore commencé, exception faite des intrépides plutăs. Elle était prévue pour le surlendemain, quand les eaux seraient entièrement délivrées des glaces.

Je remarquai bientôt parmi les paysans une femme. Elle avait les cheveux ramenés sous une casquette de laine, si bien que ses traits ressortaient nettement. Elle semblait avoir soixante ans, mais elle était très certainement plus jeune. Ses pommettes hautes révélaient-elles quelques gouttes de sang slave dans ses veines ?

Quelques hommes se détachèrent du groupe. L'un d'eux, que les autres appelaient Dragomir, sembla remarquer la curiosité avec laquelle je regardais cette femme et me raconta que c'était la seule plutăs qu'ils connaissaient. Son mari, plutăs comme eux, avait eu un terrible accident. J'insistai pour avoir d'autres détails, mais en vain. Le gros des hommes demeurait sur le quai et, comme il commençait à faire nuit, certains d'entre eux avaient allumé de petites torches. Il était clair qu'ils ne semblaient pas devoir quitter la darse. Dans l'attente de quelque chose, peut-être.

Peu à peu j'obtins d'autres informations. Cela faisait quinze jours à peine que la femme avait perdu son mari. Au milieu de leur voyage vers Galatz, à la hauteur du bourg d'Adjud, l'homme avait été coincé entre des blocs de glace tandis que les autres plutăs voyaient glisser sous ses pieds le grand radeau improvisé. Ils avaient voulu lui porter secours, vainement. Le pauvre homme avait perdu tout son sang.

Les premiers arrivés à Roman avaient averti sa femme. Elle avait projeté, alors, de suivre le Siret. En naviguant avec d'autres plutăs, elle pourrait apercevoir son mari. Elle n'imaginait pas ramener son cadavre, cela aurait été trop risqué. Elle voulait se convaincre, peut-être, qu'il était bien mort. Lui dire adieu.

Bien que tous fussent d'avis que c'était une folie, la femme s'était aventurée sans demander la permission du contremaître. Elle n'avait pas la moindre idée de la façon de faire le travail. Peu lui importait, en outre, d'arriver vivante à l'embouchure.

Contre toutes les prévisions, la femme avait su manier le radeau et était revenue indemne. Et, plus surprenant encore, elle avait vu le corps de son mari, pris entre des branchages et des blocs de glace, blessé, congelé. Son corps se trouvait non loin de l'embouchure. La masse de bois, de chair et de glace se mouvait lentement, mais sans trêve ; si rien d'extraordinaire ne se produisait, son mari arriverait bientôt à la darse de Galatz.

Tout cela s'était passé quelques jours plus tôt. C'était pour cette raison que les plutăs étaient réunis sur le quai avec des torches : ils attendaient que le courant rapporte le cadavre.

Il me fut impossible de ne pas penser que la vie s'écoule à la même vitesse que le Siret et qu'elle débouche sur la mort, inexorablement. Il me fut impossible de ne pas penser que la mort, en dépit de ce que pourrait suggérer son immobilité, est capable d'engendrer la vie. C'est ce que démontraient les flammes inquiètes des torches à Galatz.

Pent Farm, 3

XXIX

Du linge de rechange, un peigne, quelques livres, des carnets, ma brosse à dents, mon dentifrice, mon téléphone et son chargeur, les bouteilles de Blue Label, une serviette, mon déodorant… J'étale tout cela sur le lit massif de ma petite chambre et je prépare mon sac à dos en me demandant si je ne devrais pas avertir la patronne du New Kentish que cette nuit je ne coucherai pas à l'hôtel. Au moment où nous en sommes, Helen et son mari me réservent un traitement exceptionnel, comme si j'étais leur seul client : ce qui est logique, parce que ces derniers temps personne d'autre que moi ne s'est enhardi à passer plus de trois nuits de suite sous leur toit. Il ne serait pas étonnant que mon absence matinale les inquiète. Une simple annonce et je leur épargnerai la perplexité de voir que j'ai laissé toutes mes affaires dans l'armoire mais que je ne suis pas descendu pour le petit déjeuner et que je ne me trouve nulle part.

— Je ne dormirai pas à l'hôtel ce soir, expliqué-je à Helen, qui scrute alors le sac à dos installé sur mon épaule comme une horrible bosse.

— Enfin vous allez à Pent Farm ? réagit Helen, qui est au courant de mes démarches.

— Enfin, lui dis-je, et je lui annonce que Karpinski m'a donné rendez-vous à cinq heures et demie de l'après-midi, ordre de Cockburn.

Je ne lui précise pas qu'en fait c'est Eliza qui m'a appelé et que j'ai mis un certain temps à comprendre ce qu'elle essayait de me dire, un peu à cause de son anglais imprévisible, un peu parce qu'elle s'était mise à m'expliquer que Karpinski avait eu une « discussion un peu vive » avec Cockburn, au sujet de l'« incident de l'autre jour » et qu'en conséquence elle a préféré m'appeler elle-même.

J'arrive cinq minutes en avance et j'attends un moment devant la porte principale de Pent Farm ; j'attends environ un quart d'heure qui devient vite inconfortable car il souffle un vent glacial.

Eliza Karpinski ne m'a pas dit si c'est elle qui m'accueillera, qui m'ouvrira la porte, si ce sera elle ou son mari ou l'un de leurs roitelets. Je me mordille le pouce, en me demandant si je ne devrais pas appeler Karpinski, quand la porte de Pent Farm produit un léger tremblement et s'ouvre lentement. C'est Merton, le jardinier. Il a l'air ivre. Ou peut-être qu'il dormait, suis-je enclin à le justifier, oui, il faisait sûrement une brève sieste après le travail.

Il est clair que Merton a reçu au dernier moment, avec une mauvaise humeur bien compréhensible, un appel des Karpinski lui demandant de m'attendre et de me donner les clés de Pent Farm. « Demain matin – Merton me donne ses instructions –, vous fermerez la porte et laisserez les clés ici… » Et sa mâchoire proéminente signale un paillasson vieux et tout usé. Son « ici » signifie sous le paillasson.

Il vaut mieux que tout se passe ainsi : sans Karpinski, sans les discours fébriles de Karpinski, sans drapeau polonais sur la façade. Comme si Merton me donnait les clés d'une maison louée sur internet.

Je dis à Merton que je n'ai pas oublié ma promesse du whisky Blue Label. S'il vous plaît… titube-t-il, en laissant sa phrase en suspens, et son visage se fige en un sourire un peu amorphe. Il est ivre, me dis-je. Pas beaucoup, mais ivre. Et ses yeux, manifestement, s'illuminent quand il pense au Johnnie Walker. Mais quand j'ouvre mon sac à dos et lui offre les deux bouteilles, il fait un geste magnanime et n'en accepte qu'une.

Merton prend congé à la hâte, maladroitement. J'entreprends mon exploration ; dehors il commence à faire nuit et je me maudis de ne pas lui avoir demandé de m'expliquer le fonctionnement de base de la maison. Il n'y a pas de lit en vue, ni de chauffage, ni rien qui ressemble à une cuisine. Bien sûr, je pourrai dormir sur le divan gris qui occupe le centre du plus grand salon du rez-de-chaussée. Et quant à la nourriture, j'ai par chance mis dans mon sac un peu de pain, du jambon, des pommes et une bouteille de lait. Non, je ne mourrai pas de faim, suis-je en train de me dire, quand deux yeux me font sursauter. Deux yeux qui m'observent avec peur et fascination, qui clignent à une vitesse impressionnante. Il y a une discordance quasi fabuleuse entre la taille de ces yeux et le corps maigre, rachitique, de leur propriétaire. Bientôt les yeux sont au nombre de quatre et les corps maigres de deux. Un chat noir, très noir dans son insignifiance, et un autre blanc, presque sans poils.

Deux chats à Pent Farm. Deux chats qui sentent mauvais et que Merton a peut-être laissé entrer par distraction.

Un peu ironiquement, je décide qu'ils s'appellent Finn le noir et Finn le blanc. Je décide cela tandis qu'ils balancent leurs queues, et je ne renonce pas à mon idée, même si l'un d'eux montre les dents, hostile.

Je monte l'escalier et, suivi de Finn le noir, je parcours calmement l'étage. Je m'installe dans la chambre où, théoriquement, couchait Józef, mais où il n'y a pas de lit, juste une sorte de bureau qui semble imiter un modèle ancien ; je m'y assieds, j'ouvre un cahier dans lequel, encore à Madrid, j'ai aventuré un plan de Pent Farm à partir de mes lectures et de mes recherches, et bien que mon attention soit attirée par la différence entre ce plan et la réalité, tout cela produit en moi l'effet contradictoire de me méfier de la maison, de me demander si c'était vraiment là le foyer de Józef, de soupçonner qu'il ne s'agit que d'une réplique maladroite, d'une falsification due aux Polonais.

L'obscurité s'est peu à peu installée autour de Pent Farm et j'ai à la fois faim et froid.

Faute de chauffage, je campe sur le divan gris qui trône au rez-de-chaussée et me couvre les jambes avec un tapis qui dormait par terre.

Finn le blanc, sans enthousiasme, et plus pour confirmer sa condition féline qu'autre chose, ne cesse de faire des cercles ineptes et, finalement, un peu étourdi, se pelotonne à deux pas du divan.

Que faire ? L'idée me vient de lire, mais je l'écarte. L'idée me vient d'écrire, mais je tire mes provisions de mon sac.

La queue dressée vers le plafond, Finn le blanc émet un miaulement qui lui fait trembler les moustaches et semble avoir pour objectif de convoquer Finn le noir.

J'attends le deuxième avant de parler :

— D'accord, du calme, il y a à manger pour tout le monde, finis-je par dire, mais ma propre plaisanterie ne me fait pas sourire, peut-être parce que Finn le noir m'observe avec des yeux de vandale, prêt à sauter sur le divan.

Je me dresse. Et, debout sur le divan, j'ouvre le plastique qui contient le jambon tandis que, encore et encore, les chats se frottent contre mes jambes.

Je répartis le jambon en parts égales, c'est-à-dire en trois parts égales, et voyant que les chats se calment et s'occupent avec la nourriture, je m'allonge de nouveau sur le divan.

Je passe un moment à observer des narcisses fanés que quelqu'un, Merton ? Karpinski ? Cockburn ? a mis dans un petit vase de porcelaine.

Comme un tigre, Finn le noir se jette sur moi. Il plante ses griffes dans le pain que j'ai coupé il y a un moment, et que j'ai mis sur mes genoux. En un clin d'œil, me voilà sans repas. Je devrais me fâcher contre les deux chats, pas seulement contre le noir, parce que le blanc l'a aussitôt rejoint et maintenant tous les deux, pas vraiment coopératifs, se disputent sauvagement le pain.

Je devrais me fâcher, oui. Mais, en fin de compte, la scène a quelque chose d'émouvant. La faim se lit sur leurs museaux et leurs corps squelettiques. Et moi, une fois le pain sacrifié, j'ouvre la bouteille de lait et, comme il n'y a pas d'assiette en vue, j'en verse un peu pour les chats dans un vieux cendrier qui est à côté du divan, un cendrier avec l'affreux logotype d'une ancienne marque de whisky qui me fait penser non seulement au jardinier Merton, mais à la bouteille de Johnnie Walker qui, au point où en sont les choses, sera ma seule consolation pour cette nuit.

Je verse le lait et les Finn le boivent comme deux frères, sans se disputer désormais. J'en verse de nouveau et de nouveau ils le boivent. Et comme ça huit, neuf, dix fois, jusqu'à ce que la bouteille soit vide.

Les Finn ronronnent de plaisir.

J'ai déjà bu la moitié de la bouteille de whisky. Autour de moi, l'air semble de glace, alors je continue à boire, sous le regard attentif des chats.

— Et maintenant, un peu de lecture, leur annoncé-je, et j'ouvre un de mes cahiers, celui où se trouve le plan au crayon de Pent Farm. Je lis à voix haute : « Étranger et mauvais caractère. C'est ce que pensaient certains de son mari et c'est exactement ce que dit Jessie pour expliquer à ce dernier à quoi ressemblait le visiteur, mélange de mendiant et de cycliste, qui était décidé à faire sa connaissance. » Les Finn écoutent, satisfaits et reconnaissants. Le meilleur public que je puisse concevoir.

XXX

Borys aimait jouer dans le jardin avec son train. Un instant plus tôt, l'homme avait posé sa bicyclette. Il l'avait appuyée contre la palissade, parallèlement à celle-ci. Borys vit la carabine. Il n'en avait jamais vu de vraie, sauf celle à air comprimé, mais il avait vu le mot « carabine » écrit dans telle ou telle histoire qui, en général, se passait aux États-Unis. Le soleil scintilla sur le canon de l'arme : le soleil qui avait paru entre les nuages – blancs, noirs au centre – en même temps qu'elle dépassait, comme une marionnette, de la palissade.

L'homme à la bicyclette visa d'abord le ciel. Cela dura un instant qui devint trop long. Il y eut une pause. Puis il visa le train de Borys, qui après la pause de l'homme – vu de nouveau après cette pause – avait l'air d'un pauvre jouet tombé du ciel. L'homme sourit, essayant de faire sourire aussi Borys. Ou peut-être que non, peut-être qu'il lui suffisait de sourire avec cette affreuse grimace, avec ces dents tordues, peu importait la façon dont l'enfant réagirait.

L'homme ne souriait plus quand il leva de nouveau sa carabine, lentement. Cela dura un peu plus. La carabine était pointée sur Borys.

L'homme dut forcément voir que l'enfant tremblait. Impossible de ne pas le voir. Il tremblait et avait un peu ouvert la bouche : une bouche en forme de « o » comme le bout du canon qui l'observait en silence.

Durant ce bref instant, bref mais interminable, Borys voulut pousser un cri. Non, ce n'est pas ce qu'il voulut : il pensa seulement à crier, mais il se dit aussitôt que toute réaction violente pourrait énerver ou crisper l'homme à la bicyclette.

Il vit aussi très clairement celui-ci remuer les lèvres, comme s'il priait à voix haute. « Membres grassouillets », prononça-t-il avec un accent étranger semblable à celui de son père quand il devait lire en public contre son gré.

Il y eut un second sourire, suivi d'un éclat de rire, comme celui d'un fou. Puis l'homme sembla s'ennuyer. Il passa sa carabine à l'épaule gauche, avec une courroie de cuir. Il remonta sur son vélo et pédala lentement, avec dédain, presque. La chaîne émettait un bruit aigu, oxydé.

Borys sentit que le cri qu'il avait décidé de réprimer était toujours étranglé dans sa gorge.

La nuit suivante, Jessie rêva que Meen, après avoir forcé la serrure, entrait dans Pent Farm, dans la maison de Pent Farm, et brandissait une arme.

Ce fut un rêve si horrible et si réel qu'à partir de ce moment-là, elle ferma nuit et jour à clé l'énorme porte de chêne de la cuisine. Tout comme la porte principale et les fenêtres.

Il faisait très chaud et Jessie fermait tout.

Voyant de la surprise dans les yeux de sa domestique personnelle, elle balbutia qu'elle ne voulait pas que Borys sorte dans le jardin, mais n'expliqua pas pourquoi. La domestique ne demanda pas non plus à le savoir.

Telle une armée qui serait venue à son secours, un après-midi elle vit défiler, sur le chemin qui passait devant Pent Farm, les membres de la vieille fête foraine ambulante qui chaque année, jamais avant le dix juin ni après le dix juillet, s'installait avec son cirque dans un bourg important de la région. L'année précédente, la fête s'était arrêtée à Postling. Le bruit courait que cette année elle prendrait ses quartiers à Hythe ou, plutôt, à un jet de pierre de Hythe. Une sorte de logique, un mouvement d'aiguilles de montre, semblait régir le choix des villages. Même les plus anciens de la région avaient vu avec des yeux d'enfants ce cirque qui, bien qu'il eût plusieurs fois changé de nom, restait fidèle à ses principaux rites.

— Borys ! appela Jessie, et son fils arriva à temps pour sauter la palissade blanche et admirer le cortège.

Les gens, alignés de chaque côté du chemin, en rangs serrés, clignaient des yeux, se poussaient, se distribuaient des coups de coude.

Émergeant de cette foule, une petite fille s'écria, tout excitée, en montrant la caravane, de plus en plus proche : « Voilà le cirque ! Voilà le cirque ! »

Ce cirque ambulant comprenait, comme toujours, un éléphant qui de loin semblait irréel. Les arbustes s'écartaient – aurait-on dit – devant ce défilé un peu hésitant.

Aux portes de Pent Farm, Borys vit et toucha presque le prodigieux éléphant. Puis il vit les pancartes surchargées de promesses (la femme qui crache le feu, l'homme canon, l'homme loup, la femme à barbe) et, un instant troublé par ce mélange de danger et de monstruosité, il sentit que le moment était venu de raconter ce qui s'était passé dans le jardin entre l'homme à la bicyclette et lui.

La caravane semblait démesurée. Rapetissé, Borys se racla la gorge. Il ne put prononcer que quelques syllabes, sa voix se mêla de larmes.

Affectant un calme qu'elle ne ressentait pas, Jessie s'approcha de son fils, qui gémissait dos tourné. La main sur son épaule, dans un geste plutôt paternel, la main qui glissa ensuite sur ses cheveux, tout cela aida les larmes à s'écouler, à se diluer dans la sécurité adulte dans laquelle elle l'enveloppait, plus énorme que d'habitude, aussi énorme que l'éléphant.

Au loin, on entendit un vacarme d'aboiements. Les lions et les autres animaux arrivaient. Chaque année, les chiens devenaient fous à la vue, et plus encore à l'odeur, des bêtes en cage.

Jessie embrassa Borys sur la joue. Elle reçut son haleine tiède, outrageusement douce et, comme se reprenant, elle décida de le soulever dans ses bras, mais elle eut un élancement.

Son fils lui tournait de nouveau le dos, mais il ne pleurait plus.

À la maison, Józef dormait comme un mort, du moins s'il ne fumait pas au lit, contre les prières de Jessie et les conseils réitérés du docteur.

XXXI

La nouvelle que mon père se mourait me parvint (enfin, ce n'est pas ce qu'on me dit, mais qu'il était hospitalisé, et que le pronostic était réservé) un dimanche, tard dans la soirée. Cela faisait un an et demi que je vivais à Paris, et j'étais allé ce soir-là au cinéma, un soir de février, parce qu'il n'y a pas au monde de ville comme Paris pour aller au cinéma et se gorger de films. Près de Denfert-Rochereau, dans une petite salle en face du Lion et à côté des catacombes où je n'avais jamais eu l'audace de descendre, on donnait *Sue, perdue dans Manhattan*. Nous étions allés ma femme et moi voir ce film qui m'avait beaucoup plu, (*Je suivais la mort dans l'âme / Sue, perdu dans Manhattan*…, quelle ironie) et en rentrant à la maison je vis que la lumière rouge du répondeur clignotait.

Ma femme activa le message, tandis que je commençais à me brosser les dents, et l'on entendit la voix d'Alberto, le père de ma femme, qui disait qu'il avait une nouvelle pour moi, qu'il fallait que je l'appelle dès que possible, même s'il était très tard. Et aussitôt (alors que je suivais tout cela en me brossant les dents, sans passer à d'autres étapes), je sus qu'il était arrivé quelque chose à mon père.

Quatorze heures plus tard, je partais pour l'Argentine dans un avion qui, je m'en souviens, fit quatre escales. Un vol quasi interminable. Le père de ma femme vint me chercher à l'aéroport et me conduisit au chevet de mon père. Sachant que j'allais arriver à Buenos Aires, les médecins de l'hôpital avaient retardé le coma dans lequel ils avaient décidé de le plonger.

Mon père était éveillé, anxieux et avec tous ses esprits, plus que je ne m'y attendais. Nous parlâmes presque une heure. Il m'expliqua, mais son récit était un peu confus, que le dimanche précédent il s'était senti très mal, sans forces pour se lever. La tête lui tournait. Il étouffait. Il ne pouvait pas respirer. Une ambulance l'avait transporté à cet hôpital.

Un médecin entra, interrompit notre conversation avec l'excuse qu'une infirmière devait s'occuper de mon père et lui donner ses médicaments, et il m'emmena tout près, dans une petite chambre où, sur une radio prise le matin même, il me montra les poumons détruits de mon père, deux énormes taches noires, l'un d'eux ne fonctionnait déjà plus, c'était comme une relique ankylosée, et l'autre n'avait plus que quinze ou vingt pour cent de sa capacité. Cela, ajouté à une infection et à ses quatre-vingt-cinq ans, n'augurait rien de bon. Le plus probable, me dit le médecin avec des gestes de compassion que je jugeai sincères, est que votre père ne sorte pas du coma, que l'infection pulmonaire soit irréversible.

Je serrai la main du médecin, qui était jeune, plus jeune peut-être que moi, et je retournai au pied du lit, terminer ce qui désormais, après mon entretien avec le médecin, je le pressentais, serait ma dernière conversation avec mon père.

C'était triste. C'était terrible. Mais je pouvais me tenir pour chanceux. J'avais pu faire ce voyage, même si le billet d'avion m'avait coûté une fortune, et en regardant mon père dans les yeux, des yeux gris, d'acier, presque, mais d'un acier aimable, je lui annonçai (c'était une nouvelle toute neuve, une nouvelle que je projetais de lui donner par téléphone dans les semaines suivantes), que ma femme et moi nous marierions officiellement à Buenos Aires vers la mi-septembre. Sept mois plus tard. Alors que peut-être il ne serait plus en vie.

Je me souviens parfaitement – je ne pourrais oublier quelque chose comme cela – que mon père resta trois mois dans le coma. Tous les lundis, les médecins disaient plus ou moins la même chose : qu'il serait mort avant le vendredi suivant. Mais mon père ne mourait pas. Bien mieux, un lundi on m'annonça qu'il récupérait. Un lundi unique. Un lundi à demi miraculeux. Et le vendredi suivant, comme s'il s'obstinait à faire mentir les médecins, mon père était mort.

Avant cela, durant quelques jours, au début du troisième mois, il avait émergé du coma, mais changé en une sorte de petit animal en cage. Il ne prononçait aucun mot et regardait tout le monde avec des pupilles dilatées et la mâchoire en retrait. Je lui parlais et, presque chaque fois, il semblait ne pas comprendre. J'essayai de lui parler en français et déplorai de ne pouvoir le faire dans sa langue natale. Soudain, un matin, mon père émit quelques mots dans sa langue maternelle. Ou du moins je le suppose. Mais je ne les notai pas, même pas phonétiquement. Je le regrette.

Pendant que mon père mourait avec des mots étrangers, pendant que mon père mourait avec moi debout près de lui, et avec un billet d'avion dans la poche, un billet de retour périmé depuis une semaine, avec ma femme qui m'attendait à des milliers de kilomètres de là, avec des engagements professionnels que je ne pouvais honorer, avec la dernière compagne de mon père qui attendait dans le café au coin de l'hôpital (mon père ne voulait pas la voir, allez savoir pourquoi, et Claudia attendait là que je lui communique les nouvelles du jour), pendant qu'il se passait tout cela, je me mis à penser, soudain, à ce récit de Józef où Yanko parle à Amy Foster dans sa langue, c'est-à-dire dans sa langue natale, et où elle réagit, troublée, apeurée.

Je pensai aux paroles d'Amy : « Il dit des choses si étranges… Mais du moins il me dit quelque chose… Je ne sais pas quoi. »

XXXII

Avant de rentrer à Madrid, je m'accorde une escale, brève, à Londres. Il ne fait pas encore nuit quand le train entre en gare de Waterloo. Après avoir dormi dans un hôtel, j'irai demain voir la maison de Gordon Place où Jessie et Józef faisaient un séjour forcé à Londres quand, au cours d'une visite supposément rapide, Jessie glissa, tomba par terre et se blessa au genou.

17, Gordon Place.

Je ne résiste pas. Je sonne. Une femme au visage émacié m'ouvre la porte. Elle me regarde sans dire un mot. Ni bonjour ni que désirez-vous ni rien. Elle me regarde et met, en même temps, les mains dans ses poches. Je repense soudain à un livre d'un écrivain parisien, Didier Blonde, qui visite les maisons qui ont été les décors de romans célèbres : l'immeuble où vivait Arsène Lupin, le domicile du commissaire

Maigret, l'adresse exacte de Julien Sorel. Il arrive, sonne à la porte, demande à entrer comme seul le ferait quelqu'un qui est né là ou y a vécu et, même si cela semble impossible, il franchit presque toujours le seuil. J'avais oublié Blonde, mais quelque chose dans la façon confiante dont la femme émaciée de Gordon Place se met les mains dans les poches me fait penser à lui. La femme n'a pas la moindre idée de ce dont je lui parle. Józef ? Jessie ? Quel accident ? Quel genou ? Quand finalement j'entre chez elle (et je le fais avec une incroyable facilité), je ne sais ce qui me peine le plus. C'est peut-être l'indéniable solitude dans laquelle vit cette femme, qui est veuve (me dit-elle), qui n'a pas eu d'enfants (me dit-elle), qui n'a pas de famille ou ignore où vivent les rares parents éloignés qu'il lui reste, quoique (cela, elle ne me le dit pas, je le pressens) elle n'ait pas beaucoup cherché. C'est peut-être cet ensemble de choses, oui. Ou peut-être, plutôt, que dans sa maison (la maison où Józef et Jessie passèrent quelques jours) on ne trouve pas un malheureux livre. Pas un. La bibliothèque, vide, dont la peinture a commencé à s'écailler, semble regarder, bouche bée, le téléviseur allumé, sans le son.

Encore des choses que je dois mettre dans mon roman :

Hueffer a eu deux filles : Christina et Katherine.

Józef a dit à Jessie, quand il l'a rencontrée, qu'il ne désirait pas avoir d'enfants.

Borys a eu un frère cadet né en 1906 : John Alexander.

Hueffer a écrit dans un livre pour enfants un poème intitulé *Les Trois Amis*, où il mentionne Borys et ignore Jessie.

Jessie était en train d'accoucher de Borys et Józef, très inquiet, se promenait dans le jardin de la maison. Soudain Józef entendit des pleurs d'enfant et alla dire à une domestique : « Faites-moi le plaisir de faire taire cet enfant sur-le-champ, juste au moment où ma femme va accoucher ! » Il fallut que la domestique lui réponde : « Mais c'est votre propre fils, monsieur ! »

Hueffer écrit dans son poème : « Il était une fois un vieux Pofpof qui disait : / "C'est l'heure de coucher les enfants" / Alors ils allèrent chercher Christina / Ils la lavèrent, la frottèrent / Et dans son lit ils la couchèrent. »

Dès le début, Józef voulut donner un prénom slave à Borys. Un prénom qui pût s'écrire facilement en anglais, sans les possibles fautes d'orthographe qu'occasionneraient, à coup sûr, des prénoms comme Wladyslaw, Boguslaw ou Wienzyslaw.

Hueffer écrit dans son poème : « Il était une fois une vieille Mofmof qui disait : / "C'est l'heure de dormir, mesdemoiselles" / Alors ils allèrent chercher Katherine / Ils la baignèrent, la rincèrent / Et dans son lit ils la couchèrent. »

Józef était désolé que Borys ne parle pas sa langue natale, mais il ne fit pas grand-chose pour y remédier.

Hueffer continue son poème : « Il était une fois un vieux Trucmuche qui disait : / "C'est l'heure de dormir, chéri" / Alors ils allèrent chercher Borys / Qui finit dans la baignoire / Et ils le mirent au lit sans problème. »

Józef décrit Borys, dans une lettre à un cousin de Pologne : cheveux noirs, yeux énormes et une vague ressemblance avec un singe.

Hueffer achève son poème : « Alors les trois adultes s'écrièrent : / "Quelle tranquillité, enfin, quand ils sont tous au lit !" »

Avant que je prenne l'Eurostar pour Paris (et de là un autre train pour Madrid), Cockburn a voulu me voir. Il me donne rendez-vous dans un bar de la gare Saint-Pancras, endroit bruyant et désagréable, mais comme ça nous pourrons contrôler l'heure avant le départ du train, argumente-t-il. Nous avons vingt minutes, Cockburn sort des papiers que, s'excuse-t-il presque, je dois signer. La bureaucratie, vous savez. C'est l'argent que je dois pour la nuit passée à Pent Farm. Une fortune. Une obscénité. Je ne vais pas me battre ; je fais semblant de ne pas avoir vu le montant. Mais je ne suis pas un bon acteur. Il est clair que Cockburn a vu que je l'ai vu. Il sort alors d'une de ses poches un livre peu épais. L'association, dit-il, publie chaque année quelques livres dans ce genre. Des livres spécialisés. Que dis-je, rit Cockburn, ultra-hyper-spécialisés. Celui qu'il veut m'offrir (je devine qu'il se sent coupable à cause du montant de la facture) porte le nom de Borys dans son titre. Je l'accepte pour lui faire plaisir. Et de plus, pourquoi le refuser ? Soudain, je vois que son auteur est Cockburn lui-même. Ce n'est pas de la culpabilité, non. C'est de la vanité. Ou la somme des deux.

À bord des deux trains, je lis le livre de Borys, je veux dire le livre de Cockburn sur Borys. Anecdotique. Plaisant. Pas mal écrit. Mais anecdotique, finalement. En 1927, Borys commit une sorte de trahison, semblerait-il, avec des papiers manuscrits de son père.

Mr Cockburn s'arrête à analyser un point en particulier : Borys, parce qu'il était le fils d'un si important personnage, fut-il jugé durement, avec une dureté anormale, par l'opinion publique ? Ou, au contraire, fut-il pardonné parce qu'il était qui il était ?

XXXIII

J'imagine Meen arrêté, en suspens, dans les environs de Pent Farm, un peu comme l'homme qui passe des heures dans sa voiture japonaise en face de chez Karpinski.

J'imagine Jessie, qui promet – et pas qu'une fois – d'emmener Borys au cirque.

J'imagine Józef en train de dire à Jessie qu'au sommet de la colline de Hempton (celle-là même que Meen monte et descend), l'air est parfois tout chargé de sel, selon le vent et selon la température. J'imagine Jessie en train de penser que Józef ne peut pas vivre sans la mer, sans son image physique (l'éloignement de sa surface d'acier n'est-il pas une sorte de mesure de précaution ?), mais qu'il lui arrive ce qui arrive à tant de marins retirés : leur organisme, ou au moins leurs poumons, exigent leur dose de sel.

J'imagine l'homme à la voiture japonaise qui descend, étire les jambes (pauvre homme, combien d'heures passe-t-il là chaque jour, et à son âge…), ouvre le coffre, en extrait un objet long, un objet de bois ? et sonne, ou même mieux, donne des coups insolents dans la porte des Karpinski. Eliza, mais une Eliza plus jeune, tout juste arrivée en Angleterre, ouvre et sourit avec une infinie bonté. L'homme brandit un vieux porte-manteau sur pied qu'il a oublié de laisser en son temps et auquel il s'accroche comme à une canne monstrueuse. Perplexe, à demi endormie parce qu'il est encore un peu tôt, pas très sûre d'elle parce que cela ne fait que quinze jours qu'elle a quitté la Pologne et qu'elle ne parle encore qu'un anglais précaire, Eliza le fait entrer. Karpinski, qui était sous la douche, arrive trop tard pour l'en empêcher, mais à temps pour assister à l'humiliante inspection. Bien entendu, il envoie à l'homme un regard assassin, mais se mord la langue et tolère qu'il fasse de méprisants commentaires sur certains changements minimes, décoratifs. Ou même qu'il réprimande Eliza pour la saleté et le chaos qui règne dans la cuisine.

J'imagine Bowman voyant, de loin et par accident, le moment où Meen vise Borys. J'imagine que, sur le point d'intervenir, il se refrène en voyant l'autre baisser son arme et se retirer. J'imagine qu'il décide de ne pas alarmer Jessie de nouveau, mais de raconter, en revanche ce qui vient de se passer aux fidèles clients du Ye Olde Mill.

J'imagine Thambell allant un soir au Ye Olde Mill et accaparant l'attention. Je l'imagine quand il proclame que Meen réside chez lui, que Meen possède une arme, une sorte de carabine, que Meen lui a dit une fois (si ce n'est deux, s'il n'a pas répété sa fanfaronnade) qu'il veut tuer Józef.

J'imagine les fidèles clients du Ye Olde Mill réagir avec préoccupation. Il faut faire quelque chose. Cet homme est un danger public.

J'imagine Borys écrivant sur la machine Yost : enfant, devant le regard ému de sa mère ; adulte (son père est mort), en cachette de sa mère, en train de forger sur la vieille Yost un faux « original » de Józef ?

J'imagine la femme de Thambell en train d'inspecter, un après midi, les affaires de Meen.

J'imagine mon père en train de relire ses cahiers, en se demandant comment il doit terminer son roman.

La trame s'est beaucoup étendue. L'écheveau de la trame s'est étalé.

J'imagine mon père lisant un livre, *La Dérroute*, qui porte le titre de son roman inédit. Se demandant si on a le droit de lui voler son titre. Je l'imagine en train d'y lire, avec surprise et satisfaction, une phrase originellement imaginée pour son livre : « Convaincu que la mer ne lui apporterait plus que des malheurs, il décida de vivre loin du port. »

XXXIV

Je trouvai les cahiers de *La Dérroute* alors que mon père était plongé dans son coma artificiel à l'hôpital. Je logeai tout ce temps à Buenos Aires chez lui et un soir, tandis que les médecins perdaient de plus en plus leur optimisme, je me consacrai à tout retourner dans ses affaires, surtout celles qui se trouvaient dans une grande armoire, sans trop savoir ce que je cherchais. Sur le moment, comme justification, je me dis que j'évaluais l'effort que représenterait de vider tout cela après sa mort. Le fait est que, ce même soir, parmi les nombreux vêtements rangés là (il collectionnait les chaussures et les cravates, pas seulement les pipes), je trouvai une pile de six cahiers. Je soupçonnais mon père d'avoir persévéré avec son roman, bien que, au bout d'un moment, il ait cessé de m'en parler, abattu peut-être par une expérience peu heureuse : il m'avait demandé de lire les premières pages séparées (qu'il intégrerait ensuite au cahier un) et j'avais été dur dans mes critiques. Mais ce soir-là, une semaine avant sa mort, je trouvai les cahiers et je sus, avant de les ouvrir, que mon père était allé loin dans son livre, et l'avait peut-être terminé.

Le soir même, je lus le cahier un. Ou, plutôt, j'en relus quelques parties, en en sautant d'autres et, si j'y retrouvai les défauts et les qualités que j'avais soulignés devant mon père à l'époque, je ne me pardonnai pas la dureté avec laquelle j'avais critiqué ses fautes de grammaire, qui en fait n'étaient pas si graves.

En retournant les armoires de l'appartement de mon père, je découvris aussi un vieil enregistrement en « bande ouverte » où on l'entend parler alors qu'il a cinquante-deux ou cinquante-trois ans.

L'enregistrement avait été miraculeusement préservé.

Ma famille possédait, en 1966 ou 1967, un enregistreur moderne de marque Geloso sur lequel chaque touche (reproduire, enregistrer, reculer, arrêter) était, pédagogiquement, d'une couleur particulière : vert, rouge, jaune, bleu… Je trouvai par hasard l'enregistreur à côté des cahiers et je remarquai que dans la mallette qui le protégeait depuis trente ou trente-cinq ans de la poussière et de l'usage, il y avait un petit rouleau de bande audio marron. Je mis le rouleau, on entendit un *clac*, j'appuyai sur le bouton vert (reproduire) et j'entendis d'abord ma voix, ma propre voix d'enfant, le balbutiement d'un gosse de deux ou trois ans. Au bout d'un petit moment, à un second plan, j'entendis les voix de trois femmes (ma mère, ma grand-mère, une tante) assises autour d'un enfant, rite aussi immémorial que de s'asseoir autour d'un feu ; et, enfin, je distinguai la voix râpeuse, la voix de fumeur de mon père, et je remarquai que son accent était alors, quand j'étais tout petit, nettement plus marqué que celui de ses vingt dernières années, tel que je m'en souviens.

Un jour, alors que je vivais désormais à Paris, je dus donner une sorte de conférence en français et, peu après avoir commencé à lire le texte que j'avais préparé, je sentis que mon accent était ce jour-là désastreux. Au lieu d'assumer le fait et d'essayer de le corriger par un léger coup de barre (il était fréquent que mon *petit accent*, comme on disait en France avec compassion, s'accorde ou se désaccorde selon une sorte d'effet domino : les différents sons du « e », les « r », les différents sons du « u »), au lieu de cela j'interrompis net ma lecture et réfléchis à voix haute qu'il m'arrivait parfois de me réveiller « en prononçant plus mal que jamais ». Certaines personnes dans le public eurent la politesse de sourire ; je bus une gorgée d'eau, remis un peu en place ma langue et d'autres choses difficiles à indiquer, toutes situées dans la bouche (dans les dents, sur le haut du palais), et repris ma lecture, à peine un peu mieux.

Ce soir-là, avant de me coucher, j'eus l'impulsion d'appeler mon père, pour lui demander s'il lui arrivait parfois la même chose, s'il se réveillait en parlant mieux ou plus mal la langue acquise. Mon père était mort depuis un an, plus ou moins. Le réflexe de l'appeler perdura en moi pendant deux ans.

XXXV

Quand son père tombait malade, Borys ne jouait qu'avec son train, comme si l'immense bateau de bois – cadeau d'une sœur de Jessie : la tante Ethel – faisait à ce point partie consubstantielle de la vie antérieure de Józef qu'il devait lui aussi se reposer, récupérer en même temps que lui. Bien entendu, il y avait d'autres jouets dans l'univers de Borys, depuis une minuscule artillerie ou les pièces d'un domino qui passionnait surtout Józef, jusqu'à un cheval de bois qui refusait de grandir : Borys se balançait sur lui en ramenant ses jambes et, ce faisant, il ressemblait à une statue mobile, bien qu'un peu stéréotypée, d'un géant équestre. En plus des jouets, dans une petite bibliothèque en acajou, il y avait ses livres, qu'il lisait sans aide depuis presque un an. Józef et lui accomplissaient un rite : Borys s'asseyait sur les genoux de son père et quatre mains, ou trois, ou deux au minimum, tenaient le livre à la hauteur des yeux de l'enfant. Évidemment, ce rite avait changé et, si au début c'était Józef qui lisait à voix haute (dans son anglais rudimentaire qui faisait penser « au langage d'un enfant », comme il est dit du mari d'Amy Foster), désormais c'était Borys qui lisait, et dans un anglais parfait.

Józef n'en revenait pas des progrès de Borys, pas plus qu'il ne pouvait croire que des décennies, quatre déjà, avaient passé depuis que son père, Apollo, l'avait fait venir pour qu'il lui lise à voix haute *Les Travailleurs de la mer*, de Victor Hugo. Ils vivaient en Russie, à Czernihów, où s'élève l'église Saint-Borys, dans les faubourgs de cette ville qui ne comptait pas quinze mille habitants. Józef avait alors six ou sept ans, comme Borys maintenant ; son père était malade, au lit, comme Józef maintenant. S'il se fiait à sa mémoire, *Les Travailleurs de la mer* avait été son premier choc avec les livres pour adultes et en même temps son premier contact avec la mer et avec la traduction entre deux langues. Le texte était en polonais ; c'était son père qui l'avait traduit du français.

La goutte se prolongeait tant (l'image était curieuse, jusqu'où une goutte pourrait-elle se prolonger, quelle était sa tension maximale ?) qu'il pensa appeler Borys et lui demander, comme pour calquer la scène ou pour commémorer un mythe, de lui lire en anglais ce texte de Victor Hugo, mais Jessie, après l'avoir cherché dans la bibliothèque, lui indiqua qu'ils ne possédaient pas ce livre et peut-être, se dit Józef, ne l'avaient-ils jamais possédé, et que sa familiarité avec son souvenir le lui avait fait croire. Quand il serait guéri, dit-il à Jessie, il se procurerait la version française pour la traduire en anglais, comme il l'avait fait sur l'*Adowa* avec Flaubert. Oui, répéta-t-il dans un bref accès d'euphorie, c'était ce qu'il ferait.

Jessie pensait qu'il n'y avait pas grande différence entre les accès d'euphorie et le reste : dépression, goutte ou quoi que ce fût. Quand Józef tombait malade, elle le perdait de vue derrière la fièvre, derrière les plaintes et la demi-pénombre dans laquelle il dormait ou feignait de dormir les yeux mi-clos et sa barbe, ordinairement très soignée, maintenant tout emmêlée. Quand, au contraire, il brûlait d'enthousiasme, elle le perdait aussi de vue car il s'enfermait dans ce qui était peut-être sa nouvelle cabine de capitaine : l'endroit que Józef – en exagérant, attitude qui lui était très propre – appelait « la chambre des tortures ». Entre un extrême et l'autre il y avait les rares moments où il se trouvait à sa portée. Entre un extrême et l'autre, égoïstement, elle en arrivait à préférer la maladie parce qu'il lui était alors possible de s'asseoir près de lui, de le coiffer, de lui prendre les mains, de border les couvertures sur son corps compact et mou, de lui parler même quand il dormait ou, plutôt, faisait semblant de dormir. En plein enthousiasme créatif, Józef s'éloignait d'elle, s'absentait dans tous les sens du mot et lui envoyait des lettres de la chambre des tortures comme s'il s'était embarqué pour l'autre bout de la Terre : « Ma chérie, je désire tant te revoir. Je te souhaite de passer une excellente nuit. Quelle grande consolation c'est de t'avoir en ces temps si difficiles. Repose-toi bien, chérie. »

Jessie en vint à se dire que s'il imposait cette distance – s'il s'offrait cet exil en miniature, à l'intérieur de son grand exil – c'était pour pouvoir lui écrire, pour pouvoir écrire tout court, pour faire d'elle une lectrice. Cela ne faisait aucun doute : par écrit, il exprimait ses sentiments avec davantage de profondeur et d'ardeur. Plus enclin à écouter qu'à parler (il n'était donc pas étrange que nombre de ses narrateurs soient des auditeurs de ce que, à leur tour, d'autres leur racontaient), il ne perdait pourtant rien de sa pudeur dans ces lettres, pas plus que dans les textes évocateurs que Jessie lisait avec délectation, à la recherche de données nouvelles (un voyage à Marseille sur le *Mauris*, des cures d'hydrothérapie dans une ville de Suisse), parce que la pudeur, Józef le répétait souvent à Hueffer, était le dernier refuge de l'écrivain : rien de plus humiliant ou de plus triste qu'une émotion qui n'émeut pas.

XXXVI

Je rentre à Madrid, à mon domicile du quartier de Las Letras, avec le sentiment qui m'envahit après chaque absence : la certitude que même si j'ai plaisir à vivre à Madrid, et que je suis bien chez moi et dans mon quartier, dès que je m'en éloigne un peu, la ville ne me manque absolument pas. Ayant vécu presque dix ans à Paris avant d'emménager dans la capitale espagnole, je ne peux m'empêcher de comparer ces deux expériences urbaines. Quand j'étais à Paris, la ville me manquait énormément dès que je m'en éloignais, mais en y revenant j'éprouvais une sorte de désillusion, comme si je l'avais beaucoup idéalisée. Avec Madrid, c'est plutôt le contraire qui m'arrive : la ville ne me manque pas, c'est comme si elle n'avait jamais existé, mais en y revenant je me réadapte au quartier et à mes routines comme si tout cela était une seconde peau, comme si je n'étais jamais parti, et toujours, dans chacun des deux sens, en partant ou en revenant, il s'agit d'une expérience paisible, terriblement sensée.

Il y avait des choses de Paris que j'aimais de tout mon cœur, il y avait des choses de Paris que je détestais avec la même passion : les cafés, les cinémas et les librairies *versus* le métro malodorant ou les mauvaises manières des commerçants… Je pourrais énumérer d'autres exemples. À Madrid, il se trouve que rien, ni ce que je déteste ni ce que j'aime le plus, ne suscite en moi pareille ferveur. Non sans une certaine inquiétude, je me demande, depuis quelque temps, si cette baisse dans la passion n'est pas un signe de vieillissement. Pourtant, chaque fois que je reviens à Paris, en qualité de touriste ou d'invité, les passions ressuscitent et je constate avec soulagement qu'il existe toujours, au fond de moi, un petit interstice pour les émotions fortes.

Je rentre à Madrid en ayant pris une décision : je lirai, je relirai, le roman de mon père. Bien que cela semble incroyable, j'ai laissé passer tout ce temps sans terminer la lecture de *La Dérroute*. Le roman est court, il se compose de six cahiers, tous de la même marque et assez semblables (couverture cartonnée, grammage élevé, papier blanc mat, 196 pages rayées, vingt lignes par page et une décalcomanie sur la couverture de chacun d'eux : de un à six), excepté un cahier, le quatre, différent des autres : moins de pages et une couverture d'une autre couleur. Je veux croire, simplement, que mon père n'a pu trouver, à ce moment-là, le cahier qu'il cherchait. Et j'écarte toute signification ou message particuliers liés à cette disparité. Mais, pour une raison que j'ignore, je n'ai pas pu poursuivre ma lecture au-delà du cahier quatre. Si bien qu'il m'en reste deux à lire, et que je ne sais pas si *La Dérroute* a une vraie fin, si c'est un roman complet ou s'il se range dans la noble lignée des romans inachevés.

Bien entendu, j'ai conscience qu'en laissant *La Dérroute* comme ça, à mi-lecture, j'ai aussi laissé ouvertes la présence et l'influence de mon père. Il y a quelque chose que mon père a encore à dire (peut-être un nouveau secret) qui, entre-temps, le maintient faussement en vie. Quelque chose qui, faussement, remet sa mort à plus tard.

Je rentre à Madrid sans savoir clairement comment doit se terminer (comment *je* dois terminer) mon livre : mon roman sur Józef. En ce sens, il est curieux que les tâches primordiales que je me fixe pour les prochains jours se résument à atteindre une dernière page : la fin de la rédaction du roman sur Józef, la fin de la lecture du roman de mon père. Toutefois, j'ai besoin pour ces entreprises d'une sérénité que Madrid ne m'offre pas. J'ai été longtemps absent de la ville et, comme cela arrive dans ces cas-là, le courrier s'est amoncelé et les problèmes avec lui : reçus, factures à régler, publicités, relevés de ma carte bancaire, démarches et encore démarches.

Au milieu de tout cela, comme une anomalie postale, je trouve une enveloppe de forme oblongue, et en l'examinant je découvre une sorte de sceau officiel et quelques mots étrangers ; du roumain, puis-je conclure après avoir levé mes doutes grâce à l'aimable collaboration d'un dictionnaire *online*. Je n'ai jamais fait confiance à ces dictionnaires qui cherchent à l'aveuglette, en ignorant le sens et l'intention de chaque phrase. Mais là, je ne peux pas faire autrement que copier la lettre, le texte entier en roumain et me recommander à l'un d'entre eux.

Je dois copier deux, trois fois le message. C'est une lettre assez longue, dans laquelle il me semble déchiffrer des mots isolés, ceux qui sont proches de l'espagnol, de l'italien, du français, bref, des langues latines, mais quelque chose ne marche pas bien avec Google, avec le dictionnaire *online*, avec la lettre roumaine ou avec mes doigts qui s'embrouillent, je le sens, en tapant certaines phrases ; quelque chose ne marche pas car chacune des trois ou quatre traductions que propose le dictionnaire *online* (toujours le même, je n'ai pas eu le réflexe d'en changer) est totalement différente de la précédente. C'est vraiment inouï, parce que même en supposant que mes doigts aient dérapé et confondu des lettres, la différence entre chaque version est abyssale.

Finalement, je mets la lettre de côté, séparée de la montagne de celles que m'a apportées le courrier. Il faudra que je cherche un Roumain authentique, pas un Roumain *online*, pour comprendre ce que dit ce message.

Sur ma table de travail, je répartis quelques chemises de couleurs. Il y en a quatre, dont chacune concerne l'une des quatre fins que je prévois pour le roman de Józef. Les couleurs sont les seules qui étaient disponibles : rouge, vert, noir et bleu. Si je suis allé acheter ces chemises, ce n'est pas que j'en avais besoin, pas vraiment, mais parce qu'il fallait que je prenne un peu l'air, que je sorte de chez moi avec un objectif particulier. Ces choses qui mettent de l'ordre dans le vagabondage et le justifient. En rentrant avec les chemises de couleurs et deux ou trois choses de plus que j'ai achetées à la papeterie (un petit carnet, un stylo-bille vert), et alors que je tourne la clé, j'entends sonner et resonner mon téléphone fixe sur lequel personne n'appelle jamais. Je me dépêche alors d'ouvrir la porte et je cours répondre. Brusquement, j'ai une intuition. Les Roumains. Cet appel a à voir avec cette lettre en roumain. Une idée fugitive, capricieuse, mais cependant sensée au fond. Et, pourtant, quand je réponds, j'entends une voix étrangère, aucun doute, mais pas roumaine. Une voix qu'après mon passage à Pent Farm j'ai appris à reconnaître : Cockburn.

Ce qui se passe actuellement avec Cockburn est curieux. Les autres fois où j'ai entendu cette voix au téléphone, chez moi à Madrid, j'ai dialogué en imagination avec le Cockburn dont je n'avais pas encore fait la connaissance en Angleterre et que, faute d'un Cockburn réel, j'avais dû inventer : un homme ressemblant à un vieux marin. Mais entretemps j'ai rencontré Cockburn à Pent Farm, et que j'insiste à me le représenter comme avant, quand il était possible de choisir entre mille Cockburn, cela n'a aucun sens. Le premier Cockburn de Madrid est, cependant, tenace. Plus fort que le vrai Cockburn qui essaie, sans succès, de renverser le marin imposteur. Si fort que je parle de nouveau au monsieur

Cockburn d'avant mon départ, comme si les jours que j'ai passés à Pent Farm avaient été une sorte de mirage.

Bien entendu, cette fois encore Cockburn prend des nouvelles de ma biographie de Józef, qu'au point où nous en sommes je devrais être en train de corriger et de peaufiner, mais ce n'est pas pour cela qu'il appelle. Sais-je qu'à Hazebrouck ou à Béthune, ou peut-être à Bailleul (Cockburn a des doutes), bref, dans le Nord de la France, peu importe l'endroit pour l'instant, une sorte d'association invite tous les ans une poignée d'auteurs d'essais et aussi de fictions à passer une semaine sur un bateau : une *péniche**, comme on dit là-bas ? Mr Cockburn a eu l'amabilité et l'audace de proposer mon nom et il est sûr à cent pour cent, dit-il, que je recevrai bientôt une invitation officielle. Un biographe de Józef doit terminer son livre à bord d'un bateau, Cockburn ne conçoit pas d'autre possibilité. Je veux protester ou, au moins, formuler une excuse, mais Cockburn ajoute que ces gens payent très bien ceux qui acceptent de résider sur le bateau, et moi, bien que j'aie facilement le mal de mer, je suis disposé à accepter, pour pouvoir payer les dettes que j'ai accumulées avec mon aventure à Pent Farm.

XXXVII

Un soir où Mr Pinker avait voulu savoir quand il avait entendu parler anglais pour la première fois, Józef lui parla de Marseille, d'un jour lointain où, un peu avant ou un peu après avoir vu se balancer le château d'If et avoir senti, plus tard, sur la bruyante Canebière, que tout Marseille se balançait comme sur un rythme de Ravel – un Ravel qui, subtil détail, n'était pas encore né ou naissait à ce moment-là : 1875 –, quelques phrases en anglais avaient jailli, comme une vapeur, d'un bateau amarré au port.

Pinker était impressionné : à l'instant précis où les oreilles de Józef découvraient l'anglais, les mains de Józef avaient touché pour la première fois la coque d'un grand bateau anglais. Il était tombé, en une seule manœuvre, sur les deux choses anglaises qui seraient les plus vitales et les plus définitives de sa vie. Et c'était arrivé en France, comme si la tension entre les deux cultures – entre les chemins possibles, rivalisant de séduction l'un et l'autre, ne se lassait de souligner Pinker – était le destin de Józef. Le destin ! Aurait-il terminé son roman si Jacques ne l'avait pas aimé ? Cette insinuation de Pinker n'était passée inaperçue ni de Józef ni de Jessie.

Jessie se disait que c'était d'un passager rencontré par hasard, dont le prénom, comme le leur à tous les deux, commençait par J (ou bien Jacques était-il son nom de famille ?) qu'avait dépendu le fait que Józef se soit mis à écrire et ait décidé, de plus, de ne pas être un simple écrivain, mais un écrivain anglais. Mais il en savait plus qu'elle sur la question : il savait que d'autres contingences, plus ou moins inavouables, s'étaient ajoutées à Jacques, dans une sorte de conspiration. Peu avant leur mariage londonien, en 1892 ou 1893, alors qu'il essayait de soigner une énième crise de goutte, une énième dépression, bref, la maladie sous laquelle semblait transpirer une malaria obstinée peut-être contractée au Congo, tandis qu'il essayait de la soigner ou de l'alléger en fréquentant les bains suisses de Champel (ceux-là mêmes où il avait croisé, mais sans qu'ils se voient, Guy de Maupassant), il avait fait la connaissance d'Émilie et avait aussitôt senti que c'était avec elle qu'il devait se marier.

« L'amour tel que le concevaient les anciens : un élan inévitable, fatal, une possession ! » pouvait-on lire dans *Amy Foster*. C'était là peut-être que résidait la différence essentielle entre Jessie et Émilie. Avec Jessie il avait senti, plus qu'autre chose, qu'il pouvait l'épouser, non qu'il devait le faire de façon impérative, fatale ; il n'avait vraiment rien ressenti qui ressemblât à de la possession. Le nom de famille d'Émilie était Briquel. Il en était venu à écrire à la sévère et guindée madame Briquel deux lettres de Londres, des lettres courtoises et un peu cérémonieuses dans lesquelles il implorait la main de sa fille. S'il l'avait épousée, se serait-il installé à Genève ? Aurait-il fini dans un foyer où l'on parlait français ? Serait-il devenu, lui, un écrivain français ? Le refus, bien élevé mais ferme des Briquel (Émilie, hélas, était déjà engagée) était une autre pierre, la pierre angulaire peut-être, de la colline qu'il gravissait jour après jour.

Le destin ne lui avait pas réservé d'être un simple mari, point, d'être un simple père, point, mais d'être un mari anglais, un père anglais. C'est à peu près ce que se disait Jessie, qui éprouvait, bien malgré elle, un malaise atavique les rares fois où Józef parlait avec Borys dans une langue qui n'était pas l'anglais : non pas tant quand il exhibait son français élégant que lorsque, tout comme Yanko, l'étranger incompris, le mari d'Amy Foster, Józef s'adressait à Borys en polonais.

Jessie avait dû taper plusieurs fois *Amy Foster* qui dans sa première version s'intitulait *Un mari* et qu'un incendie – un grand feu qui fut à deux doigts de réduire Pent Farm en cendres – avait effacé du monde.

Jessie se reconnaissait dans ce récit avec une étrangeté familière, comme les gens se voyaient dans les miroirs difformes et déformants qu'on montait chaque année durant la fête foraine près du cirque.

Mis en rage par l'incendie, Józef avait réécrit *Amy Foster* ou, plutôt, le lui avait dicté de nouveau, en le reconstruisant grâce à sa prodigieuse mémoire. Parmi ses très nombreux récits, était-ce celui-là, justement, qui devait renaître ? Ce récit dans lequel Amy et Yanko engendraient un fils, à qui Yanko inculquait la langue de son pays (la langue de l'enfance) peut-être pour avoir à sa disposition, plus tard, « un homme avec qui parler cette langue que personne ne parlait dans le pays ».

N'était-ce pas inévitable ? N'était-il pas inévitable que toutes les pages de Józef soient, au fond, un miroir déformant ? Il y avait quelque chose de frappant, pourtant, dans ces récits que Józef situait sur la terre ferme. Ils n'étaient pas seulement pour Jessie plus inquiétants que ceux qui se passaient en mer. Il y avait, en outre, un curieux paradoxe : dans les nouvelles maritimes, elle se sentait le pied sûr, elle se sentait comme sur la terre ferme, tandis que dans les nouvelles terrestres elle voyait planer la menace de quelque chose comme un naufrage.

Bien entendu, Józef aurait rejeté cette distinction. Et le simple exemple d'*Amy Foster* prouvait à quel point était imprécise la frontière entre eau et terre ferme. Ou bien l'histoire de Yanko était-elle le maillon parfait entre les deux mondes ? Victime d'un accident, d'un naufrage, Yanko finissait dans le sud de l'Angleterre. Le destin ou autre chose du même genre le déposait aux pieds d'Amy. Souvent, Jessie pensait que Józef se tenait pour une sorte de Yanko, un de ces naufragés qui scrutent la mer sans croire qu'ils l'ont un jour naviguée.

Jessie pensait que Józef, en choisissant l'odeur et non la vue de la mer, avait raisonné selon une logique marine. Il lui avait un jour dicté un texte pour une revue, un texte où il assurait, non sans candeur, que tant que la côte de départ demeurait en vue, un bateau ne pouvait vraiment commencer son « aventure ». Peut-être que, de façon inverse, il avait senti qu'avec la vision de la mer il ne pouvait commencer sa nouvelle aventure terrestre, et que c'était pour cela qu'il vivait dans un endroit où l'on pouvait sentir la mer, certes, au sommet des collines, mais d'où on ne pouvait pas la voir.

XXXVIII

Je n'ai pas d'autres nouvelles des Roumains (ni par lettre, ni par courriel, ni par aucun autre moyen), mais en revanche j'en ai de l'association culturelle de Bailleul, non, de Béthune, et un mois et demi plus tard je m'apprête à passer un temps dans la cabine exiguë de l'*Ange Gabriel* (c'est ainsi que s'appelle la *péniche**), en la compagnie obligée de trois écrivains qui, comme moi, y passeront leur temps à écrire et à lire, ou à faire semblant d'écrire et de lire.

Je mets dans ma valise les quatre chemises avec les fins auxquelles je réfléchis pour mon livre, pour le roman de Józef, et tandis que je me rends à Béthune, en prenant d'abord l'avion pour Lille, où les gens de Béthune enverront une voiture me chercher, je sens brusquement que, des quatre épilogues, aucun n'est plus audacieux et plus passionnant que cette fin où Meen tranche la vie de Józef : un dénouement qui, dans sa première version, celle que je garde dans la chemise rouge sang, ne semble pas bien envisagé et demande que certaines choses soient revues.

Convaincu que Meen doit tuer Józef, je me dis, non sans effroi, que je veux, en fin de compte, tuer mon père et qu'une fois que j'aurai lu *La Dérroute* jusqu'au bout, il ne restera plus rien en suspens, rien de vivant de lui, et que tout ne sera plus que souvenir, dans le meilleur des cas. Simple souvenir. Ou simple oubli.

J'arrive à l'aéroport de Lille et il se passe ce qui se répète souvent quand j'arrive dans une ville, invité à participer à une rencontre littéraire : la personne chargée de me prendre, en l'occurrence un homme à barbe blanche et à lunettes de soleil genre Michel Polnareff, m'examine un moment (bien entendu, j'ignore encore que cet homme est mon chauffeur) et, allez savoir pourquoi, estime que je ne suis ni ne mérite d'être « l'écrivain distingué » qu'il est venu chercher. J'ai entendu dire un jour que certains êtres humains, par une propriété que la science ne parvient pas à démêler, ne sont pas « lus » ou « détectés » par les portes automatiques. C'est exceptionnel, mais cela arrive : des individus parfaitement invisibles devant des portes qui refusent de s'ouvrir. Avec une ironie amère, je me dis que mon cas est de ce genre : je suis invisible pour les chauffeurs des festivals littéraires. Ou, pire encore, mon aspect (le fameux *physique-de-l'emploi**) ne fait pas l'affaire, ne répond pas à certains canons ou topiques sur ce à quoi doit ressembler un écrivain. Je pense cela, je subis cela, et la fin, la fin qui se trouve dans ma chemise rouge sang et qui me semblait si prometteuse, capote rapidement. Elle capote et c'est la *dérroute*.

J'arrive à Béthune et je m'aperçois, déçu, que la péniche ne bouge pas. Elle est immobile, amarrée. Elle ressemble à mon roman, qui n'arrive pas à avancer.

Je dors dans la cabine étouffante de la *péniche**, si petite que je m'identifie à Michael Jordan, obligé que je suis à me baisser plus du compte, à vivre une horizontalité oblique, et d'emblée j'ai besoin de descendre à terre pour me promener dans la ville de Béthune que, je dois le dire, j'ai rapidement parcourue le premier jour, avant d'embarquer, après que mon chauffeur eut accepté, résigné, l'évidence que j'étais bien l'écrivain. Bien entendu, la ville où je me promène est toujours la même Béthune : la *péniche** n'a pas bougé, du moins que je sache.

Toutefois, j'ai senti cette nuit, aussi étrange que ça puisse paraître, un tremblement imperceptible, un léger mouvement. Un courant ? Quoi qu'il en soit, je me plais à imaginer que la *péniche** a bougé, j'aime à penser que je débarque maintenant dans une autre ville, bien qu'elle ressemble fort à la précédente, comme se ressemblent, en somme, toutes les villes portuaires et (si nous faisons confiance à Foucault) les prisons, les écoles et les bâtiments plus au moins administratifs.

Je fais la même chose les jours suivants. Tous les matins, après avoir pris mon petit déjeuner dans la salle commune, en compagnie des autres écrivains, collègues de voyage immobile, je descends à terre pour parcourir la nouvelle ville, en lui inventant, même, un nom qui est une légère variante du sien : Bithune, Bithene, Bethine… Et chaque jour, dans chacune de ces villes qui sont et ne sont pas différentes de Béthune et identiques à elle, je longe les rues avec le tenace sentiment de faute (digne de Józef, en fait) d'avoir quitté le bateau, de ne pas remplir mon devoir de marin, ce devoir de voyageur immobile pour lequel on m'a engagé. Malgré tout, cette rébellion est nécessaire : à bord de la *péniche** je n'arrive pas à écrire une ligne. Comment diable Józef a-t-il fait pour écrire, amarré, dans un port, et pour comble un port aussi bruyant que Rouen ? Non, serré, pris par le vertige du calme et de la non navigation, je ne peux pas tracer la moindre lettre. Alors que dans les villes imaginées où accoste ma *péniche** cela m'est tout à fait possible. Dans leurs rues, dans leurs cafés. Dans chacune d'elles, de façon consécutive, j'écris, je finis d'écrire chacun des quatre dénouements de mon roman. Du roman de Józef qui cherche, pour le moment, un port final.

XXXIX

« Quand il était en colère il avait une force irrésistible, dont il n'était le plus souvent pas conscient. [...] Il était très tenace quand il se mettait quelque chose en tête. Il s'accrochait à certaines idées même s'il y avait des raisons plus qu'évidentes de les rejeter. Comme si cela ne suffisait pas, il était enclin à garder des secrets, ce qui fait qu'il était très difficile de comprendre son comportement. »

(*Joseph Conrad et son monde*,
de Jessie Conrad)

« Le ton de sa voix était très grave, assez intime et caressant. Il commençait à parler lentement, mais ensuite il parlait très vite. Son accent était très marqué, un peu sombre, un accent plus propre aux races brunes qu'aux claires [...]. Il parlait anglais avec une grande fluidité et une grande distinction, avec une syntaxe tout à fait correcte, ses mots étaient absolument précis quant à leur signification, mais son accent était si défectueux qu'il était parfois difficile de le comprendre et son emploi des adverbes était globalement excentrique. Il employait "devra" et "sera" de façon très arbitraire. Il gesticulait avec les mains et les épaules quand il voulait être emphatique, mais quand, dans son excitation en parlant, il s'oubliait, il gesticulait avec tout son corps et s'agitait sur sa chaise. »

(*Joseph Conrad, Un souvenir personnel,*
de Ford Madox Ford)

« Mon père avait du mal à prononcer certains mots anglais et certains ont écrit qu'il avait un fort accent étranger, mais j'estime que c'est un peu exagéré. Toutefois, il est bien certain que lorsqu'il n'allait pas bien ou quand il se trouvait sous l'effet d'une tension émotionnelle sa mauvaise prononciation devenait plus marquée. »

(*My father Joseph Conrad,*
de Borys Conrad)

XL

Nous sommes trois à bord de la *péniche**. Un Bulgare, une femme qui s'appelle Marguerite Gautier ou qui signe ses livres du nom du personnage (il faudra que je vérifie), moi et une cabine vide parce qu'une écrivaine israélienne qui avait promis de venir avait exigé, au dernier moment, d'embarquer avec son chat, qu'elle ne laisse jamais seul, et on lui avait répondu non. Marguerite Gautier se plaint que la douche ne soit qu'un filet d'eau froide. Le Bulgare, avec son crâne entièrement rasé (ou pas entièrement, car je remarque la frontière entre la zone chevelue et celle où les cheveux suent et brillent par leur absence), le Bulgare m'a déjà dit son nom deux, trois fois (je ne le comprends pas, je ne le retiens pas) et il explique qu'il n'est pas venu écrire, mais lire et relire ce qu'il a écrit au cours des derniers mois.

— Manifestement, l'interrompt Marguerite Gautier, vous allez réécrire ce qui est déjà écrit – et elle me fixe du regard, en quête de mon approbation.

Marguerite et moi pensons que notre collègue bulgare a déjà lu et relu son texte au cours des derniers mois, et qu'est arrivé, comme on dit, le moment du peaufinage et de la « correction », si on aspire à la « correction » de la langue, mais il répond, catégorique, contrarié par l'intervention, qu'il a écrit durant des mois et des mois sans se relire, sauf quand, chaque matin, afin de reprendre son texte et d'aligner de nouveaux mots, il relisait sa dernière phrase.

Je me demande si la mauvaise humeur qui enveloppe aujourd'hui le Bulgare est habituelle chez lui, ou si elle est due à la malheureuse expérience de se relire, de constater que ce qui a été écrit des semaines, des mois plus tôt, est inférieur au souvenir plein d'illusion qu'on en garde. Comme le peintre qui recule et n'accepte pas, ne peut pas accepter son tableau. Quant à Marguerite Gautier, je ne peux rien lui soutirer. Il y a des écrivains comme ça qui avec une superstition tenace refusent de raconter ou même de simplement résumer ce qu'ils ont entre les mains, convaincus que s'ils en parlent ils ne l'écriront jamais. Que s'ils l'écrivent, cela est dû, à coup sûr, au fait qu'ils le taisent. Le Bulgare ne m'aide pas à lui faire sortir quoi que ce soit. Tout bas, avec des gestes retenus, Marguerite dit qu'elle a écrit quelques pages, environ soixante-dix en tout, mais au fond elle le dit pour pouvoir prononcer *septante* au lieu de « soixante-dix », pour parler d'elle et ne pas parler de son travail. Une carte de visite : *septante*. Suisse, ou Belge ? C'est ma faute, j'aurais dû lire le dépliant qu'on nous a envoyé et sur lequel figurent certainement tous les renseignements : le nom du Bulgare, le pays de Marguerite et allez savoir ce qu'on a écrit à mon sujet.

Au bout d'un moment, c'est inévitable, ils me demandent de dire ce que je fais. Ils « me demandent », façon de parler parce que le Bulgare regarde ailleurs, s'ennuie, se désintéresse de l'honnête curiosité de Marguerite. Je ne sais pas pourquoi je leur réponds que je suis en train d'écrire un roman dans lequel un lecteur s'apprête à assassiner un écrivain. Enfin, bien sûr que je le sais. Je le dis, parce que d'abord c'est bien de cela qu'il s'agit en partie (même si, franchement, je ne résumerais pas ça de cette façon) et parce que, ensuite, il vient de me passer par la tête que je pourrais tester sur eux le possible dénouement où Meen met son projet à exécution.

Le Bulgare ne semble pas très enthousiaste.

— Un lecteur ? Un écrivain ? J'ai décidé de ne plus lire de romans avec des écrivains, lance-t-il. Comme s'il n'y avait dans le monde d'autres occupations – et il mord ces derniers mots avec amertume.

Marguerite, que sa diatribe a mise plus mal à l'aise que moi, tente de me venir en aide :

— Dans de nombreux romans on place au centre un écrivain comme métaphore de l'homme en général... Ce n'est pas réellement un écrivain, n'est-ce pas ? dit-elle en écarquillant les yeux, pour m'inviter à poursuivre son idée.

Est-ce que je sais. Je bredouille. C'est possible. Je crois que ce n'est pas la peine de discuter avec le Bulgare, prisonnier de sa mauvaise humeur si expansive.

— Et finalement le lecteur tue l'écrivain ? veut savoir Marguerite.

— Précisément, lui expliqué-je, je n'ai pas encore la fin.

— Moi, proclame le Bulgare, toujours en regardant ailleurs, j'écris pour tuer le lecteur, mais au fond j'espère que le lecteur me tuera.

Il n'a pas fini de dire cela qu'il se lève et nous laisse à notre petit déjeuner, Marguerite Gautier et moi, dans le bruit intestinal de la très lente cafetière électrique.

— Le pauvre, il va se tuer en relisant ce qu'il a écrit, tente de plaisanter Marguerite ou, plutôt, plaisante-t-elle avec circonspection lorsqu'il est clair que le Bulgare ne peut l'entendre.

Je crois, le lendemain matin, que Marguerite et moi avons eu le même réflexe : nous réveiller très tôt pour prendre notre petit déjeuner tranquilles, c'est-à-dire sans le Bulgare, qui hier soir a écouté de la musique très tard, après minuit et demie, une musique véhémente, d'opéra (ah, l'âme slave !) que moi-même, et Marguerite non plus je suppose, n'aurions pas mise à ces heures-là, ni à un tel volume. Il ne fait pas de doute que Marguerite et moi parlons en murmurant, non pas tant par politesse que pour ne pas réveiller notre ami bulgare. Pour qu'il ne se montre pas, pour qu'il ne veuille pas nous rejoindre.

Marguerite me dit qu'elle a réfléchi à mon lecteur assassin.

— Il y a des années de ça, j'ai voulu écrire un livre que j'ai abandonné, que je ne terminerai jamais. Un ensemble d'histoires véridiques et inventées : des histoires de lecteurs et d'écrivains.

Marguerite, qui a préparé le thé et coupé du pain en tranches fines aussi fragiles que des hosties, semble parler sans aucune nostalgie de ce livre qu'elle n'écrira jamais. Il est clair que si elle peut en parler, c'est parce qu'elle ne l'écrira pas. Ou l'inverse : elle ne l'écrira pas parce qu'elle peut en parler.

— La première histoire, parce qu'il y a toujours une première histoire qui en fait naître d'autres, n'est-ce pas ? à moi ça m'arrive souvent ; la première histoire, je m'en souviens, était quelque chose qu'on m'avait raconté au sujet de Jouhandeau. Un écrivain français. Je ne sais pas si vous l'avez lu… Marcel Jouhandeau ?

Je n'ai pas lu Jouhandeau : il fait partie de la longue liste d'écrivains que, je suppose – sauf miracle ou cas de force majeure – je ne lirai jamais ; c'est impossible, il faudrait vivre mille ans ou, plutôt, ne pas vivre et ne faire que lire, lire et lire. Lire qui, d'accord, est aussi vivre. Mais qui ne l'est pas si on ne fait que ça. Marguerite me parle des livres que Jouhandeau a su situer dans une petite ville appelée Chaminadour : contes, vignettes et anecdotes qu'il avait entrevus ou entendus du seuil de la sombre et fétide, selon moi, boucherie de son père, tout en pensant que quand il serait grand il serait prêtre-témoin-indiscret-confesseur, misères d'une ville inventée qui est une transfiguration de la petite ville de Guéret et de ses habitants dont Jouhandeau réunissait, collectionnait les visages, me raconte Marguerite Gautier, dans un épais album photo.

— Une femme du nom de Potin ou Poty jurait que l'écrivain l'avait changée en une certaine madame Pô, ce que juraient aussi les habitants de Chami… je veux dire de Guéret. Cette femme était nettement plus âgée que Jouhandeau, mais elle venait d'une famille où l'on vivait très vieux. Alors elle avait acheté une maison tout près du cimetière, au bord du seul chemin qui y menait, et s'était assise pour attendre la mort de Jouhandeau qui, elle en était sûre, mourrait avant elle. Et ce grand jour, quand le cortège défilerait devant chez elle, elle sortirait et cracherait sur le cercueil.

Marguerite fit une pause. C'est une façon de détecter les bons conteurs : à quel moment de leur récit ils font leur pause, avec quel sens de l'opportunité. Je me resservis un peu de thé. Je la resservis elle aussi.

— Bien entendu, Jouhandeau mourut avant Mme Pô. Mais, petit détail, on l'enterra à Paris. Dans le vieux cimetière de Montmartre. Le même que pour Théophile Gautier, qui n'est pas un parent à moi.

Le Bulgare n'est pas sorti de sa cabine depuis lundi soir. Le Bulgare s'est mis à imiter Meen, me dis-je. Et Marguerite m'avoue (bonne idée pour la scène où Meen ne se montre pas et où les Thambell sont inquiets) que ce matin elle a collé une oreille à la cloison qui sépare sa cabine de celle du Bulgare, et qu'elle a entendu des pas légers. Au moins, il est vivant. Mais Marguerite insiste quand même avec sa plaisanterie de l'autre jour : qui a tué qui ? l'écrivain le lecteur, ou vice versa ?

Comme je n'arrive décidément pas à écrire à bord de la péniche, je sors prendre l'air. Sur le pont, je suis accueilli par un vent épais. Un vent qui donne l'impression de me chasser du bateau. Je m'en vais. « Je m'échappe », devrais-je écrire. Personne ne m'a dit que je ne peux pas descendre, bien que je soupçonne que la norme est de rester à bord.

En me promenant en ville, je me souviens qu'il y a près d'ici quelques cimetières de la Grande Guerre où combattit et fut blessé Borys, la guerre où combattit et mourut le fils de Rudyard Kipling. Dans son livre sur Borys, Mr Cockburn indique qu'après avoir été blessé, Borys fut hospitalisé à Rouen, non loin d'ici, de Béthune, à quelques pas du port où Józef commença son voyage littéraire, et où Jessie et Józef allèrent le voir.

L'après-midi, en visitant le cimetière, je pense aux milliers de soldats indiens qui luttèrent et moururent pour l'Angleterre entre 1914 et 1918. Et au fait que, à la vérité, les corps des soldats ne sont pas là, ni nulle part, parce que personne n'a pu les retrouver, mêlés les uns aux autres, mêlés aussi aux restes des armes, des tanks et, pourquoi pas, des soldats ennemis. Au lieu de tombes individuelles, je vois une muraille circulaire avec de grandes pierres tombales où en lettres capitales figure toute une armée de noms : Gopal Dumai, Balbir Pun, Mota Khan, Hukmat Rana, Gaybir Rai, et des centaines encore. Et, au milieu, une espèce de monument avec les paroles bibliques de Kipling : *Their Name Liveth For Evermore.* C'est l'idée, qu'ils vivent à jamais. Mais, sur plus d'une de ces pierres, la brise, le soleil, la pluie, enfin, la patiente usure du temps a commencé à barbouiller les noms de ces braves soldats.

Le soir, Marguerite me raconte la deuxième histoire du livre qu'elle n'écrira pas, qu'elle ne finira pas d'écrire. Pour l'histoire de Jouhandeau, j'ignore si elle l'a inventée ou si elle est vraie. Celle-ci semble vraie et elle aurait impressionné Graham Greene à cause de cette idée que les écrivains tirent leurs histoires du futur. Le narrateur est un coup de vent qui a abattu un arbre, lequel, en tombant, a écrasé et tué un écrivain. Le vent se présente et dit quelque chose comme ceci :

> Je suis le vent qui a tué Ödön von Horváth. C'était le 1er juin 1938, je m'en souviens parfaitement. Le lendemain, les journaux rendirent compte d'une tornade qui avait fait deux morts : un individu qui passait par le bois de Vincennes et un homme arrêté devant les portes du théâtre Marigny, au coin des Champs-Élysées. Ce dernier, je l'ai su plus tard, était écrivain. Personne ne me croit quand à ma décharge je dis que je ne l'ai pas vu,

que ce n'était probablement que le fruit d'une erreur : je ne l'avais pas encore lu et il n'aurait pas dû être là, si loin d'Amsterdam, si loin de sa Hongrie natale, tellement à l'abri de cet arbre. Personne ne me croit quand je dis que lui, en revanche, m'avait vu, qu'il avait commencé à me voir arriver avant, bien avant ce soir de juin. Tout cela, je le sais aujourd'hui car j'ai fini par le lire : j'ai lu la scène, dans un de ses romans, où un personnage meurt le crâne défoncé ; j'ai lu ce qu'il disait de ce rêve récurrent, consigné quelque part, d'un arbre qui s'abat au milieu d'une immense forêt. C'est clair : il m'avait vu, il m'avait pressenti. Et, pourtant, ce soir-là nous ne nous sommes pas vus, nous nous sommes heurtés comme deux passants distraits et quand, quelques minutes plus tard, s'est fermé et rouvert le rideau du théâtre Marigny (ce geste involontairement hygiénique, semblable à celui des vents qui balaient et nettoient le ciel), quand cela arriva dans ce petit ciel qu'est le théâtre, Horváth n'était plus là, Horváth n'existait plus.

XLI

Non, une année qui commence par une chute ne peut pas bien se terminer. Jessie en était chaque jour un peu plus persuadée. Sa sœur répondit par un geste dépourvu de pitié, mais Jessie ne perçut pas sa lassitude dissimulée. Elles bavardaient toutes deux, en tête à tête – de temps en temps on entendait, lointaine, la toux de Józef – parce qu'Ethel venait d'arriver pour l'aider, pour s'occuper de Borys, tâche dont elle s'acquittait avec une certaine régularité et qui cette année-là, celle de la chute, était quasi quotidienne.

Éclairée par des lampes et des bougies, Jessie avait ce soir-là un air anémique et se frottait les mains à chaque instant.

Comme si elle attendait autre chose (ou comme pour complaire à Jessie qui – elle la connaissait bien – avait besoin de se confier), Ethel se renversa en arrière et sourit autant qu'il était strictement nécessaire. D'un moment à l'autre, Jessie lui raconterait peut-être de nouveau la scène de sa chute. Ethel la connaissait par cœur : Józef l'avait emmenée à Londres pour qu'un médecin étudie ses troubles cardiaques. Cela s'était passé en janvier, un an et demi plus tôt. En sortant d'un magasin, sur une grande avenue, comme si elle était atteinte par la fatigue du long voyage ou comme si… – n'osait pas dire Ethel, qui le gardait secret –, comme si à Pent Farm elle s'était désaccoutumée de l'agitation, de la pulsation propre à une grande ville, devant la porte tambour du magasin, à peine expulsée de son lumineux tourbillon, Jessie avait fait un faux pas et Józef, sans avoir le temps de réagir autrement que par un geste machinal, n'avait pu empêcher la chute inélégante, le choc du genou contre le sol d'un froid hivernal.

Sous un certain aspect, ce voyage avait satisfait le grand objectif : personne ne pensait plus à la cardiopathie de Jessie. Son malheureux genou volait le premier rôle à son cœur, au prix d'un véritable calvaire, même si elle ne se plaignait pas. Elle serrait les dents, ravalait sa douleur et feignait de ne pas remarquer qu'après cette chute les frais médicaux avaient doublé, ou quelque chose comme cela, juste au mauvais moment où le banquier de Józef (Watson & Co) devait faire face à une sorte de banqueroute.

(Le temps que je passe à Londres, à mon retour de Pent Farm, je n'ai affaire qu'à très peu de portes tambour, pas plus d'une demi-douzaine, surtout dans de vieux magasins du genre d'Harrods ou dans des boutiques distinguées de marques qui ne le sont pas, et je constate que dans la plupart des cas la porte tambour n'est pas pour la « plèbe » – pour le dire ainsi –, que son tourbillon de verre est freiné, limité à des fins décoratives, si bien que les clients doivent passer par des portes « normales » sur un côté ou sur les deux, des portes qu'on est tenté d'appeler « de service », ce qui n'est pas seulement une marque d'économie dans ces temps pratiques où la moindre digression, comme cette parenthèse, équivaut à une fastidieuse déviation du chemin le plus droit.)

Józef n'avait pas réussi à empêcher la chute, mais il avait été adorablement stoïque et précautionneux : il avait décidé qu'ils resteraient à Londres quelques jours de plus (quelques jours qui, par force, se transformèrent en semaines) et lui avait dit que non, qu'on n'allait pas l'opérer, que son genou ne serait qu'un écueil passager. Mais un des nombreux médecins, White ? Bell ? avait vite insinué que l'opération était nécessaire, et un autre médecin avait aventuré que ne pas opérer pouvait être compromettant, parce que le mal irradierait dans le dos ou dans la colonne vertébrale, si Jessie continuait à adopter cette pose artificielle pour tromper la douleur.

Au fond, Józef était habitué au rôle du malade et à ce que Jessie s'occupe de lui sans broncher, au point qu'à la fin janvier il attrapa une grippe qui avait beaucoup à voir avec la capitulation. Ils passèrent tous les deux quelques jours au lit, dans une sorte d'heureuse clandestinité, mais toutefois dans des lits séparés, contrairement à leur habitude à Pent Farm ; lui, qui lisait à voix haute son manuscrit ou qui dictait en improvisant ; elle, qui écrivait patiemment avec la nouvelle Yost 10 en équilibre sur une montagne de couvertures, en s'adaptant avec beaucoup de mal au tangage des touches, de même que son corps s'adaptait à l'incertitude de son genou mal en point.

À qui Józef dictait-il ? À qui soumettait-il ces phrases ? À Jessie ? À la machine Yost, en faisant abstraction de Jessie ? À quelque chose comme un lecteur idéal, en faisant abstraction complète de Jessie et de la machine Yost ?

Un peu sur les instances de Henry James, après une visite à la maison que ce dernier possédait dans les faubourgs de Rye, ou dans un endroit semblable, et avec l'argent – pas grand-chose – que lui avait rapporté *Lord Jim*, il avait acheté une Yost qui était née en Amérique (comme James) et qui avait traversé l'océan (comme James) pour se fixer en Angleterre. Petite, peu impressionnante, mais pratique et sûre, la Yost était comme Jessie. Les adjectifs qui définissaient la machine servaient également pour sa femme, sauf qu'elle était plus monolithique, plus solide que Jessie. La Yost n'avait pas ces douleurs au genou régulières. Il n'y aurait pas lieu d'opérer la Yost ni de lui acheter des cannes, rien de tout cela.

(Face à la maison de Londres, debout devant la façade, comme un vulgaire détective, avant de faire comme Didier Blonde et de sonner à la porte, je promène un moment mon regard et note dans mon carnet : « 17, Gordon Place. Typique maison de briques apparentes. Ou pas si typique, en toute rigueur : elle a des parties en briques apparentes et d'autres non. Perron : sept marches. Fait coin avec la rue Pitt. Du côté de la rue Pitt, le paysage latéral a quelque chose de fantasmagorique : les fenêtres qui existaient peut-être au XIXe siècle ont toutes été murées avec des briques. Condamnées. »)

17, Gordon Place

Quand Józef apprit qu'elle avait eu, des années plus tôt, un autre accident au genou, un accident d'enfance – à sept ans ? à neuf ? –, il devint sérieux et, bien que la grippe fût moins forte et que Jessie espérât qu'il la comblerait de nouveau d'attentions, il installa une distance orgueilleuse entre eux. Dans leur couple, c'était lui qui tombait souvent malade, c'était lui qui avait un passé semblable à une boîte à surprises. Jessie lui avait-elle caché quelque chose ? Chose pareille était-elle possible ? Elle essaya de lui expliquer qu'elle ne lui avait pas parlé de ce premier accident parce que, en fait, elle-même l'avait oublié. Et ce second accident, maintenant, le ressuscitait à son insu.

Finalement, bien entendu, Józef se confondit en excuses. Une attitude typique chez lui, médita Jessie. Le difficile mélange de tempérament viril et de sensibilité féminine qu'elle voyait chez son mari.

Ethel sentit l'odeur fumante du suif et alluma une autre bougie. Elle trouvait curieux, très curieux, que sa sœur se délecte de sa douleur.

Soudain Jessie se racla la gorge, prit la main d'Ethel et l'attira vers son corps. C'était la première fois, la première depuis la chute de Londres, qu'Ethel touchait le genou de sa sœur. Comme une boule dure. De plâtre, aurait-on dit.

Jessie semblait l'empêcher de retirer sa main. Jusqu'à ce qu'Ethel sourie pour la deuxième fois, alors Jessie la libéra.

XLII

— C'est l'histoire d'un lecteur qui s'appelle, disons Vigneau. Non, trouvons-lui un nom plus singulier : Peyandreau, me dit ce matin-là Marguerite. J'ai eu un professeur qui s'appelait comme ça : un personnage très distrait et aux épaules toujours couvertes de pellicules qui, un beau jour, interrompant la classe, sortit chercher des craies de couleur pour nous expliquer un problème de physique très compliqué et revint au bout d'un moment, pâle, les oreilles violettes, parce que (nous l'apprîmes plus tard) après avoir été chercher ses craies il s'était trompé de porte, était entré dans une autre classe, où un autre professeur faisait à d'autres élèves un cours sur une autre matière et, sans se rendre compte de rien, comme à son habitude, il avait repris l'épineuse explication du problème sans que puissent l'arrêter ni les rires des élèves ni les petites toux dignes d'un comédien que l'autre professeur émettait pour attirer son attention.

Marguerite célèbre son souvenir. Marguerite Gautier rit en larmoyant un peu, comme elle devait le faire, je suppose, lors de ses années d'étudiante, quand elle racontait cette anecdote. L'insolite Peyandreau et ses craies de couleur. Et voici maintenant l'histoire qu'elle m'a promise. Cet autre Peyandreau n'est ni professeur ni distrait, mais il a lui aussi des pellicules et c'est un fervent lecteur de Marcel Aymé. Si fervent qu'un beau jour, il se lance dans l'écriture d'un récit dans lequel il imite au pied de la lettre l'esthétique de son idole. Comme une sorte de machine (une photocopieuse, en l'occurrence), il relit l'œuvre d'Aymé, en analyse les tics, y voit des modèles qui se répètent. Les débuts, par exemple. Ces contes qui, comme Peyandreau l'a remarqué, commencent généralement par la formule suivante : « Dans telle ville vivait un homme qui… » Ces contes pleins de cas excentriques, ces contes pleins de perplexité face à la réalité.

Peyandreau a un emploi obscur, disons qu'il est inspecteur des volailles ou une plaie de ce genre, si bien qu'au début il ne peut tout mener de front, vivre, travailler et écrire, mais il demande un congé, un inspecteur plus jeune et pourquoi pas plus sympathique et sans pellicules ne fera pas de mal à la volaille, et au cours des deux mois de congé qu'il obtient (sans salaire, bien entendu), il pond un mot après l'autre, comme pour imiter les poules, il mange ses économies, mais il s'en moque, et il tire tout le parti du monde de sa maigre inspiration. Ce qu'il a sous les yeux n'est pas un conte, pas encore. Pourtant, il a fait une esquisse. Et, son congé terminé, de nouveau au rythme triste de son emploi dans la volaille, il consacre une heure chaque soir, durant de longs mois, à développer son conte, à limer les incohérences de sa trame, à parfaire la musique et l'exactitude de chaque phrase et, surtout, à ne pas perdre de vue qu'il doit sembler écrit par Marcel Aymé. De cette expérience, Peyandreau sort transformé. Il admirait déjà son maître, maintenant il regarde son métier avec d'autres yeux. Chaque mot, chaque point, chaque virgule. Il est comme ces fans de football qui tapent dans un ballon tous les six ou sept ans, et encore : les jours qui suivent leur exceptionnelle incursion sportive, ils s'identifient comme jamais aux actions des athlètes.

Il ne serait pas illogique que notre Peyandreau demande un nouveau congé. Mais les vacances arrivent et à l'ombre de quelques mélèzes, dans une maison de campagne prêtée par un ami (que lui loue une connaissance, en fait, à un prix relativement modique), il termine enfin son récit, car il n'abandonne pas le texte, comme le voulait Paul Valéry : lui, il le termine. Il le termine, et prêt à courir le risque, il l'envoie au maître Aymé. Il le met dans une énorme enveloppe dans laquelle pourraient tenir deux romans, trois romans même, plus qu'un misérable récit, et écrit d'une toute petite écriture, une écriture intimidée : « M. Aymé, Éditions Gallimard, Paris ». Tout le monde sait qui est Marcel Aymé, où sont les Éditions Gallimard et comment faire pour qu'une lettre arrive dans les mains de l'écrivain. Sans son mélange d'innocence et d'entêtement, Peyandreau n'aurait pas écrit ce conte, ne l'aurait pas envoyé à son maître et n'aurait pas eu la hardiesse d'écrire, comme une blague, sous le titre de sa création ardue (« Déjà-vu »), ces cinq autres mots : « Un conte de Marcel Aymé ».

À partir de ce moment, Peyandreau disparaît et celui qui nous occupe, c'est Marcel Aymé. Nous sommes en octobre 1949. Ou, plutôt, en novembre 1950, et nous pouvons donc dire que Marcel Aymé vient de publier *En arrière*. Il y a chez Gallimard une boîte aux lettres qui ne se lasse pas de recevoir des enveloppes comme celle de Peyandreau : « A. Gide, Éditions Gallimard, Paris » ; « R. Queneau, Éditions Gallimard, Paris » ; « J. Paulhan, Éditions Gallimard, Paris ». On croirait que toute la France vit là, à cette adresse. Et il se peut que ce soit vrai. Métaphoriquement, du moins. Le fait est qu'un beau matin d'automne Marcel Aymé reçoit le conte de l'inspecteur des volailles Peyandreau. De Peyandreau, auteur d'un conte d'Aymé. Ce n'est ni le premier ni le dernier conte d'un autre que lui apporte le courrier. Ce qui est insolite, c'est que pour celui-ci, il est dit qu'il a été écrit par lui. Raison pour laquelle Aymé le lit. De quoi s'agit-il ? Un certain Martin (son prénom, son nom ? ce n'est pas clair) ne peut aller au cinéma sans ressentir une étrange impression de *déjà-vu** et, dix minutes ou un quart d'heure après le début de la projection, il découvre, inéluctablement, qu'il sait comment se poursuivra l'histoire et comment elle s'achèvera. Ce n'est pas qu'il ait déjà vu le film (au contraire, Martin ne va pas souvent au cinéma parce qu'il préfère lire), mais que pour une raison qu'il ignore, il « connaît » déjà parfaitement le film et il suffit de ces quelques minutes pour que se ranime un souvenir comme endormi ; scène par scène, plan par plan. Souvent, il en répète même les dialogues par cœur. Son faussaire, manifestement, l'a étudié avec une obsession d'inspecteur. Mais il a étudié, si l'on veut, ses défauts. Les tics qui, en dépit des désirs d'Aymé, ressurgissent livre après livre. Le résultat est, malgré tout, assez satisfaisant, conclut Aymé, et il range le conte dans un tiroir de son bureau. Pourquoi là ? Pourquoi là, précisément, dans un tiroir dont l'entrée semble interdite aux textes qui ne sortent pas de sa plume ou de sa machine Rooy ? Probablement par distraction. Probablement parce qu'il a pris au sérieux cette affaire de « un conte de Marcel Aymé ». Probablement parce que, sacrée coïncidence, la machine à écrire de l'inspecteur des volailles Peyandreau est la même machine Rooy que celle avec laquelle lui, Marcel Aymé, écrit ses contes (et aussi ses romans) quand il n'écrit pas à la main : la machine dont il se sert, après les avoir écrits à la main, pour « les mettre au propre », selon l'expression. Ou probablement – qui pourrait contredire cela –, parce que le conte lui a semblé potable et que l'idée lui a fugitivement traversé l'esprit de l'écrire avec ses mots à lui, ce qui est, après tout, une autre façon de mettre un récit au propre.

Nous ignorons la date de la mort de Peyandreau. Nous savons que Marcel Aymé meurt le 14 octobre 1967. Nous pourrions nous amuser à imaginer que l'écrivain et l'inspecteur des volailles meurent le même jour, à la même heure. Mais cela semble excessif et ce n'est pas ce qui est le mieux, comme nous le verrons, pour l'histoire. Ce qui importe c'est qu'après la mort de Marcel Aymé, des livres de Marcel Aymé continuent à être publiés, des lecteurs de

Marcel Aymé continuent à naître et des lettres continuent à arriver au nom de *M. Marcel Aymé, Éditions Gallimard, Paris*, au moins pendant quelques mois, un peu comme les ongles et les cheveux continuent à pousser sur le corps des morts, par inertie, si l'on s'en tient à l'explication la plus prosaïque, ou parce que la vie n'est pas si facile à tuer, si nous devenons poétiques. Si un homme peut traverser un mur, pourquoi un écrivain ne pourrait-il pas continuer à publier des livres après sa mort ? Pour ce faire, ce qui n'a rien de miraculeux, il y a les exécuteurs testamentaires, les amis, les héritiers et aussi les « spécialistes de l'œuvre ». Un nouveau livre traverse les murs de la tombe de Marcel Aymé des années après sa mort. Il réunit une série de contes publiés dans des revues, compilés par un jeune spécialiste. Le temps passe et ce spécialiste, l'« expert en Aymé », reçoit l'offre magnifique d'éditer ses « contes complets ». C'est le rêve de sa vie. Animé d'une saine ambition, le jeune homme se met en quête d'inédits. La famille de l'écrivain lui ouvre une série de portes (de sa maison, de la pièce où écrivait le maître, d'une armoire où ont été archivés des papiers qui jaunissent peu à peu) et elle lui ouvre aussi ses tiroirs : et voilà le conte de l'inspecteur des volailles Peyandreau. L'expert le reçoit comme un trésor tombé du ciel. C'est la machine Rooy d'Aymé. C'est le style d'Aymé. Ce n'est pas le meilleur de ses contes, bien sûr. Mais c'est un texte inédit et Marcel a mis à la corbeille, il y a plus de vingt ans, l'enveloppe et la lettre dans laquelle Peyandreau, de sa petite écriture, expliquait qu'il avait eu l'audace de…

Les *Contes complets* sont publiés avec le conte du défunt Peyandreau. Mais non, pas question de défunt. Supposons, vu que nous ne savons pas grand-chose de lui, que Peyandreau vit toujours. Que feriez-vous à sa place ? me demande Marguerite. Ne rien dire et mourir avec la vaine fierté de faire partie de l'œuvre littéraire d'un autre homme, mais pas d'un homme quelconque, non, de celui que vous avez le plus admiré et que vous admirez encore ? Ou avouer la vérité ? Peyandreau pense que s'il décide de dire la vérité (c'est ce que selon Marguerite pense Peyandreau), on le prendra pour un fou ou, pire, pour un mégalomane. Alors il réfléchit. Réfléchit. S'il ne prend pas de nouveau congé, c'est parce que cela fait des années qu'il est à la retraite. Mais il met dans sa routine une sorte de parenthèse, seulement comparable aux mois tellement inoubliables qu'il a passés à écrire le conte de Marcel Aymé. Le seul conte qu'il ait écrit de sa vie, apparemment. Et ce n'est pas plus mal s'il en est ainsi, s'il n'a pas recommencé à écrire.

Que ressent Peyandreau en voyant son texte dans le gros livre des contes complets d'Aymé ? Que ressent-il ? Bien sûr, à l'époque, il avait attendu que Marcel Aymé lui réponde. Qu'il lui fasse signe. N'importe quel signe. Il est risqué de dire que l'inspecteur des volailles Peyandreau aurait préféré une critique dure plutôt que l'âcre silence qu'Aymé opposa à son récit, mais il n'était pas de ces apprentis écrivains qui recherchaient les applaudissements ou l'approbation du maître. Non, pour Peyandreau, Marcel Aymé était plus important que son modeste récit *à la manière** de Marcel Aymé. C'est pourquoi le fait que le maître ne lui envoie pas de réponse avait été la plus triste des possibilités pour lui. Sauf que maintenant, grâce à la magnifique erreur de l'expert, il n'est pas trop tard pour qu'il comprenne que si son texte s'est incrusté comme une sorte d'épine parmi les contes complets, ce n'est pas seulement dû à sa plaisanterie de jeunesse (« un conte de Marcel Aymé »), mais au fait que le maître a conservé, thésaurisé ce récit parmi ses papiers personnels, parmi ses biens précieux, qui sait pour quelle raison et dans quelle intention.

Des mois après la publication des contes complets, quelqu'un rédige une lettre dans laquelle il soutient, avec des preuves irréfutables, que le conte inédit

« Déjà-vu » n'est pas de Marcel Aymé. Le jeune expert est abasourdi par l'amoncellement des détails présentés par la lettre accusatrice. Le conte a été tapé sur une machine Rooy dont la touche « d » a manifestement un défaut. La Rooy d'Aymé conserve, des années après, un « d » étonnamment intact. Plus encore, on pourrait dire que c'est la seule touche qui a su rester en bonne forme, comme si elle avait attendu ce moment exceptionnel pour contribuer à résoudre un mystère. La lettre ajoute une poignée de renseignements du même genre. La marque du papier et son grammage. Une faute d'orthographe qu'Aymé n'aurait jamais, au grand jamais commise. Douze personnes, pas plus, ont eu accès à la version dactylographiée (« originale ») du conte. Ces personnes échangent des regards de stupeur et de doute. La lettre ajoute : « De toute évidence, nous sommes en présence d'un récit écrit par un admirateur ou, plutôt, un imitateur. » En dépit de son ton, peu arrogant, ce serait la lettre idéale pour qu'un quelconque pédant la signe de son prénom et de son nom. Mais c'est une lettre anonyme et on est tenté de penser qu'elle a été écrite par l'inspecteur des volailles Peyandreau. Dans la lettre, bien entendu, le nom de son possible auteur n'est ni donné ni suggéré. Une bonne fin pour cette histoire serait que la lettre anonyme ait été écrite à la machine, il ne pourrait en être autrement, avec une Rooy dont le « d » serait défectueux. Il suffit de la regarder avec attention.

La Dérroute, 3

Il était tard dans la nuit quand arriva le corps. Les hommes qui surveillaient à cet instant le Siret (ils avaient monté la garde en se relayant) poussèrent des cris d'alarme en agitant au-dessus de leurs têtes des cordes à la boucle bien ouverte, suffisamment pour attraper la proie. Dans le courant de la rivière glissait le cadavre de Gheorghe, comme s'appelait le mort. Il était raide comme un morceau de bois, durci. Les cordes tombèrent dans l'eau, mais aucune ne réussit à l'attraper. Face à cet échec, d'autres hommes entrèrent dans le Siret, certains jusqu'à la taille, même s'ils grelottaient. Le courant ne les emportait pas parce qu'ils étaient attachés aux cordes. Ce ne fut pas une tâche aisée, il fallait fournir des efforts, de gros efforts, pour sortir de l'eau ce tas de glace et de bois où s'étaient encastrées les vieilles chaussures du mort.

Ils déposèrent le cadavre sur l'herbe et les pierres, entre le quai et la scierie. Ils plantèrent quatre torches pour l'éclairer, deux de chaque côté. Par la même occasion, le feu aidait à faire fondre la glace que le mort avait aux pieds : un bloc qui faisait penser au socle d'une statue.

Trempés, transis de froid, les hommes allèrent se sécher à l'intérieur de la scierie, en laissant la femme seule avec son mari et sa douleur. Je m'attendais à ce que, après un moment, quelqu'un sorte pour lui tenir compagnie. Ou que, à défaut, on veille le cadavre à l'intérieur du bâtiment. Mais les minutes s'écoulaient et il ne se passait rien de tout cela.

En dépit des demandes réitérées de Dragomir et de quelques autres, bien qu'il eût commencé à neiger et que les rafales du *crivetz* fussent de plus en plus fortes, la femme ne bougeait pas de l'endroit où elle se trouvait. Je m'approchai un peu, en silence, aucun signe ne montrait qu'elle avait perçu ma présence, et je vis qu'elle avait à la main un crucifix et un cierge. Les yeux au sol, elle semblait murmurer une prière. Des quatre torches qui avaient été plantées autour du mort, seules deux brûlaient encore. La femme s'approcha de celle dont la flamme était la plus haute et y alluma son cierge.

Un des nombreux plutăs réagit en voyant cette scène et ordonna aux autres de faire un feu aux pieds du corps de Gheorghe, un feu qui puisse réchauffer sa femme. Un homme jeune que j'avais vu plaisanter avec Dragomir commença à jouer des airs gitans et nous offrit ensuite le son mélancolique des *doinas*, ces mélodies roumaines avec lesquelles on rend hommage aux êtres qui nous manquent.

Mes rendez-vous à Galatz m'obligeaient à partir. Mais il m'était impossible de le faire et je crus comprendre qu'il en allait de même pour les plutăs. Nous nous installâmes donc dans la vaste scierie et un à un nous nous endormîmes.

Le *crivetz* ne diminuait pas ses assauts. Le *crivetz* gelait tout, jusqu'à l'air dans lequel ne volait plus le moindre flocon de neige.

Le lendemain matin, au réveil, nous vîmes la femme congelée à côté de son époux. Les torches, le cierge et le feu s'étaient éteints. La femme était morte dans une posture sinueuse, toute tordue. Il fallut la force de plusieurs hommes pour la tirer de cette position fœtale et l'étendre sur la neige, parallèlement à son mari.

Pent Farm, 4

XLIII

Jessie l'avait promis. Elle ne voulait pas laisser Józef seul, mais elle pensait que la fête foraine leur ferait du bien à tous les deux. À tous les deux : à Borys et à elle. Depuis combien de temps n'avait-elle pas assisté à un spectacle ?

Meen l'avait promis dès qu'il avait ouvert la bouche. Il avait avoué à Thambell la raison de sa venue dans le Kent et il était trop tard, croyait-il, pour revenir en arrière.

Le maître et patron du cirque, un homme court sur pattes, venait de grimper sur un monticule de terre et, débordant d'une inépuisable sympathie ainsi que d'une fierté que la fête foraine ne justifiait absolument pas, il se livrait à quelque chose qui ressemblait à une harangue.

Ils avaient parcouru, expliquait-il, des dizaines, des centaines de milles pour s'installer dans ce terrain vague, à peine moins qu'inhabitable, où se répandaient – mais cela, il ne le proclama pas – les rats et toutes leurs forces, dans tous les coins.

La nuit tombait quand Meen pénétra dans la chambre, après s'être ouvert un chemin arme levée, décidé à tuer Józef. Je dois le faire, je dois le faire, martelait dans sa tête une voix qui était la sienne, bien qu'elle parlât un anglais parfait et sans accent.

La fête éblouissait également Borys et sa mère. Des guirlandes tout abîmées oscillaient héroïquement et leurs lumières, rouges, bleues, avaient un reflet plus large dans la boue.

Meen arriva au pied du lit, qui n'était pas un lit ordinaire, qui avait l'air d'un lit à trois places, si cela est concevable. Il s'approcha et put voir Józef, visage émacié, anguleux, menton plus en pointe que jamais, comme la proue d'un bateau, comme la pointe d'une flèche au fil démesuré. Il se trouvait si près qu'il lui sembla entendre le léger bruit, le léger grincement de ses dents et, dans un acte irréfléchi, il porta sa main gauche (celle qui ne tenait pas l'arme) à sa tête pour ôter un chapeau qui brillait par son absence, qui était tombé en chemin, à l'entrée de Pent Farm ou pendant qu'audacieusement – dans sa version des faits – il montait l'escalier.

Il ne restait à Meen qu'à se calmer. Il ne lui restait plus qu'à viser et à accomplir sa tâche. Mais juste à ce moment-là lui parvint la voix de Józef, comme venue d'un autre monde.

Dans les yeux de l'assistance, Borys lisait le désir, involontaire ou non, que se produise un incident : trébuchement, faux pas, chute, filet trop détendu, corde qui se casse, éléphant qui en s'effondrant écrase le pauvre clown, lion qui dévore le dompteur ou pire encore, incendie, débandade, homme canon qui explose.

Loin de l'amuser, ces craintes lui humidifiaient les mains. Par chance, croyait Borys, personne ne l'avait remarqué. Par chance, sa mère lui avait lâché la main et, tout en mesurant les réactions que chaque numéro suscitait en lui, elle avait aussi remarqué ce désir primitif dans le reste du public. (Des centaines de Meen, pourrais-je noter, mais beaucoup plus lâches, attendant que l'artiste meure par décision propre ou par accident : sans qu'ils aient à faire le moindre geste.)

Meen posa son arme par terre et se pencha pour écouter. Il avait entendu parler du culte des dernières paroles chez les écrivains. (Ce culte que Józef et Hueffer parodiaient, peut-être, avec leur collection de premières paroles.)

Józef parlait en polonais ; Meen se rendit compte avec une certaine déception ou, en tout cas, il se rendit compte que c'était une langue slave ou quelque chose de ce genre, n'importe quoi mais pas de l'anglais ni de l'allemand.

Meen croyait être préparé à un tel moment. Il croyait s'être préparé à tout, y compris au plus impensable, au cours des dernières semaines. Sauf que maintenant Józef parlait, ne cessait de parler. Les yeux mi-clos, pour ne pas dire entrouverts. Les yeux égarés.

Jessie sentit que certains des artistes (ceux qui jouaient avec du feu, ceux qui grimpaient aux cordes et aux trapèzes) exagéraient, en accentuant le danger que comportaient leurs numéros, parce que s'ils les accomplissaient, sans plus, comme une simple démarche, ce qu'ils étaient assurément capables de faire, ils n'auraient pas le même effet, ils n'arracheraient pas le public de la simple démarche, à son tour, d'être public. Mais elle se dit aussi que, parmi tous les artistes, il y en avait un qui peut-être n'exagérait pas : un enfant de petite taille, menu, qui s'était joint aux audacieux équilibristes. Un enfant que Borys regardait, plein d'admiration.

Ça marche, semblait se dire Józef. Ça marche et il a oublié son arme. Tant que sa voix envoûterait l'intrus, tant que le fil de ses paroles captiverait son attention, il continuerait à vivre comme un imitateur, bon ou mauvais, de Shéhérazade.

Naturellement, sa fièvre l'empêchait de voir tout cela. Mais peut-être n'avait-il pas de fièvre. Peut-être n'était-ce que mensonge. Car tandis que Józef sortait sa tirade en polonais, quelque chose dans son attitude semblait théâtral, farcesque.

Au milieu de la séance, Borys décida de parler à l'enfant équilibriste ou de le voir de près. De parler à Yaal, comme on l'appelait, mais il s'agissait peut-être d'un pseudonyme.

Meen cessa finalement d'hésiter, si c'était ce qu'il faisait depuis que Józef parlait. Il se pencha, récupéra son arme, lâcha un rire railleur qui ne s'adressait pas à Józef, mais au lieu de tirer il resta attentif à ce flot de mots étrangers, incapable qu'il était de discerner dans leur masse compacte quelles étaient les questions, quels étaient les doutes et les affirmations.

Dans son interminable délire, Józef semblait mettre à l'épreuve sa langue natale en estompant les indices de toute grammaire traditionnelle.

Au sujet de l'enfant artiste du cirque, Borys ne tarda pas à savoir que c'était une fille. Féminine à sa façon, un peu sauvage, les cheveux très courts. Il le sut peu après la fin de la séance, en la voyant dans l'une des deux rangées par lesquelles les artistes escortaient la sortie du public. Ses lèvres, sa peau et une certaine délicatesse dans son nez ou ses oreilles découvertes ne laissaient aucun doute.

Meen entendit des voix, soudain, qui s'ajoutèrent comme un chœur à la voix proche de Józef. Des voix lointaines, en anglais, des interjections, « il est en haut », « par la force », « il est armé », des voix de plus en plus proches ; le jardinier Hunt, sans aucun doute, Finn le gris, Finn le brun, ou au moins l'un des deux, peut-être Bowman dans leur dos. Tout cela, il ne le comprenait pas. C'étaient des cris et des pas, d'abord lointains, puis dans l'escalier, de plus en plus proches.

Borys la scruta, ébloui, mais il essaya de lui cacher sa réaction. Sûr que dans chaque bourg, à chaque escale du cirque, elle voyait des dizaines de garçons comme lui, bouche à moitié ouverte, béats d'admiration. Ah, se dit-il, s'il pouvait lui aussi l'étonner un peu… À cet instant, sa mère lui prit enfin la main, de nouveau humide, mais pour d'autres raisons.

Sa main trembla un peu. Il mit le doigt sur la détente.

En la voyant de près, il comprit qu'il l'avait déjà vue. C'était la petite fille qui, quinze jours plus tôt, s'était mêlée au tumulte et s'était écriée en montrant la caravane : « Le cirque, voilà le cirque ! », comme si elle n'en faisait pas partie, comme si son apparition au milieu de cette nuée de gens n'était pas, en vérité, le début de l'arrivée du cirque. Était-ce toujours elle, dans chaque bourgade où il faisait escale, qui était chargée de cette tromperie ? Était-ce toujours elle qui, en prenant les devants, jouait le rôle de la petite fille du coin excitée par un cirque à l'horizon ?

Brusquement, avec l'agilité d'un chat, avec la force d'un ours, quelque chose d'énorme, Józef ? les Finn ? Hunt ? quelqu'un se jeta sur lui. Et en même temps, quel détail, la voix de Józef continuait à enfiler des mots. Comme si, en fin de compte, il ne savait rien faire de mieux. La manœuvre ne dura qu'un instant, moins que la lente perplexité de Meen.

Un cri étouffé. Un coup de feu. Des voix sur le seuil de la porte. Et les yeux, tout ronds, de Hunt, de Bowman et des frères Finn.

Il y avait quelque chose d'onirique dans tout cela. Et quelque chose qui avait l'air d'une fin sanglante.

XLIV

Mon père resta dans le coma plusieurs semaines, qui très vite devinrent des mois. Les médecins (et parmi eux le jeune docteur du premier jour) commencèrent à se montrer plus dubitatifs, pour ne pas parler d'un mélange de fatigue et d'irritation que je ne tardai pas à attribuer aux pressions de l'assurance sociale de mon père.

Pendant que se passait tout cela, avec la santé oscillante de mon père (et avec l'humeur oscillante des médecins, qui cependant gardaient les formes), je repoussais sans cesse mon retour à Paris et je voyais régulièrement la dernière compagne de mon père, qui était devenue, quelques mois plus tôt, son ex-compagne. Entre Claudia et lui, il y avait eu une dispute que je ne comprenais pas bien et que je ne voulais pas non plus comprendre.

Un matin, brusquement, les médecins proclamèrent qu'ils allaient réveiller mon père. Pour voir comment il réagissait. Ils faisaient confiance à sa capacité de récupérer.

Mon père se réveilla transformé en quelqu'un d'autre : faible, renfermé, apeuré, confus. Il vécut deux mois ainsi, avant de mourir, sans jamais quitter l'hôpital. On lui avait expliqué que s'il voulait sortir, s'il voulait rentrer chez lui, il devrait cesser de fumer et vivre connecté à un appareil qui émettrait des bruits épouvantables, en remplacement de ses poumons. Taciturne, irrité par ces nouvelles, il ne s'exprimait presque pas avec des mots, peut-être parce qu'il n'avait pas assez d'air, peut-être parce qu'il avait perdu la capacité de parler (ses rares phrases étaient très laborieuses, comme s'il exagérait son accent étranger) ou peut-être simplement parce que ce silence venait de sa colère, de sa triste colère.

Un matin, je lui dis que Claudia désirait le voir. Je la voyais encore au bar du coin de l'hôpital et la tenais ainsi au courant des événements. Elle était très préoccupée. Et elle voulait le voir, insistai-je. Cette fois, mon père parla. Il secoua la tête et murmura : « Non, pas question. » Était-il toujours offensé après sa dispute avec elle ? Je pensai plutôt, et je pense toujours aujourd'hui, que mon père ne supportait pas que Claudia le voie dans cet état.

Un jour, dans ce bar du coin de l'hôpital, alors que mon père était toujours dans le coma, Claudia m'avait raconté qu'un an plus tôt il avait eu un sérieux avertissement de son médecin, le docteur Tessari : s'il ne cessait pas de fumer, il compromettrait sérieusement ses poumons et sa santé. Mon père, m'avait dit Claudia, avait demandé au docteur quelles étaient les possibilités. Et devant la réponse de ce dernier (trois ou quatre ans de vie sans fumer, un an ou deux s'il continuait), mon père avait choisi de vivre moins longtemps, mais de la façon qui lui plaisait. De vivre de la seule façon qu'il connaissait, m'avait dit Claudia d'un air de réprobation. C'était peut-être à ce sujet qu'ils s'étaient disputés elle et lui.

Un après-midi où mon père dormait, j'allai chercher Claudia, qui patientait dans notre bar, je la menai au chevet de mon père et lui demandai, la priai de ne rien faire qui puisse le réveiller. J'avais donné à mon père ma parole qu'elle ne le verrait pas dans de telles conditions. Mais Claudia désirait le voir. Le voir encore une fois, au moins. Lui dire au revoir. Je les laissai un instant seuls, en me disant que ma mère aurait approuvé cette trahison. Ou peut-être pas. Qui peut le dire.

XLV

Le projet de Meen avait été rapidement connu de tout le monde, sauf de Józef. Sauf de Józef et des enfants de la région, qui ne prêtaient ni ne devaient prêter attention à ce genre de choses et qui, en revanche, n'avaient d'ouïe que pour la fête foraine et son cirque, arrivés une semaine plus tôt.

Souvent, les deux ou trois derniers jours, le cirque proposait des séances supplémentaires : un prestidigitateur montrait un de ses tours (jamais le moins accessible), la femme à barbe organisait une sorte de tirage au sort et permettait à un spectateur, un seul, de toucher sa fabuleuse pilosité (on murmurait que ce tirage au sort était arrangé car la plupart du temps il favorisait les jeunes gens de belle mine), et ce qui peut-être était le plus excitant, un autre tirage au sort permettait à un enfant, un seul, de monter sur le grand éléphant.

C'était quelque chose comme cela qui était arrivé avec Meen. Il avait débarqué là sans la fanfare de la fête, sans promesse, sans publicité, mais il avait ouvert la bouche, il avait laissé échapper l'objectif de son voyage et, ce faisant, il avait agi comme un prestidigitateur qui explique un tour extraordinaire. Oui, ouvrir la bouche avait été une erreur aussi mortelle, ou davantage, que la balle qu'il n'avait pas tirée et dans laquelle, désormais, personne ne croyait plus.

Pour tous, en un peu plus d'un mois et demi, il était devenu l'assassin de Józef. C'est le nom qu'on avait commencé à lui donner dans son dos et que certains avaient fini par lui donner ouvertement, comme on accorde un titre nobiliaire. Il ne servait à rien qu'il tente de protester ou d'émettre des objections. Il pouvait ou non tuer Józef : cela ne changerait rien à la chose. Ou, pire encore, peut-être que si. Peut-être que s'il tuait Józef ce surnom, « assassin », ne serait plus exagéré, mais indicible et immoral.

Thambell pensait que Meen était au pied du mur. S'il ne tuait pas Józef, il retournerait chez sa sœur les mains vides ou, pire encore, les mains pleines d'un surnom qui le ridiculisait parce qu'il soulignait ce qu'il avait été incapable de faire. Ce qu'il n'avait jamais voulu faire ? Thambell pensait qu'être venu en été équivalait à choisir une saison pas du tout propice à l'ombre et aux rues désertes que recherchent les criminels. Et qu'en tuant Józef il accomplirait un acte suicidaire parce que son surnom aurait fait de lui le coupable avant même qu'il n'ait agi. Plus encore : si quelqu'un d'autre tuait Józef, tout le monde désignerait Meen comme coupable.

(J'ai noté dans un carnet cette idée momentanée, mais je l'écarte ensuite parce que trop complexe : quelqu'un qui n'est pas Meen, mais qui hait Józef ou a un contentieux avec lui – quoi ? –, tire partie de la rumeur et décide de l'assassiner, sachant que tout le monde croira que le coupable est l'étranger.)

Bien entendu, Meen pouvait ne pas retourner chez sa sœur. Il pouvait s'installer dans le secteur et se résigner, bras croisés, à l'ironie de la situation. Thambell imaginait parfois son avenir : un avenir où il serait changé en personnage bizarre, pittoresque, indéniablement pathétique, la risée de Postling, de Stanford, de Sellinge, de Hythe… Avec le temps, Józef et lui se croiseraient cinq, six fois dans la rue et échangeraient, même, quelques mots. Avec le temps, le surnom s'userait ou s'abrègerait. Les gens diraient « assassin », point. Et lui-même, Meen, comme s'il respectait une opinion populaire, en arriverait, devenu vieux, à se demander de qui il était censé être l'assassin.

Il y avait là quelque chose d'absurde. Et aussi quelque chose qui avait l'air d'une fin triste.

XLVI

Je rentre à Madrid, pas à bord de la péniche, mais en avion, et je trouve dans ma boîte une nouvelle enveloppe oblongue des Roumains, de nouveau avec un tampon officiel, qui semble être le timbre de l'ambassade de Roumanie, ou peut-être du consulat. Quelque chose me fait penser qu'ils s'impatientent, que si je ne réponds pas rapidement ils se livreront à des représailles, contre moi ? contre un parent éloigné qui a eu l'idée audacieuse de rester vivre en Roumanie ? J'en viens à soupçonner ce genre de choses parce que cette deuxième lettre contient des mots en majuscules et des phrases soulignées. C'est peut-être fréquent là-bas, en Roumanie, une sorte de société d'imitateurs de Céline qui rédigent à grands cris ou quelque chose comme ça, mais cela signifie – surtout – réclamation ou urgence.

J'entre alors en contact avec Enrique, un de mes éditeurs en Espagne : un de mes éditeurs, je dis bien, car en avoir un seul a toujours été un privilège rare. Je sais qu'il publie un auteur roumain dont j'aime beaucoup les œuvres : Cărtărescu. Au début, Enrique ne comprend pas, mais il est généreux, bien sûr (je n'écrirais pas le contraire dans un livre, publiquement), et il va de soi que l'efficace et aimable traductrice de Cărtărescu peut traduire ces lettres, il ne manquerait plus que ça…

Alors que je me demande comment diable les Roumains ont obtenu mon adresse de Madrid, le nom de Cărtărescu reparaît : quelques mois plus tôt, Enrique a organisé une soirée où a été présenté un roman de Cărtărescu, en l'absence de Cărtărescu, car il n'avait pas pu faire le voyage, ou peut-être ne l'avait-il pas voulu, soirée à laquelle j'avais participé et à laquelle, contre les plans de tout le monde, avait aussi participé le très maigre et pas très jeune conseiller culturel de l'ambassade roumaine à Madrid.

J'avais fini par bavarder avec lui, au début sans grande envie, jusqu'au moment où, pour dire quelque chose, car nous n'avions plus beaucoup de sujets de conversation, je lui avais révélé que mon père était originaire de Roumanie…

— Vraiment ? Le maigre conseiller avait soulevé un sourcil (l'autre avait l'air mort). Et vous-même ?

m'avait-il demandé sur un ton d'urgence. Vous n'êtes pas roumain, comme lui ?

— Oui, aussi, mais il semble que j'aie perdu ma roumanité.

Une sorte d'accident avait fait que je découvre à l'improviste, après la mort de mon père, que mon passeport roumain était périmé : non qu'il venait de l'être, mais qu'en fait il l'était depuis plusieurs années sans que je m'en sois aperçu. Des mois plus tard, de passage à Buenos Aires, j'avais voulu le renouveler à l'ambassade de Roumanie, où un employé avait scruté d'un air navré le tampon de mon passeport et m'avait informé, imperturbable, que j'avais laissé passer « beaucoup de temps » et que, par conséquent, j'avais perdu ma nationalité. Perdre sa nationalité ? J'avais dû faire un effort pour ne pas éclater de rire. L'employé avait acquiescé, de plus en plus imperturbable. Il faut recommencer les démarches à zéro. L'administration est moins souple qu'avant et pour comble votre père est décédé… Bien sûr, l'employé proposait une solution : un paiement « parallèle », avait il lâché en baissant les yeux.

Je lui avais dit que j'allais réfléchir, mais j'aurais dû lui dire bien d'autres choses moins courtoises.

J'étais sorti de l'ambassade avec le soupçon que mon passeport périmé finirait à la corbeille, en morceaux, comme en son temps, vers 1950 ou 1951, avait fini celui de mon père.

J'assiste à une autre conférence à l'Institut français de Madrid, une autre conférence consacrée à la traduction littéraire, et j'entends une traductrice qui, du haut de la petite estrade rectangulaire où on l'a installée, se moque des hôtesses qui parlent en anglais par les haut-parleurs des avions, ces hôtesses dont l'anglais n'est pas la langue maternelle, raison pour laquelle elles ont le choix entre deux possibilités : se concentrer sur le contenu, oublier l'accent, *iuar ina nosmoquin flaï,* ou faire en sorte que cela sonne le mieux possible, que ça ait l'air d'un bon accent, même si on ne comprend pas le moindre mot. Je rentre chez moi en me disant qu'en fin de compte, dans les avions, personne ne fait attention aux haut-parleurs. Et une fois rentré je trouve un message sur mon répondeur. Un long message de la traductrice de Cărtărescu, qui a préféré me traduire par voie orale, comme un médicament, la lettre des Roumains et qui dans son message semble avoir une voix d'hôtesse de l'air… D'une hôtesse qui prononce, bien sûr, parfaitement bien.

D'après la traduction de la traductrice, les Roumains ont plusieurs choses à me dire. La première (a) est qu'ils me présentent des excuses pour le « malheur » du passeport ; la deuxième (b) qu'ils me promettent un nouveau passeport qu'ils m'enverront d'urgence et à leurs frais ; la troisième (c) est que le gouvernement de la Roumanie en personne m'invite à (d) visiter le pays, (e) connaître le pays, (f) prendre le temps de voir si j'y ai encore de la famille, (g) entreprendre des recherches sur mon histoire familiale et tous les (h), (i), (j), (k), (l) et (m) qu'il me plaira de faire chez eux.

La lettre, qui déborde de bonnes intentions, commet une erreur, à mon sens, en employant ce mot : « malheur ». Non, je n'appellerais pas ainsi ce qui est arrivé à mon passeport roumain. Et quelque chose me dit que le maigre conseiller culturel n'emploierait pas non plus ce mot. Malheur.

Une semaine plus tard (la vie est imprévisible) je me retrouve dans un bureau qui empeste le déodorant d'ambiance, un bureau de l'ambassade de Roumanie à Madrid, avenue Alfonso XIII, avec le conseiller culturel de plus en plus maigre et une employée aimable, « étrangère au domaine culturel » (c'est ce qu'a pris soin de dire le conseiller), une employée qui d'une voix très contrite me parle de mon passeport et de ma nationalité.

Pour résumer, les Roumains vont me rendre cette roumanité qu'en fait je n'ai jamais perdue, si bien que (à strictement parler) ce n'est pas une restitution, et de plus, à titre d'hommage, se vantent-ils, ou pour s'excuser, me dis-je, ils m'invitent à aller à Galatz, pour connaître mes « racines » et donner une ou deux conférences : une sur « l'identité », proclame comme en improvisant le conseiller culturel et une autre, voilà, je sais, dit-il en faisant claquer ses doigts, une autre au sujet de « l'étranger », ou plutôt de « l'étrangèreté », deux conférences à l'université de Galatz, qui ne s'appelle plus Galatz, ou que, du moins, ils appellent autrement : Galati, avec un « i » final.

— C'est le minimum que vous méritez avec votre histoire, dit l'employée aimable qui brusquement a chaud, ôte son gros manteau et exhibe un T-shirt déteint et très ample où on a un peu de mal à lire : « Hard Rock Café, București ».

À quelle « histoire » fait-elle allusion ? Celle de mon père ? La mienne ? Celle de l'employé corrompu, inefficace et pervers qui a été à deux doigts de m'ôter ma roumanité ? La vérité est que je déteste prendre l'avion, mais je ne le dis pas devant eux, tout comme je déteste faire des causeries ou des conférences sur des sujets qui, pour comble, ne m'inspirent absolument pas. La vérité est que je n'avais pas l'intention d'aller en Roumanie, non, j'ai d'abord deux livres à terminer (l'un comme écrivain, l'autre comme lecteur), mais voilà que vient s'ajouter un diplomate de plus, un qui a l'air d'un lutin qui assure avoir lu hier soir mon dernier roman (en une seule soirée, contre la montre ?) et me donne quelques papiers que je devrai remplir pour organiser mon voyage, pour récupérer ma roumanité ou peut-être pour les deux à la fois.

— Vous voulez redevenir roumain ? Alors vous devrez accepter et venir à Galati, plaisante l'homme qui, en riant, montre des dents qui font peine à voir.

— C'est une plaisanterie, mon ami, se voit obligé de dire le conseiller maigre et, pour qu'il n'y ait aucun doute, il soulève un seul sourcil et son rire se fond dans celui du lutin et de l'aimable Hard Rock Café.

« C'est une plaisanterie ? C'est sûr ? » aurait répondu mon père, je suppose, s'il avait été là.

XLVII

Hunt, le jardinier, portait un fusil en bandoulière. Cowley, une hache. Ralston, une vieille faux rouillée. Eddie Fleming avait opté pour un couteau qui était, plutôt, une dague. Ashwood, comme s'il était honteux, ne laissait pointer qu'une forme obscure : la crosse de bois de quelque chose qui devait être sa carabine la plus déglinguée. Neil Boyd avait un pistolet dans chaque main et regardait autour de lui, pour voir si quelqu'un se présentait sans arme.

Ils furent bientôt rejoints par les Finn, qui amenaient avec eux Bowman, et ensuite quatre, cinq, six hommes de plus : Ross, Jackson, Thorn, ainsi que Shalley, Greene et Bolden. Cela faisait un moment qu'ils attendaient, sans parler, quand enfin parut Thambell. Ils attendaient comme des soldats, près du moulin infatigable, appuyés contre une longue clôture de fil de fer qui ployait sous leur poids et délimitait un secteur de terre désherbée. Ils attendaient avec insolence, en exhibant ces armes qu'en temps normal ils auraient cachées.

L'arrivée à peine tardive de Thambell les tira de cette torpeur. Il les conduirait jusqu'à Meen. Il avait la clé qui leur ouvrirait les portes. Ce qui était plus qu'un euphémisme.

En dépit de leur façon de montrer armes et dents (qui dans bien des cas étaient dans le même état), plus que la fureur c'était un sentiment de devoir qui prévalait. Durant la nuit était tombée une pluie très abondante qui ne s'était pas encore complètement retirée. En évitant quelques flaques, d'un pas point trop rapide, ils se mirent en route pour la ferme de Thambell, qui avait pris la tête du défilé, mais de façon symbolique : ils connaissaient tous le chemin.

(Ou, sinon :
Ils avaient décidé de cacher toutes leurs armes dans un puits, un trou recouvert de branchages, sur une parcelle adjacente à la ferme des Thambell. Trois fusils de chasse, une vieille carabine et jusqu'à deux vieux pistolets qui ne servaient à rien ou qui ne serviraient qu'à impressionner Meen. Tout cela en plus de quelques bâtons, d'une faux et d'une hache.

Thambell arriva le premier et jusqu'à ce qu'apparaisse le deuxième, Jeff Ross, il ne cessa de consulter sa montre. Il n'y avait pas un seul nuage dans le ciel, comme cela avait été le cas les trois derniers jours. Bien qu'il fût encore tôt, le soleil tapait déjà très fort et arrachait des éclats au cadran de sa montre. Tous furent bientôt là. Les douze qui avaient promis de venir sans faute. Et aussi trois autres hommes qui n'étaient pas à cent pour cent d'accord avec la décision d'expulser Meen. Ils plaidaient pour quelque chose de plus drastique, pour une « exécution », mais, malgré tout et en dépit du risque que cela impliquait, ils escorteraient les autres, non dans l'idée de prendre part à l'expulsion, mais plutôt de veiller à ce qu'elle se passe avec un minimum d'efficacité.)

Ils en étaient arrivés à ce plan après en avoir écarté d'autres. Ils avaient décidé qu'il était impératif de tuer Meen, en dépit de la position de ceux qui plaidaient pour l'expulsion, de ceux qui avaient souhaité une scène semblable (tous en file indienne, équipés), mais avec un objectif très différent. Non, la simple expulsion était insuffisante : on courait le risque de laisser en liberté un cinglé, un criminel qui pourrait revenir à Postling ou se rendre dans d'autres régions avec de semblables intentions. Deux d'entre eux, Greene et Cowley, étaient allés à Folkestone où ils avaient tenté, vainement, de discuter avec la police. Cet homme profère des menaces, cet homme a pointé son arme sur un enfant de sept ans. Le découragement avec lequel ils étaient rentrés de ce voyage avait été déterminant dans leur décision d'approuver ce plan qu'une moitié des hommes regardait avec appréhension. De façon symptomatique, ceux qui avaient cédé au dernier moment, après avoir été jusque-là partisans de l'expulsion, portaient des outils contondants au lieu d'armes à feu. Cela n'avait pas d'importance. Ceux qui devaient tirer étaient Boyd, Hunt, Greene et Ashwood, à la fois ou indistinctement, sauf si un geste de Meen les obligeait à changer leurs plans. Les autres étaient là pour faire peur ; pour exprimer que cette mesure (l'« exécution ») n'était en aucun cas l'expression d'un désir individuel, mais de l'accord unanime de la population.

Par sa conduite des dernières semaines, Meen avait déclenché l'alarme chez les plus sceptiques. Ross l'avait vu un soir en train de s'entraîner près d'un ruisseau : un entraînement curieux parce que, au lieu de s'exercer à viser, il étudiait les façons de cacher son arme (dans une manche, dans une botte) et les façons de la dégainer le plus vite possible. Cowley assurait que Meen, six ou sept jours plus tôt, s'était rendu à l'église de Postling, décidé à se confesser : il avait appelé le prêtre en faisant sonner la cloche, impatient de voir si un acte de contrition le délivrait de l'idée de tuer Józef, mais il n'avait rien fait de plus que s'agenouiller inconfortablement et débiter d'une voix monotone et fatiguée quelques formules usées.

(Ou, sinon :
Quand ils arrivèrent, il leur sembla qu'il manquait des armes et que quelqu'un avait ôté et remis les branchages qui recouvraient, à moitié seulement, la cachette. Meen lui même ? pensa Thambell. Meen avait-il trouvé les armes lors d'un de ses vagabondages dans le secteur ? Tandis que Thambell pensait cela, Ralston dit que des enfants avaient rôdé dans le coin, c'était sûr. Il ne manquait que deux bâtons et un très vieux pistolet. Ils furent vraiment soulagés de voir que les enfants ne s'étaient pas emparés des véritables armes, les armes que Greene et Hunt, résolus à gagner du temps, à tout préparer à l'avance, avaient déposées déjà chargées dans le trou. Certains d'entre eux, comme Jackson, poussèrent un soupir, pour marquer leur désaccord. Pourquoi charger les armes quand on a choisi d'effrayer Meen, de se planter en rang devant lui, de brandir un peu pistolets et fusils, de lui montrer qu'il n'était pas le bienvenu ? Certes, c'était là le plan, mais il fallait se tenir sur ses gardes pour le cas où Meen réagirait avec violence, pour le

cas où il les mettrait en joue, eux, avec la carabine destinée à Józef.

— Un seul homme mettant en joue une rangée d'hommes armés ? avait dit Jackson, presque en riant. Avec Meen, tout était possible.)

Bien entendu, pareille décision (celle d'exécuter un homme) ne pouvait se prendre en deux heures, après quelques bières au Ye Olde Mill. Chacun devait mesurer la portée du problème et, plus encore, la portée de la solution. Mais s'ils tardaient trop, l'Allemand pouvait accomplir son projet. Ou bien il pouvait filer brusquement de la ferme des Thambell en quête d'un autre refuge. Il était urgent d'empêcher les deux choses. Tant que Meen serait chez les Thambell, ils pourraient le surveiller et appliquer un plan qui dépendait avant tout de l'insolite confiance que l'étranger plaçait en ses hôtes, principalement en la femme de Thambell, qui savait comment le traiter, comment refroidir ces accès durant lesquels Meen promettait (se promettait, surtout) de prendre sa carabine et d'aller à Pent Farm, une fois pour toutes.

Tous les trois ou quatre soirs se reproduisait la scène que la femme de Thambell savait non seulement anticiper mais déjouer.

Bien entendu, Thambell avait entre-temps développé une crainte : celle de se retrouver seul à seul avec Meen, sans l'aide de sa femme, quand se produirait une de ces « crises », comme il les qualifiait. Mais sa femme avait conscience du rôle qu'elle jouait et il était rare qu'elle s'absente. Au contraire, après dîner elle s'installait sur sa chaise, dosait l'alcool et, comme un vent administrant l'état du ciel, chassait d'un souffle certains sujets de conversation.

Dans la tête de tous résonnait un mot : sacrifice. La femme de Thambell se sacrifiait en distrayant (en charmant) l'étranger. Elle le distrayait en cet instant même, par exemple, pendant qu'eux-mêmes, en haut puis en bas de la colline, s'approchaient de la ferme.

Thambell savait qu'Ashwood et Greene, surtout, avaient un petit sourire moqueur chaque fois qu'on parlait du lien qui existait entre Meen et sa femme. C'était une plaisanterie un peu facile.

(Ou, sinon :

Ils étaient là, donc, arrêtés autour de ce puits à demi recouvert par des branchages, qui avait l'air d'un innocent piège à rongeurs ; ils étaient là, à se demander s'il manquait un pistolet, quand un bruit de feuilles sèches les fit tous lever la tête. Ils le firent simultanément, comme si un seul cou réunissait l'ensemble de leurs têtes, mais ils le firent chacun avec une orientation différente, en ne dirigeant pas toujours leurs regards vers le point précis d'où venait le bruit.

L'apparition de Meen fut si prévisible et si imprévue que l'un d'eux, Greene ? Jackson ? leva les mains au ciel, comme pour se rendre à l'arrivée d'une armée rivale, et un autre, Ross ? Boyd ? laissa tomber les branchages qu'il serrait entre ses doigts.)

Naturellement, ils ne pouvaient se présenter ainsi devant lui : en groupe et en armes. Meen pourrait s'enfuir, faire feu sur eux ou, beaucoup plus alarmant, il pourrait prendre la femme du fermier en otage. Avec une sorte de pierre coincée dans la gorge, Thambell avait imaginé cette possibilité : Meen, qui appuyait le bout froid de son fusil sur le cou de sa femme, mettait le bout de son index sur la détente et ordonnait aux hommes de poser leurs armes par terre et de reculer.

Pour le succès de leur plan, il fallait qu'ils s'éparpillent autour de la ferme et se jettent à terre. Après quoi, oui, Thambell appellerait sa femme. Il pousserait un cri, en faisant en sorte qu'il ait l'air d'un cri fortuit, routinier. Sa femme ferait son possible, comme ils en étaient convenus, pour que l'Allemand la suive à une distance importante, de façon que les coups de feu visant Meen ne puissent l'atteindre.

(Ou, sinon :
À partir de là, tout se passa lentement. Ce fut du moins l'impression de Thambell. Il vit Meen hésiter un instant, une fraction de seconde. Puis il le vit réagir. Il le vit déplacer sa main droite, dans un geste ferme vers le bas, vers le sol, un geste de prestidigitateur ou, mieux encore, d'acrobate : il vit son corps massif se plier en deux, il vit que Meen ne cessait de les observer et de surveiller, avant tout, le trou recouvert de branchages. Il vit ensuite apparaître, assez logiquement, une arme qui sortait de la botte en cuir noir, la botte droite de Meen. Et sans que cela altère l'étonnante lenteur de tout cela, il vit l'erreur minime, fatale, de l'Allemand, les secondes (si cela dura plus d'une seconde) d'inattention de Meen, qui en fait étaient des secondes d'attention à quelque chose qui avait l'air de clocher sur la détente de son arme, l'instant où Meen cessa de les observer, cessa d'observer le trou à demi recouvert de branchages et regarda sa carabine.

La suite se produisit à une vitesse normale : un coup de feu, puis un autre.

Sur l'ordre des coups de feu, il n'y eut pas unanimité. Les uns dirent, plus tard, que c'était Meen qui avait ouvert le feu et Ashwood qui avait riposté. D'autres, tout aussi convaincus (et parmi eux Thambell) dirent qu'Ashwood avait eu le réflexe rapide d'anticiper le geste de la main de Meen.)

Le cri de Thambell fut plus nasal et plus long que la normale. Deux ou trois oiseaux s'envolèrent, pas tant à cause de l'appel que du claquement des fusils que Hunt et Greene armèrent en même temps, à l'ombre du cri.

Il y eut un silence. Une attente, en silence. Et ensuite, plus rien.

Thambell cria, une nouvelle fois. Mais le silence alentour était épais. Un silence qui, en fait, avait attiré son attention depuis leur arrivée à la ferme.

Impatient, déconcerté, il chercha les hommes du regard. Excepté la silhouette de Flemming, pas très bien dissimulée derrière une paire d'arbustes hauts, mais peu ou pas du tout feuillus, les autres hommes étaient devenus parfaitement incorporels, même pour ses yeux avertis.

Durant un instant qu'il jugea éternel, Thambell se sentit pris entre deux feux. Un feu à venir, bien sûr. Un feu qu'ils avaient planifié en tenant compte de nombreuses éventualités, sauf celle-là. Ou peut-être que si, peut-être que les acteurs de cette exécution avaient prévu quelque chose de ce genre et ne l'avaient pas évoqué en présence du mari, mus par une sorte de pudeur ou de pitié.

(Ou, sinon :
Le corps de Meen et celui d'Ashwood se retrouvèrent dans des postures, aurait-on dit, antithétiques. Le second, sur le dos, comme s'il regardait le ciel : c'est ainsi que l'évoqueraient un peu sentimentalement, des années durant, ses compagnons. Celui de Meen, dense (plus dense, à vrai dire, que d'ordinaire), la tête tordue en un angle douloureux, face contre le sol. Comme un lutteur vaincu à qui il ne serait pas déraisonnable de lancer un coup de pied.

Il y avait quelque chose de pathétique en cela. Et quelque chose qui ressemblait à une fin aigre-douce.)

Il n'y a personne, conclut Thambell. Et brusquement le mot « sacrifice » vint lui redonner courage et le protéger du déshonneur. Elle l'a emmené loin d'ici, pensa-t-il au lieu de raisonner en sens contraire, comme tous les autres encore cachés devaient sans aucun doute raisonner à cet instant. Il l'a emmenée très loin d'ici. Il lui semblait les entendre. Mais, en même temps, il était clair qu'ils ne le diraient pas à voix haute, comme preuve d'éducation. Non. Ils se tairaient de nouveau avec ce mélange de pudeur et de pitié.

Il y avait quelque chose de honteux en cela. Et quelque chose qui ressemblait à une fin ouverte.

XLVIII

L'avion de Galati est vide. On dirait un rêve car je suis le seul passager. L'appareil roule, roule sur la piste, de plus en plus rapide, mais ne réussit pas à décoller. Il fait nuit et sur l'asphalte couleur plomb marqué de lettres blanches, de signes et de numéros blancs, se dessine régulièrement une zone de lumière triangulaire. De la forme d'une sonde, me dis-je de mon siège côté hublot. De la forme d'un radar.

J'ai passé ces derniers jours à préparer les conférences que je dois faire en Roumanie, au sujet de « l'étrangèreté » et de l'identité. J'ai fait des relevés et pris des notes préparatoires sur le thème de l'identité. J'ai remué livres et cahiers, en quête d'une idée applicable à « l'étrangèreté » ; une seule idée suffirait, et je suis enfin tombé, alors que je ne trouvais rien, sur un texte salvateur, un vieux texte que Georg Simmel écrivit l'année où Meen se rendait dans le village de Józef ou, plutôt, un ou deux ans après, ce qui en termes historiques, me dis-je avec une certaine mollesse, équivaut à la même année. Pour Simmel, l'étranger n'est pas celui qui est arrivé aujourd'hui pour repartir demain, mais celui qui est arrivé aujourd'hui pour rester. Le voyageur potentiel. Celui qui n'a pas poursuivi son chemin. L'étranger qui mélange deux concepts et les met en conflit : l'errance et le point fixe. L'étranger qui réinvente le point fixe à un endroit qui n'est ni ne sera point de départ.

Soudain, l'avion réduit sa vitesse. Des lumières se sont allumées à l'intérieur, au plafond et sur le plancher, sur le sentier lumineux qui sépare les sièges des passagers en deux groupes, comme disposent leurs cheveux ceux qui se coiffent avec la raie au milieu. Les lumières s'éteignent, se rallument, c'est un long clignotement, une sorte de tic nerveux. L'avion freine lentement, et finit par s'immobiliser. Tout va se normaliser, me dis-je pour me rassurer, les autres vont monter. Ou, à l'inverse, pensé-je pour mon inquiétude, quelqu'un a fait les comptes, un expert en finance de la compagnie aérienne, quelqu'un a fait deux colonnes (comme les deux groupes de sièges, comme les cheveux coiffés avec la raie au milieu) :

une avec les dépenses du voyage (le kérosène, qui augmente, qui augmente), une autre avec le montant du billet que j'ai à la main, que je fais glisser entre mes doigts comme un chapelet, un montant que j'ignore (ça, c'est l'affaire de ceux qui m'ont invité), et après avoir fait les comptes a décidé que le vol devait être annulé, qu'on n'allait pas affréter un Boeing pour un seul passager, aussi désiré et important que soit mon voyage.

J'avais oublié l'essai de Georg Simmel. Il s'est passé tant de temps depuis ma lecture que les marques que j'avais faites voilà à peu près trente ans dans le texte, des notes à l'encre noire, révèlent une écriture d'étudiant, plus jeune que l'écriture fatiguée qui jaillit aujourd'hui de ma main et qui, en fin de compte, ressemble à celle de mon père dans les cahiers où il a écrit *La Dérroute.*

Une voix, la voix du Captain Speaking, parle mais seulement en roumain, elle ne commence même pas en disant le *captain speaking* habituel, du moins me semble-t-il, ou peut être parle-t-il en anglais avec un accent déplorable (pire, bien pire que l'exemple donné par la conférencière à Madrid) et c'est comme s'il ne parlait qu'une langue. Le roumain, et rien d'autre. Allez savoir ce qu'il annonce. En tout cas, il ne monte pas d'autres passagers et moi, on ne me fait pas descendre. Alors je croise les jambes dans l'espace réduit entre mon siège et la rangée de devant, je me comprime comme un émule d'Houdini dans sa malle, je compte les secondes jusqu'à ce que je me fatigue, et me concentre de nouveau sur mes papiers : des photocopies de vieilles photocopies avec le texte du vieux Simmel.

Je m'étonne de voir les phrases de Simmel que j'ai marquées il y a trente ans avec des points d'exclamation : « l'étranger, ne faisant pas à l'origine partie du nouveau groupe auquel il appartient maintenant, y introduit de nouvelles caractéristiques » ; « son attitude se rapproche d'une certaine objectivité qui n'est pas synonyme d'indifférence ou de désintérêt, mais plutôt le résultat d'un mélange particulier de distance et de proximité » ; « on fait à l'étranger les confessions les plus stupéfiantes, on lui confie les secrets les plus précieux » ; « on ne fait attention qu'à ses traits généraux ; c'est pourquoi nous ne considérons pas les étrangers comme de véritables individus. »

Le vol pour Galati ne bouge pas. Excepté la voix qui a tonné il y a combien, vingt minutes ? il n'y a pas à bord le moindre signe d'une présence humaine. Ni hôtesses, ni personnel de service. Au loin, il me semble entendre des sirènes. Je n'aurais pas dû accepter cette invitation. J'aurais peut-être dû suivre mon instinct (mon instinct de méfiance) quand j'ai reçu les informations sur le vol. Plusieurs choses ont attiré mon attention : qu'il existe un vol direct entre Madrid et une ville aussi secondaire et lointaine que Galati, que le vol ne soit indiqué nulle part quand j'ai voulu en vérifier l'existence et que, de moi du moins, la compagnie s'avère inconnue.

Je commence à m'habituer à l'idée de l'avion immobile (peut-être que le bateau immobile de Béthune était un entraînement), je commence à me faire à l'idée de l'avion vide, de l'avion fantôme, quand s'ouvre une porte qui normalement devrait conduire au poste de pilotage et que du triangle qui se dessine jaillit une lumière puissante, une lumière aux tons intenses, jaune, vert, orange… Il y a quelque chose de surnaturel dans cette lumière et dans la scène qui naît d'elle. Quelque chose digne d'un vieux film de Mario Bava, surtout au moment où une hôtesse très sexy, mais sexy à l'ancienne, avec ce que cela pouvait signifier vers le début des années soixante-dix – mini-jupe, talons aiguilles, chemisier échancré, foulard autour du cou, béret –, apparaît dans le couloir, glisse lentement, mais sûrement, et s'approche de mon siège. Je l'observe et je me dis qu'elle a quelque chose de Marisa Berenson ou peut-être de Rachel Weisz. Une beauté juive aux jambes interminables, aux yeux mélancoliques et autres lieux communs qui ne sont d'aucune aide à l'heure de décrire de façon juste sa séduisante anatomie. Je me dis – quand elle est toute proche – qu'elle ressemble plus à Berenson qu'à Weisz, même si j'aurais préféré le contraire, et en la voyant sourire avec une pointe de pitié, j'oublie Mario Bava et je pense plutôt à Bob Fosse et son *All That Jazz*, à la mort incarnée dans ce film par Jessica Lange, à l'inévitable baiser de mort que le film expose de façon quasi littérale. Oui, me dis-je, c'est ce qui va advenir maintenant : l'hôtesse comme symbole un peu maladroit de la fin. En fait, l'hôtesse se baisse, approche son visage du mien et s'humidifie la bouche en passant deux fois sa langue sur sa lèvre supérieure. Et, pourtant, il n'y a ni baiser ni mort. En revanche, elle me murmure quelque chose. Un secret. Trois mots à l'oreille.

Je répète les trois mots qu'elle vient de me dire. Ce sont trois mots qui forment le nom complet, authentique, de mon père. D'abord le prénom bien connu. Puis le nom de famille qui est évidemment le mien. Et, enfin, son autre nom : celui que mon père s'est enlevé, dont il s'est amputé, dans le port de Buenos Aires. Je ressens un mélange de *dérroute* et de changement de cap. Et, brusquement, je me rends compte que mon père a fait la même chose que Józef lorsque ce dernier transforma son prénom, son deuxième prénom, en nom de famille. Tout comme Apollinaire, autre Polonais. Tout comme, à l'heure de se réinventer, tant et tant d'étrangers.

Alors que je me demande pourquoi l'hôtesse ne bouge pas, aussi statique que l'appareil, je vois qu'une deuxième, qui ressemble davantage à Rachel Weisz qu'à Marisa Berenson, mais toujours avec cet heureux mélange entre les deux, pousse, sans se presser, souriante, un de ces chariots avec lesquels elles offrent les repas en vol, l'immanquable *chicken or pasta*, sauf que là il ne s'agit pas de nourriture, je le comprends tout de suite : sur le chariot, empilés, il y a tous les cahiers Rivadavia avec le roman inachevé de mon père, plus un cahier supplémentaire, semble-t-il, un cahier numéro sept que je n'ai jamais vu.

L'hôtesse dit quelque chose dans une langue qui doit être du roumain, mais je ne comprends rien et j'entreprends de feuilleter, d'examiner, stupéfait, ce nouveau cahier, le sept, qui à simple vue, dirait-on, contient la fin du roman de mon père et, plus surprenant encore, est de l'écriture de mon père, sauf si quelqu'un a réussi à l'imiter, à la copier de façon aussi parfaite.

Comment l'hôtesse a-t-elle fait pour obtenir les cahiers ? À côté de l'apparition du cahier numéro sept, cette question devient insignifiante. L'hôtesse gesticule, parle de nouveau, toujours en roumain, apparemment, mais cette fois je crois comprendre son message. Ou, si ça se trouve, j'invente une traduction. Ce que l'hôtesse m'a dit est que je dois lire les cahiers, qu'il est insensé d'en reporter la lecture dans l'idée de prolonger l'existence de mon père.

Je me souviens d'un voyage, de brèves vacances d'été que j'ai passées avec ma femme et mon fils à Berlin. À l'époque, mon fils avait quatre ans et ne voulait rien faire d'autre que jouer dans les parcs (peu de villes au monde possèdent des parcs aussi beaux et abondants que Berlin), en compagnie d'autres enfants. Le problème pour cela était qu'aucun de nous trois ne parlait allemand. Ce qui inhibait mon fils : il ne voulait pas jouer sans parler avec les autres enfants. Voyant à quel point il était frustré et s'ennuyait, j'imaginai une ruse, un mensonge pieux : je lui racontai que je m'étais mis à étudier l'allemand de toute urgence. Le soir, pendant qu'il dormait, je restais éveillé et apprenais à toute vapeur. Mon fils me regarda sans rien dire, moins sceptique que plein d'espoir. Je le pris par la main, le conduisis à un toboggan où jouaient déjà trois enfants et, dans une langue inventée, une sorte d'anglais avec un accent allemand, je dis aux autres enfants que mon fils voulait jouer avec eux. L'un des trois, qui avait l'air d'être le plus grand, répondit en allemand quelque chose que bien sûr je ne compris pas. Malgré tout, comme si j'avais compris, je résumai cet échange à mon fils : à ma demande, les enfants avaient répondu qu'ils seraient heureux de jouer avec lui. Mon fils les rejoignit et, comme je l'espérais (et priais pour que cela arrive), ils l'accueillirent de bon gré. Les jeux étaient simples, des voitures, un ballon, des châteaux de sable. Tout alla bien jusqu'à ce que les enfants se mettent à bavarder entre eux : un instant, à peine quelques mots, mais suffisamment pour que mon fils se sente exclu. Les jours précédents, quand ces moments arrivaient, il devenait timide et s'en allait. Cette fois, il vint me chercher, pour que je fasse la traduction. Je lui dis que les enfants disaient qu'il faisait beau, que par chance il faisait soleil ce jour-là, et autres choses du même genre. Mon fils resta avec eux et le jeu se poursuivit en silence.

Deux ou trois fois, ce fut la même chose : un des enfants parla, lâcha une phrase, un balbutiement digne de ses quatre ou cinq ans, et dans chacun de ces cas j'inventai une traduction opportune. À un certain moment, mon fils me demanda de traduire dans le sens inverse : il voulait inviter les enfants à jouer au ballon. Je pris alors le ballon et, en gesticulant avec, je laissai tomber dans mon anglais à l'absurde accent allemand une phrase qui incluait, bien sûr, le mot *fussball*. Tout se passa merveilleusement bien cet après-midi-là. Et j'eus donc recours à cette ruse jusqu'à la fin de nos vacances.

L'hôtesse continue à parler dans son incompréhensible langue. Je traduis ses phrases selon la méthode de Berlin.

Tant que je n'aurai pas fini de lire tous les cahiers, tous, y compris le sept, l'avion ne décollera pas, a-t-elle dit, ou pas. Elle ne bougera pas de sa place, a-t-elle dit, ou pas. S'il vous plaît, nous aimerions partir dès que possible, a-t-elle dit, ou pas.

Je me plonge dans la lecture et je me sens comme Meen. Comme un lecteur qui cherche quelque chose dans chaque phrase du texte, convaincu que l'auteur (mon père, en l'occurrence) en dit plus que ce que raconte superficiellement son roman. Bien entendu, je me réfrène pour ne pas remplir les pages de marques, d'observations. C'est quelque chose que je fais souvent, avec chaque livre que je lis : le marquer, entamer un dialogue écrit avec ses mots écrits. Mais celui-ci est un livre spécial : un cahier, plusieurs cahiers de l'écriture de mon père. Ce n'est pas la même chose. Cela me semble inadéquat.

Combien de temps mets-je à lire *La Dérroute*, je n'en sais rien. De loin en loin, l'écriture de mon père devient plus épaisse et plus confuse, plus nerveuse et plus imprécise. Symptômes de fatigue après une très longue séance d'écriture ? Symptômes d'émotion à cause d'une scène particulière ?

Je dois faire une ou deux pauses et interrompre ma lecture. Une pour me lever, aller aux toilettes et revenir ; une autre pour boire le café que me propose une hôtesse. Deux pauses, pas plus, car j'éprouve le désir de terminer. Et je sens la tension des hôtesses, impatientes de décoller.

XLIX

« Son véritable prénom était Alfred Borys, mais son père avait voulu qu'au sein du foyer tout le monde l'appelle Borys, utilise son second prénom, allez savoir s'il était conscient que par cette mesure il imitait, d'une certaine façon, le choix de son propre *nom de plume**. »

« Après la guerre [Borys] obtint un emploi à la Daimler Company qui l'obligeait à vivre entre Manchester et Londres, loin du foyer paternel. Sa vieille passion pour les voitures, comparable à la passion paternelle pour les bateaux, d'un point de vue économique portait ses fruits… »

« … et c'est ainsi que son mariage avec Madeline Joan King, plus âgée que lui de quatre ans, fut célébré en septembre 1922. Ce fut un mariage secret, à l'insu de la famille du marié, mais la nouvelle ne tarda pas à arriver aux oreilles de Jessie (qui cacha tout cela à Józef jusqu'en juin 1923). La naissance d'un petit-fils, en 1924, aida à la réconciliation. »

« Madeline et Borys se séparèrent en 1933, mettant ainsi fin à ce que Jessie n'avait pas hésité à taxer de "mariage à tous points de vue désastreux" (lettre à W. Dawson, mars 1926). »

« [...] [pour Jessie] ce qui se passa vers le milieu de 1927 fut beaucoup plus difficile à accepter, beaucoup plus que le mariage secret : Borys fut condamné à un an de prison par un juge d'Old Bailey Court, après qu'il eut été prouvé qu'il avait escroqué une certaine Dorothy Bevan en lui faisant payer une avance de mille cents livres pour de supposés manuscrits de son père, qu'il ne lui avait jamais remis et dont il est possible qu'il n'ait jamais eu l'intention de les lui remettre. »

« Borys admit [devant le juge] que l'argent recueilli avait servi à payer ses dettes à un prêteur. Mais il existe une autre version qui lui fait faire meilleure figure : un peu avant sa mort, son père avait vendu une série de manuscrits et de livres dédicacés à un homme du nom de Quinn, pour la simple raison qu'il avait besoin d'argent. Il est bien connu que Quinn avait peu après revendu ces biens et en avait obtenu un gain important. On en est arrivé à dire que Borys avait demandé à Mme Bevan de l'aider à en acheter quelques-uns. »

Fragments du livre de
H. L. Cockburn consacré à Borys.

L

Je me suis endormi et je constate en me réveillant que ce n'est pas la première fois qu'il m'arrive quelque chose de ce genre : ouvrir les yeux à l'heure exacte où part mon train, à l'heure exacte où m'attend mon médecin, ou à celle où j'ai une autre obligation. Ce qui est original, cette fois, c'est que j'ai rêvé de l'avion que je devais prendre, l'avion de Roumanie qui, en principe, si la compagnie avait été fidèle à ses prétentions de ponctualité, aurait pris son vol à l'instant même où je faisais un bond hors de mon rêve et où mon corps, pour ainsi dire, décollait de mon matelas. Bien sûr, je pourrais consulter sur-le-champ le site web de Barajas, qui il y a peu s'appelait Barajas tout court, et qui s'appelle désormais Barajas-Adolfo Suárez. Ce ne serait pas la première fois que, grâce à un retard, un voyageur attrape un vol qu'il avait tenu pour raté. Mais je ne le fais pas et souris en approuvant ma résignation.

Ce rêve était vraiment étrange et je m'en souviens très bien. Je me souviens surtout qu'après avoir rêvé que je lisais les cahiers de mon père, y compris le numéro sept avec la fin de *La Dérroute*, une porte arrière s'ouvrait, d'autres passagers montaient et l'avion s'ébranlait de nouveau, roulait sur la piste, décollait. Puis mon siège, le plancher, le fuselage tout entier étaient secoués, les lumières s'éteignaient, se rallumaient, clignotaient, un passager du fond poussait un hurlement, un éclair sillonnait le ciel, puis deux, puis trois, et je me réveillais enfin, trempé de sueur.

Alors que je paresse au lit, je me rends compte que la lecture du roman de mon père occupe, semaine après semaine, jour après jour, une place plus importante que l'écriture de mon propre roman ; je me rends compte que l'auteur d'un roman sur un père étranger est devenu, avant tout, le lecteur d'un roman écrit par son père étranger, au point qu'il en rêve au lieu de rêver du livre qu'il s'obstine à écrire.

Alors que je paresse au lit (il doit y avoir un verbe meilleur que « paresser ») je soupçonne que mon rêve, la dernière partie de mon rêve, provient sûrement du livre que j'ai lu hier soir, ce roman pour la jeunesse écrit par mon maître polonais, Jan Seyda, et que j'ai voulu lire avant de dormir, non par divertissement, bien entendu, mais parce qu'il m'était venu à l'idée que je pourrais peut-être l'utiliser dans le roman de Józef.

De ce roman pour la jeunesse écrit et publié par Jan Seyda, rien ne me frappe davantage que le chapitre six, un peu différent des autres car il raconte, justement, un vol passablement agité. « Là, entre ciel et terre, s'étendait un long mur de nuages noirs », en vins-je à copier dans mon carnet de notes. « Ce mur noir avançait de plus en plus vite et il était clair qu'il finirait par nous envelopper [...] comme une déferlante sur le point de nous tomber dessus. »

À quel point fut-il ardu pour Seyda d'écrire en espagnol un roman qu'il a non seulement situé en Argentine, mais qui présente aussi une sorte de glorification de la géographie du pays ? Je suis touché, dans ce roman, par un certain excès de préciosité, une certaine « obsession de la précision » qui affleure dans différents passages. Et je ne peux m'empêcher de penser à ce que quelqu'un (une femme écrivain qui tombait elle aussi, à sa manière, dans la préciosité) a dit après la mort de Józef : que se servant d'une langue conquise, il n'était pas étonnant qu'il manipule parfois les mots comme si c'étaient des petites choses exquises. Comme des trésors empruntés.

LI

En rentrant du cirque (si réellement elle était allée au cirque, je n’en suis pas certain), Jessie s’aperçut que Józef n’était plus dans son lit et que, manifestement affamé, il parcourait Pent Farm, la maison et les environs, comme un loup. Il n’y a de mal ni de goutte qui dure cent ans, bien sûr que non. Et donc, comme souvent dans ces cas-là, elle prépara un de ses plats favoris (j’imagine que c’était des pigeonneaux aux carottes), belle façon d’affirmer qu’un mari est guéri.

J’ai la recette des pigeonneaux aux carottes parce que grâce à Karpinski – ou, plutôt, grâce à Cockburn – j’ai pu me procurer le livre de cuisine écrit par Jessie, et j’ai même pris la précaution, un après-midi, dans une papeterie de Hythe, d’en photocopier quelques pages, par exemple celles qui disent : « Après les avoir rôtis, coupez les pigeons en deux. Mettez-les dans une casserole avec un demi-verre de vin blanc, salez et poivrez. Ajoutez quatre carottes coupées chacune en quatre dans le sens de la longueur. Mélangez avec un peu de bouillon de viande. Couvrez abondamment d'eau. Laissez cuire trois quarts d'heure. Épaississez la sauce avec un peu de farine et servez dans un plat creux. Vous pouvez décorer avec du persil. »

Il s'en faut encore de plusieurs années que Jessie ne publie cette recette et d'autres encore avec un prologue de Józef (« [...] de tous les livres produits depuis des temps anciens, seuls les livres de cuisine sont, d'un point de vue moral, au-dessus de tout soupçon. ») et soudain, lorsque cela arrivera, commencera un monde à l'envers : un monde où Jessie, de manière suspecte, se mettra à écrire d'autres livres, mais pas de cuisine.

Józef meurt après un retentissant voyage aux États-Unis, un voyage de consécration, Józef meurt sans qu'aucun lecteur ait pu le tuer, et Jessie se consacre à écrire des livres à la saveur crépusculaire qui parlent surtout de Józef, comme s'il ne pouvait en aller autrement.

Après avoir lu ces livres de Jessie, ébloui par ses histoires et aussi – il faut le dire – par son style, je pense qu'elle a probablement remis à plus tard, qu'elle a réprimé ses désirs d'écrire tant qu'elle tapait sur la Yost ce que lui dictait Józef ; je pense qu'elle a probablement reporté ces désirs jusqu'à la mort de Józef et qu'alors, oui, elle s'est donné le plaisir et a eu l'audace d'écrire et, plus encore, de publier des livres que personne ne lui dictait ou que, en somme, lui dictait l'absence de Józef. Tel fut, résumé-je maintenant, inventé-je maintenant, le cas de Jessie. Très différent de ce qui est arrivé avec mon père, qui pour écrire *La Dérroute*, n'a pas autant retardé les choses, parce qu'il aurait été inquiétant de sa part, je ne le nie pas, de s'asseoir pour attendre que son fils meure.

« Il était neuf heures pile quand j'entendis le bruit des roues », écrira Jessie dans un livre dédié à ses trois petits-enfants, publié après le décès de Józef. « J'ouvris la porte au jardinier et sa pâleur attira mon attention. Vous vous souvenez de l'Allemand, madame ? me demanda brusquement Hunt. Évidemment que je me souvenais de lui. Je ne pensais à rien d'autre depuis quelques semaines : sa bicyclette, ses yeux qui m'avaient épouvantée, sa façon de prononcer je *reviendrrrai.* Le jardinier me raconta, d'un air grave et solennel, que l'Allemand avait tué un homme. Il marchait la veille dans Folkestone ou dans Lymne quand il avait croisé par hasard un vieux soldat malade. L'Allemand, à ce qu'on racontait, avait pensé que le vieux soldat se moquait de lui, mais en réalité il faisait une espèce de grimace, fruit d'une blessure de guerre. L'Allemand lui avait tiré dans le dos. Le vieux soldat, racontait-on, était tombé raide mort. »

J'imagine Borys lisant le livre de Jessie avec les mêmes attentes que moi en lisant *La Dérroute*. J'imagine Borys trouvant dans ces pages, ce qui n'est pas difficile, des scènes et des informations dont il n'a jamais entendu parler, se demandant dans quelle mesure la mémoire de Jessie est fidèle, découvrant que de quatre ou cinq faits assez récents il garde des images très différentes, si dissemblables qu'elles altèrent même le résultat final. Il n'a jamais dit à sa mère, par exemple, que ce fou, l'Allemand, l'avait tenu un bon moment en joue avec sa carabine, mais c'est peut-être moi qui ai entièrement inventé cette scène.

Dès que Józef s'était senti mieux, Jessie avait pu en profiter pour faire un bref voyage à Londres, pour qu'un médecin, Bell ? White ? lui examine de nouveau le genou. À cette occasion, elle avait décidé de voyager seule. Elle avait demandé à sa sœur de s'occuper de Borys. Elle avait demandé aux frères Finn, bien qu'en théorie Meen fût en prison, de ne pas manquer de bien faire attention aux visiteurs. Et, après avoir été l'objet d'une étreinte quelque peu démesurée de Józef (son mari avait, par moments, une force irrésistible dont il n'était pas toujours conscient), elle avait pris un train qui l'avait déposée à la gare de Charing Cross.

À Londres, le docteur essaya de lui communiquer son enthousiasme et ôta même de l'importance à la terrible claudication qui la handicapait plus qu'elle ne lui faisait honte.

Lors du voyage retour, en 1ère classe, elle assista à une incroyable conversation entre deux femmes qui étaient loin de leur jeunesse. L'une s'appelait Agnes, comme l'apprit sans mal Jessie parce que son interlocutrice ne cessait de l'apostropher. Quant à l'autre, Jessie ne réussit pas à connaître son prénom, mais elle conclut très vite que c'était une fabulatrice.

Agnes : Je ne comprends pas bien, quand as-tu fait sa connaissance ?

L'autre : Il y a trois semaines, à Londres.

Agnes : Moi je me méfierais… Étant étranger, il ne serait pas déjà marié, là-bas, dans son pays ?

L'autre : Je t'assure, Agnes, ma chère, que c'est impossible. Il y a des années qu'il a quitté son pays natal.

Agnes : Et il est comment, de sa personne ?

L'autre : C'est un homme charmant, Agnes. Très cultivé et très bien élevé. Je dois reconnaître qu'il m'enthousiasme terriblement !

Jessie ne fut pas longue à comprendre que la femme, en criant pour que tout le wagon l'entende, prétendait avoir fait la conquête de Józef.

La femme adressait de temps en temps au wagon un regard vaniteux. Comment faire, se demanda Jessie, pour connaître son identité ? Comment faire pour démentir cette vulgaire fabulatrice ?

La fin du voyage approchait, le train ralentissait, quand elle eut l'idée : faire en sorte que le contrôleur ou l'employé de la gare l'appelle sur le quai, de vive voix, par son nom d'épouse.

La ruse marcha si bien que les visages des deux femmes se décomposèrent.

— Je suis sa femme, leur expliqua-t-elle une fois sur le quai. Je suis mariée depuis des années avec lui. Je suis la mère de son fils.

« Je mis longtemps à rassembler le courage d'avouer à mon mari à quel point il avait été près de mourir », peut-on lire dans un des livres écrits par Jessie.

Le jour même où elle le fit, si toutefois elle le fit, le jour où elle avoua enfin que cet Allemand fou était venu à Pent Farm pour le tuer, elle trouva (c'est moi qui fabule) Borys, marteau-jouet en main, en train de donner des coups assourdissants sur deux petites planches. En train de fabriquer une semelle de bois pour que le pied de son père, affecté par la goutte, ait un point d'appui ferme et sec.

Cimetière Club, 2

Le lendemain de l'enterrement de mon père, en préparant mes bagages pour rentrer à Paris, je mis dans mon sac de cabine les six cahiers manuscrits de *La Dérroute*, convaincu que je passerais les prochaines semaines immergé dans ce roman. Ce ne fut pas le cas, et je ne tardai pas à comprendre que, après sa longue agonie, j'étais saturé de mon père, s'il m'est permis de le dire aussi durement. J'avais besoin d'une trêve avant de lire son livre. J'avais besoin, en somme, de prendre de la distance et d'analyser ce qui s'était passé à Buenos Aires.

L'enterrement avait été – il ne pouvait en être autrement – aussi complexe que le déroulement de sa mort. Mon père mourut un vendredi, tard, très tard dans la nuit ou, si l'on préfère, un samedi très tôt le matin. Je venais d'éteindre les lumières et de m'endormir après avoir lu jusqu'à trois heures et demie du matin, quand le téléphone sonna sur la petite table de nuit au chevet de ce qui avait été des années durant le *lit conjugal* de mes parents et dans lequel, les derniers temps, mon père invitait Claudia à dormir, car leur relation stipulait qu'un week-end sur deux il couchait chez elle, et que le suivant elle couchait chez lui, et ainsi de suite, sauf de sporadiques pauses dont je n'ai jamais pu comprendre à quelle logique elles obéissaient. Cette nuit-là, en tout cas, le téléphone sonna, je décrochai et une voix qui s'efforçait d'être neutre me dit que mon père venait de subir une décompensation et qu'il serait utile que je me rende à l'hôpital. Vingt minutes plus tard, grâce à un taxi, on me montrait le cadavre de mon père (par politesse, peut-être, mais surtout parce qu'il fallait que je le « reconnaisse ») et on me délivrait un papier, un certificat légal avec l'irrémédiable formule « arrêt cardiaque non traumatique ».

Il était mort, je soupçonne, à l'heure où j'avais reçu l'appel téléphonique.

Avec l'aide d'un ami, que je n'avais pas été gêné de réveiller à six heures du matin, je me rendis dans une entreprise de pompes funèbres proche de l'hôpital et décidai que la veillée mortuaire et l'enterrement auraient lieu le lendemain dimanche, ce qui me permettait d'annoncer la mort de mon père à son étroit cercle d'amitiés.

Il pleuvait beaucoup ce dimanche midi. Avec une quarantaine de personnes, des amis à moi ou de mon père, nous nous réunîmes dans un des petits salons de la petite entreprise de pompes funèbres, et tandis que les uns et les autres me présentaient leurs condoléances, chacun à sa façon particulière, se déchaîna une de ces tempêtes qui tous les deux ans laissent la pauvre ville de Buenos Aires complètement inondée, isolée du monde, dans le noir : un géant aux pieds littéralement de boue.

Dans trois voitures, une douzaine d'entre nous se rendirent au cimetière : d'abord l'imposant fourgon funèbre, sorte de limousine finale, et un peu derrière, sous l'épais rideau de pluie, deux voitures également noires dans lesquelles nous étions tous très serrés. Nous nous rendions, cela va sans dire, au cimetière privé où ma mère avait un jour travaillé. Le chauffeur de notre voiture nous expliqua que la fosse était déjà creusée ; il était habituel de le faire quelques heures avant, sauf qu'avec ce déluge, qui frappait de manière folle le toit et toute la carrosserie de la voiture, la tombe serait probablement pleine d'eau, et il faudrait donc remettre l'inhumation à plus tard. Quelqu'un dit que mon père refusait d'être enterré et que c'était pourquoi il avait envoyé une tempête.

Je me souvins alors d'un après-midi de mes dix ans, un après-midi orageux où deux entraîneurs de football, le nôtre et celui de nos adversaires du jour, nous avaient obligés à nous mettre en short alors que retentissaient des éclairs et tombaient des coups de tonnerre (pour le dire à l'envers), nous avaient mis sur un terrain qui ressemblait à un marécage, avaient lancé un ballon officiel en cuir, s'étaient assurés qu'il ne pouvait pas rebondir (comment aurait-il rebondi sans sol, avec l'eau qui arrivait aux genoux ?) et ce n'est qu'alors qu'ils avaient annulé le match que nous devions disputer. Mon père avait alors protesté, à peine moins que furieux. Nous nous étions enrhumés et, pour plusieurs, grippés pour avoir obéi rigidement à un règlement. Mais au cimetière, à la merci d'une autre pluie, personne n'eut l'idée de protester. Chacun n'eut que la force de baisser la tête quand on nous annonça ce qui allait de soi, étant donné le déluge : que la tombe était inondée et que l'inhumation était reportée au lendemain.

La conséquence fut que le lendemain (un lundi nuageux, sans pluie) nous enterrâmes mon père sous les regards attentifs de six amis à peine. Des amis à moi, pas à lui, qui eurent la déférence de m'accompagner de nouveau.

Deux jours plus tard je montai dans l'avion du retour à Paris. Je fis le voyage avec les six cahiers de *La Dérroute* dans mon bagage de cabine et avec une vieille bague de mon père à la main gauche. Je l'avais mise suite à une décision de dernier moment. Je ne supporte pas les bagues. Pourtant, sur ce vol, sur ce trajet Buenos Aires-Paris, je ressentis le besoin de porter cette bague de mon père. J'avais besoin de sa protection.

En ce qui concernait le véritable nom de mon père, j'eus une première piste concrète le jour de son enterrement, enfin, pas celui de son enterrement, mais le dimanche, le jour où, à cause du déluge, j'étais allé au cimetière avec le cercueil et où, peut-être pour que je ne reparte pas avec l'impression d'avoir fait le trajet pour rien, le personnel me proposa de « remplir la paperasse ». Ce cimetière où ma mère avait travaillé avait pour règle d'aider les parents du mort en simplifiant les démarches inhérentes à l'inhumation. Sauf l'acte de décès, tous les autres documents étaient préparés à l'avance. Dans le cas de mon père, quelqu'un, lui-même ? avait mis dans une grande enveloppe de papier kraft une série de photocopies réunies par un trombone. Parmi ces photocopies je vis une sorte de formulaire avec l'écriture impossible à confondre de mon père : prénom et nom, date et lieu de naissance, prénom et nom du père, prénom et nom de la mère et autres renseignements du même genre.

Je pourrais inventer une histoire sentimentale à ce sujet. Je pourrais raconter que mon père, qui se vantait de n'être que peu sentimental ou même pas du tout, avait flanché et avait voulu être enterré sous son véritable nom. Mais ce serait trahir la vérité et, surtout, trahir sa façon d'être à lui.

Ce jour-là je vis son véritable nom sans savoir ce que je voyais. Je le vis dans la case correspondant au nom de sa mère. Pour une meilleure explication : mon père prétendait que ce nom, qui commençait par J, était celui de sa mère. Ma grand-mère.

Plusieurs mois après la mort de mon père, en septembre 2000, ma femme et moi allâmes à Buenos Aires pour y remplir deux objectifs : (a) nous marier civilement, (b) vider la maison paternelle, que nous allions mettre en vente, et où nous nous installâmes en attendant. Pourquoi payer un hôtel, puisque nous avions un logement à notre entière disposition ? La première semaine fut dure. Tout n'était que deuil et nostalgie dans cette maison. Jusqu'à ce que l'idée nous vienne d'organiser la fête qui suivrait notre mariage, la réunion à laquelle nous allions inviter trois douzaines d'amis, dans la maison de mon père.

Ce fut une sorte d'exorcisme qui commença par le fait de changer tous les meubles de place et qui finit par une fête autour de ces meubles et, dans certains moments d'euphorie, y compris sur ces meubles.

De retour en France, marié, reposé de tout ce qui avait à voir avec la mort de mon père, je me mis à lire *La Dérroute*. Ce fut la première d'une série de lectures interrompues. Lors de ce premier essai, je ne parvins à lire que le cahier un, tout en prenant des notes dans un carnet. Dans ce cahier un, dès que je l'ouvris, je revis le fameux nom, limité maintenant à un « J. » Je notai dans mon carnet :

« Cahier numéro un. Couverture bleue. De marque Rivadavia. 196 p.

Première page : « Eduardo J. Berti : *La Dérroute.* À mon fils Eduardo Berti. J'ai commencé à écrire cela le 6 janvier 1998. »

Le titre, La Dérroute, apparaît sur une étiquette blanche de format rectangulaire collée sur une autre étiquette portant un titre écarté : *L'Iconoclaste.* »

Je commençai et interrompis la lecture de *La Dérroute* six ou sept fois. La lecture me laissait toujours un peu déçu et aussi un peu inquiet. La trame s'embrouillait, s'évasait tellement qu'elle semblait impossible à boucler : une sorte de *dérroute* au sens le plus pessimiste du terme.

Le vendredi 10 octobre 2014, mon père a eu cent ans. Je veux dire qu'il les aurait eus s'il avait été encore vivant. Des mois plus tôt, on m'avait invité en Roumanie. À Bucarest et, aussi, dans sa ville natale : Galati. L'invitation, soudaine, inopinée, (on m'avait contacté deux ou trois semaines avant la date), m'avait produit un effet singulier. Bien entendu, je désirais aller à Galati, et au passage à Bucarest, bien entendu, c'était une grande amabilité de la part des Roumains que de m'inviter à connaître, comme ils avaient bien voulu me le dire, mes « racines », mais quelque chose ne me plaisait pas. Peut-être que je n'aurais pas le temps de « préparer » mon voyage. Peut-être qu'il était impardonnable que je ne l'aie pas fait plus tôt et de ma propre initiative, deux points que cette invitation mettait en évidence. Peut-être que je n'étais pas encore prêt à faire ce voyage et qu'involontairement, avec les meilleures intentions, les Roumains mettaient un doigt dans la plaie. Ou peut-être que, dans un coin de ma tête, j'avais décidé qu'avant de mettre les pieds en Roumanie je lirais une bonne fois le roman de mon père, où j'espérais trouver des informations précieuses ou, du moins, des indices pour mon futur voyage. Oui, c'était ce que j'avais décidé, en dépit du fait que chaque lecture jusque-là, chaque lecture partielle, fatalement interrompue, ne m'avait pas permis de découvrir la moindre piste.

Je dis aux Roumains que j'étais malade, avec de la fièvre, un virus contagieux, une infection grave, des choses de ce type, n'importe quel genre de mensonge, au lieu de leur avouer que j'avais raté mon avion parce que j'étais paralysé, que je n'avais ni le courage ni la force de faire ce voyage ; n'importe quel mensonge au lieu de leur avouer que, habité d'une sage peur, je ne m'étais pas réveillé. Lâchement, je leur envoyai un courriel en anglais. Ils tardèrent tant à me répondre que j'en arrivai à penser qu'ils s'étaient vexés. La réponse arriva par lettre, dans une de ces enveloppes oblongues que personne dans toute l'Espagne ne semblait utiliser, sauf eux : « … bon rétablissement », « … l'invitation reste ouverte… » « … notre pays qui est aussi le vôtre… » lus-je un peu en diagonale parce que, pour l'occasion, ils avaient eu l'amabilité de m'écrire en anglais.

L'heure est venue de le dire : ce que je cherchais dans le roman de mon père (son nom, le mystère de ce J. qu'il avait mis au début, sous le titre du livre), c'est ailleurs que je l'ai trouvé. Après la lettre des Roumains, je tombai sur un message à demi énigmatique sur mon répondeur. C'était un message de l'ambassade de Roumanie à Madrid. La voix parlait un espagnol ahurissant à tous points de vue : grammaire contre nature, verbes à l'infinitif et accent presque comique, mais si différent de l'accent de mon père que j'avais du mal à comprendre comment deux personnes ayant la même langue natale pouvaient aborder une autre langue de si inégale façon.

Les Roumains, en synthèse, me donnaient rendez-vous à l'ambassade. Durant quelques secondes, je craignis qu'ils ne veuillent exiger de moi des explications ou même des preuves médicales de ma prétendue maladie, sinon une indemnisation monétaire. Je compris vite que ce rendez-vous avait à voir avec une liasse de papiers inespérés, des papiers que, si je n'avais pas renoncé à mon voyage, ils m'auraient remis à Galati, lors d'une sorte d'acte ou de cérémonie, c'est ce qui était prévu, avec le titre (prétentieux, je ne le nie pas) de visiteur illustre de la ville, comme disait un diplôme qu'ils me donnèrent solennellement à l'ambassade de Madrid, à ma complète honte, parce que je ne méritais rien de tout cela, non, certes pas, après le lapin que je leur avais posé.

Sur le diplôme je vis les armes de la ville. Un écu avec un grand bateau. Et avec le diplôme il y avait, comme une sorte d'annexe, des documents : l'acte de naissance de mon père, l'acte de naissance de mon grand-père et de ma grand-mère, des preuves du passage de mon père par l'école Vasile Alecsandri. Des documents et encore des documents. Des photocopies, en réalité, de documents centenaires. La langue roumaine n'empêchait pas la compréhension. La langue de la bureaucratie est universelle. Il y avait là le nom de mon père, le nom de mon grand-père et celui de ma grand-mère, enfin, qui n'était pas celui que mon père avait indiqué sur les documents pour le cimetière.

Le vrai nom de mon père commençait, bien entendu, par J.

Après mon voyage frustré en Roumanie, j'eus l'idée de fêter le centenaire de mon père par une escapade à Paris. Avant de partir, je vérifiai sur Google que le café du boulevard Arago n'avait pas fermé et qu'il n'avait pas changé de nom, il avait à peine subi une légère rénovation : un store rouge au-dessus des tables rondes en terrasse ; une nouvelle enseigne qui, paradoxalement, lui donnait un petit effet *rétro*, volontaire je suppose.

Je logeai près de là, dans un hôtel très bon marché, un deux étoiles qui en avait une de trop, et quelques minutes plus tard, installé dans le café, je cherchai en vain l'affiche avec « le prix attire la clientèle, etc. », je cherchai en vain le vieux serveur, remplacé par une femme dans la quarantaine, cheveux courts et manières très viriles.

Pour ce qui est du roman de mon père, je m'étais fixé le plan suivant : (a) lire le cahier un dans le train, à l'aller, (b) lire les cahiers deux, trois, quatre et cinq au café Arago, à raison d'un par jour et (c) lire le cahier six dans le train du retour.

Mon moral n'était pas au mieux. Je venais d'admettre une sorte de défaite : le roman que j'avais commencé à écrire il y avait maintenant des mois, le roman sur Józef, n'avançait pas, ne fonctionnait pas. Le plus simple et le plus judicieux était de le mettre de côté. J'avais pris cette décision quelques jours plus tôt et je me sentais abattu.

Si l'histoire se répète, mais comme farce, le café Arago n'y faisait pas exception. La serveuse, remplaçante du garçon borgne de 1998-2000 – devrais-je dire la garçonne ? –, ne pouvait ignorer que j'y passais des heures et des heures, toujours posté à la même table, à lire, lire et lire encore les cahiers Rivadavia. Et pourtant, elle se comportait comme si je n'existais pas. Comme si j'étais invisible. Le dernier jour, le jour du cahier cinq, je la gratifiai d'un salut familier et elle ne sut comment réagir.

— Autrefois il y avait un garçon… commençai-je à dire, et je réprimai l'adjectif qu'elle, en revanche, prononça en le transformant en substantif :

— Claude le borgne ? À la retraite, m'informa-t-elle en laissant échapper une sorte de soupir. Pour Claude ? Ou pour l'édénique retraite ?

Le roman de mon père souffrait du même problème que mon roman raté. Un médecin aurait peut-être diagnostiqué une seule maladie pour les deux. Un mal au nom implacable : *dérroute*. En d'autres mots, la perte de but qu'implique le déroutement.

Ratés en tant que roman, les six cahiers me laissèrent en même temps dérouté moi aussi, surtout le cinq et le six, que je n'avais jamais lus.

Cinq scènes au moins de ces deux derniers cahiers se passaient à bord d'un bateau. À bord de plusieurs bateaux, veux-je dire. Cela attira mon attention et me remémora mon roman sur Józef. La vie de mon père, pensai-je, est le fruit d'un bateau. Tout comme pour moi et mon roman. Mon roman abandonné ou non, qui sait ?

Plusieurs mois après la mort de mon père, fin 2000, j'écrivis le texte suivant :

« Il n'est pas rare que la mort d'un homme se transforme en prisme à travers lequel on jette un regard sur sa vie. De cette façon, chaque signe de cette existence qui rappelle un signe de la mort se charge à tout jamais d'une signification tirée par les cheveux. Si un homme, par exemple, est mort dans un accident de chemin de fer, une photo de lui enfant avec un petit train prend un sens additionnel, un sens inexistant durant la vie de cet homme. C'est qu'on nous juge davantage, qu'on le veuille ou non, à la façon dont nous sommes morts qu'à la façon dont nous avons su vivre. »

Après la mort de mon père et l'écriture de ce texte, il se produisit un fait important : à l'occasion d'un autre voyage à Buenos Aires, je me retrouvai dans un café avec Claudia. Ce fut une rencontre très émouvante. Elle me dit qu'elle était grand-mère, sa fille ayant eu une fille, elle me raconta qu'elle voulait déménager parce que le centre de Buenos Aires était un « enfer de smog », selon ses propres mots ; nous parlâmes de connaissances communes et d'autres choses de ce genre. À la fin, alors que nous nous étions levés et que nous commencions à nous faire la bise et à nous souhaiter bonne chance (en somme, ces choses qu'on fait pour adoucir ne fût-ce qu'un peu la douleur des adieux), tout à coup Claudia se mit à dire non de la tête, elle se rassit en me demandant de faire de même et, les larmes aux yeux, elle me raconta qu'elle ressentait le besoin de me dire qu'elle avait un nouveau compagnon, c'était une histoire récente. Ce qu'il y avait d'impressionnant dans cette affaire, c'est qu'elle avait fait la connaissance de cet homme le lendemain de l'enterrement de mon père. Je répondis ce que, selon moi, elle avait besoin d'entendre : que c'était une bonne nouvelle, qui me réjouissait, qu'elle pouvait compter sur mon soutien et sur ma… je crois que j'en arrivai à prononcer le mot « bénédiction ».

Presque sans faire attention à ce que je lui disais, elle ajouta que cet homme, qui dans mon esprit était passé à la grossière catégorie de « successeur » de mon père, était juif (donnée particulière pour elle, juive elle aussi) et dans une sorte de parenthèse, Claudia se mit à me raconter quelque chose qu'elle ne m'avait jamais dit encore, bien que cela puisse sembler impossible : une nuit, vers 1998, quelques semaines après mon départ pour la France, peut-être sous l'effet récent de ce départ, mon père l'avait appelée à trois heures du matin, il ne pouvait trouver le sommeil, il avait trop bu, il avait trébuché (« patiné », selon sa version), s'était fait mal à une épaule, à la tête aussi ? peut-être Claudia pourrait-elle prendre un taxi, il avait besoin de son aide…

En cette nuit de 1998, mon père raconta à Claudia, selon ce qu'elle me raconta à moi presque quatre ans après, qu'en fait il était juif ; que son père (avec le nom qui commençait par J) et sa mère (avec un nom qui commençait par D) étaient juifs tous les deux, qu'il avait réussi à fuir à temps en Amérique du Sud, si l'on pense que toute fuite antérieure à 1938 équivalait à une fuite à temps, que mes grands-parents étaient restés à Bucarest sous une fausse identité et qu'ensuite, plusieurs années après la guerre (mais cette partie de l'histoire de la famille était un terrain plus familier pour moi : le terrain le plus familier de mon histoire familiale), c'est-à-dire deux ans avant de faire la connaissance de ma mère, il était parti pour la France sur un autre bateau, et que de France, au prix de démarches ardues, il avait pu faire en sorte que mes grands-parents quittent la Roumanie et les avait emmenés en Argentine, où ils avaient choisi, tous les trois, de continuer à cacher leur véritable nom.

Mon père lui avait dit tout cela en une nuit, en deux heures. Et d'autres choses du même genre. Mais le lendemain, se repentant, il avait voulu arguer que cette histoire était un mensonge ; qu'il l'avait inventée du début à la fin, pour l'impressionner : pour émouvoir, lui avait-il dit, son sentimentalisme juif.

D'après les papiers qu'on m'a donnés à l'ambassade de Roumanie à Madrid, mon père n'avait pas menti.

Je me demande si ma mère avait jamais entendu, une nuit (ou un jour, à n'importe quelle heure) la même histoire des lèvres de mon père. Je me demande si mon père, au cas où il la lui aurait racontée, l'avait fait alors qu'il était sobre ou sous l'effet de l'alcool, s'il l'avait fait lorsqu'ils commençaient à se fréquenter ou après quelques années de mariage, s'il l'avait fait en s'excusant ou avec naturel. Je me demande si après le lui avoir raconté il s'était dédit, comme il s'était dédit avec Claudia. Je me demande si mon père ou ma mère avaient dans l'idée de me révéler cette affaire un jour, comme une façon de couronner la chaîne de secrets que mon père, de temps à autre, daignait dépoussiérer. Je me demande si la relation de mon père avec Claudia n'a pas commencé à se détériorer à partir de cette confession qu'il avait lâchée par accident, qu'il ne voulait pas lâcher.

La judéité comme un prisme. Je pourrais réécrire mon texte de la fin 2000 :

« Le grand secret d'un homme, découvert après sa mort, se transforme souvent en un prisme à travers lequel on jette un regard sur sa vie, si bien que chaque signe de cette existence qui rappelle un signe du secret en question reste à tout jamais lourd d'une signification. Et à la fin : C'est qu'on nous juge, qu'on le veuille ou non, à ce que nous avons tu plus qu'à ce que nous avons su dire. »

Un récit de Georges Perec (qui, en fait, s'appelait Peretz) raconte la découverte tardive d'un vieux livre, *Le Voyage d'hiver*, où sont réunis, comme on peut facilement le vérifier, les meilleurs vers des meilleurs poètes de France, Rimbaud et Baudelaire, Verlaine et Mallarmé, et même d'autres, moins prestigieux : Banville, Richepin, Valade, Charles Cros, Huysmans, Mérat, Rollinat, Laprade… Mais le livre qu'on découvre dans ce récit n'est pas vraiment une anthologie. C'est un livre édité avant que ces poètes soient nés ou ne commencent à écrire. Une inquiétante « anthologie prémonitoire ». Une source secrète à laquelle sont venus se copier tous les poètes « immortels ». Une source secrète qui, lorsqu'on la découvre, oblige à reconsidérer l'histoire postérieure.

Je me demande ce qui passait par la tête de mon père quand il voyait que mes meilleurs amis étaient presque tous juifs. Je me demande ce qu'il pensait en apprenant que, une fois de plus, j'avais commencé à sortir avec une fille juive (ou du moins, disons, demi-juive), sans qu'il y eût là-derrière de décision consciente.

Les documents qu'on m'avait remis à l'ambassade de Roumanie me firent penser au récit de Perec (je me voyais obligé à reconsidérer toute mon histoire), mais ils me firent aussi penser à Borys et au roman que je m'obstinais alors à écrire. Je pensai à Borys (qu'un jour, quand j'écrivais ce roman, j'orthographiai Broys par erreur, ou peut-être pas par erreur : Broys, presque comme le héros central de mon premier roman), je pensai à lui et me mis à réfléchir : si je proclame que mon père était juif, est-ce que je le trahis ? Mon ami Ariel pense que non. Nous avons passé hier à Madrid six heures à parler de ça. Il y a un mois, il m'a envoyé un courriel où il me disait qu'il allait à Berlin, rendre visite à sa sœur, qui y était installée depuis février ou mars 2008. Mon ami avait voulu en profiter pour faire une escale à Madrid. Bien entendu, lui ai-je répondu. Et il faut que je te parle de toute urgence de quelque chose, lui annonçai-je. Et donc Ariel est venu à la maison, a dîné à la maison, couché à la maison et je lui ai montré les documents. Y compris le diplôme si laid qui fait de moi un visiteur illustre d'une ville où je n'ai jamais mis les pieds et, où, je suppose, je n'aurai jamais le courage de les mettre.

Ariel, juif très peu pratiquant, pense que mon père avait voulu nous protéger. En plus de se protéger, en premier lieu, lui-même. Il y eut un moment où, après la fin de la guerre, ce qui aurait été sensé ou normal aurait été de faire marche arrière, en conservant son nouveau nom, cela aurait été plausible, mais en révélant son secret. Et, malgré tout, il n'est parfois pas si simple de faire marche arrière. Parfois, c'est impossible.

Mon père, aventure Ariel, avait peut-être senti que révéler la vérité était une mauvaise idée.

Je lui réponds que, selon moi, mon père n'avait pas su ou pas voulu revenir en arrière, peut-être parce que la liberté, l'impression de liberté qu'on a en réinventant sa vie, est gravement addictive. Mais plus tard, au lit, avant de m'endormir, avec un sentiment de vulnérabilité étrange et fautif pour avoir confié le secret de mon père à Ariel – maintenant nous étions trois à le connaître : ma femme, mon ami et moi –, au lit, pendant que ma femme dormait, je repensai à la situation.

J'y repensai et je crus comprendre, enfin, les choses. Ou j'inventai une explication, ce qui est une façon de comprendre.

Mon père, à un certain moment, ne supporte plus son secret et commence à faiblir un peu, c'est le moment, se dit-il, d'avouer la vérité, il choisit même une date, un jour et un mois ponctuel où il m'appellera, comme lorsqu'il me faisait asseoir sur le couvre-lit aztèque, il m'appellera et me dira son plus grand secret, son secret le plus important et le plus retardé, mais c'est alors que se produisent, ce qui détruit tous ses plans, l'attentat contre l'ambassade d'Israël de Buenos Aires et, un peu après, sans pause, l'attentat de l'Amia, et mon père remarque qu'une vieille peur est en train de revenir, pendant qu'il fait des sculptures, comme s'il modelait, une fois de plus, sa seconde identité, il fait une vingtaine de sculptures, il en fait cinq ou dix de plus puis change de sujet, il commence à sculpter des femmes, principalement nues, des choses de ce genre, et reprend courage, va-t-il enfin me le dire ? je ne sais pas, je m'avance sans savoir ni soupçonner rien de tout cela, je m'avance et je lui annonce que je pars pour un autre pays, mon père est content, il me le dit, il se met à écrire un roman, ça je le sais, ce n'est pas une mauvaise idée que d'avouer un secret indirectement, entre réalité et fiction, mais il ne parvient pas à le faire ou peut-être est-ce moi qui me trompe, et qu'il n'a jamais cherché à se confesser en écrivant, et les années passent, et un jour il tombe gravement malade, il restera des semaines endormi ou dans le coma à l'hôpital, je vais le voir de Paris et il voit que je suis près de lui, il se réveille un certain temps après et voit que je suis toujours près de lui, il ne sait pas très clairement combien de temps il est resté dans le coma, il ne sait pas très clairement combien de temps je resterai près de lui avant de rentrer en France ni combien de temps il lui reste à vivre, mais il devine que ce n'est pas beaucoup, c'est évident, il suffit de voir la moue de pitié avec laquelle tout le monde lui sourit, si bien qu'un jour, particulièrement animé, inhabituellement euphorique, allez savoir ce que contiennent les pilules qu'on lui donne, surtout ces énormes pilules bleues qui passent dans sa gorge un peu à contrecœur, ce jour-là enfin il s'oblige, mais ce n'est pas le verbe juste, il ne s'oblige pas, disons plutôt qu'il s'apprête à partager le secret qui, tant il est ancien, tant il est récalcitrant, a l'air maintenant du secret de quelqu'un d'autre, ce sera presque drôle de voir la tête que je ferai, ce sera un soulagement, aussi, comme une énorme pilule bleue qui, prenant le chemin inverse, remonte par la gorge, se pose un instant sur la langue et apparaît enfin dans la bouche, un peu à contrecœur, c'est simple, cela semble incroyable, c'est simple : moins de quinze, moins de vingt mots et le secret sera public, mais il se passe quelque chose, quelque chose hors de son contrôle, le secret refuse la langue espagnole ou, pour le dire autrement, la phrase jaillit en roumain, je le regarde, je lui prends peut-être la main, on ne comprend pas ce qu'il dit, comme dans la scène de la nouvelle *Amy Foster*, « il dit des choses si étranges…, je ne sais pas quoi… », comme dans la scène de ce roman que j'écrirai plus tard, mais que j'abandonnerai, mon père se rend peut-être compte que son secret refuse de ne plus être secret ou bien mon père ne se rend-il compte de rien, convaincu que je connais finalement la vérité, ça y est, c'est dit, croit-il, mais ma réaction ou mon absence de réaction est étrange, mon désintérêt est étrange, le monde semble devenir de plus en plus inexplicable, de plus en plus indifférent autour de mon père.

Il y a quelque chose de tragique en cela. Quelque chose qui ressemble à une fin.

Août 2012-novembre 2014
Madrid-Pent Farm-Béthune-Paris-Madrid.

Index

Du même auteur

*

Aux éditions La Contre Allée

Inventaire d'inventions (inventées),
avec le collectif Monobloque, 2017, La Contre Allée

Chez d'autres éditeurs

L'Ivresse sans fin des portes tournantes, Le Castor astral, 2019

Une présence idéale, Flammarion, 2017

Le Pays imaginé, Actes Sud, 2013
(prix Emecé 2011 et prix Las Américas 2012)

L'Inoubliable, Actes Sud, 2011

L'Ombre du boxeur, Actes Sud, 2009

Les Petits Miroirs, MEET, 2007

Rétrospective de Bernabé Lofeudo, Actes Sud, 2006

Tous les Funes, Actes Sud, 2004 (finaliste du prix Herralde 2004)

La Vie impossible, Actes Sud, 2002 (prix Fernando Aguirre/Libralire)

Madame Wakefield, Grasset, 2000 (nommé pour le prix Femina)

Le Désordre électrique, Grasset, 1998

Dans la Bibliothèque Oulipienne

Funes se souvient / Funes se acuerda,
La Bibliothèque Oulipienne, Volume 206, 2014

Dix-continuités,
La Bibliothèque Oulipienne, Volume 217, 2015

Grands succès (avec Étienne Lécroart),
La Bibliothèque Oulipienne, Volume 225, 2016

Les voyages dispersent, Appendice final,
La Bibliothèque Oulipienne, Volume 228, 2017

Une question qui revient de loin,
La Bibliothèque Oulipienne, Volume 235, 2019

Avec l'Oulipo

Boris Vian et l'Oulipo, On n'y échappe pas,
Éditions Fayard, 2020

En édition limitée

Poèmes de baby-foot, Les venterniers, 2017

Que vais-je devenir ? (avec Sophie G. Lucas),
Nuit myrtide, 2018

(ÉDITIONS) LA CONTRE ALLÉE

Délaissant les grands axes, j'ai pris la contre-allée - A. Bashung et J. Fauque

*

Collection La Sentinelle

Une attention particulière aux histoires et parcours singuliers de gens, lieux, mouvements sociaux et culturels.

Poser problème • Antoine Mouton (2020)

L'Arrachée belle • Lou Darsan (2020)

Mère d'invention • Clara Dupuis-Morency (2020)

Rouge pute, suivi de La Couronne • Perrine Le Querrec (2020)

À mains nues • Amandine Dhée (2020)

Ce prince que je fus • Jordi Soler (2019)
traduit de l'espagnol (Mexique) par Jean-Marie Saint-Lu

Le Bruit des tuiles • Thomas Giraud (2019)

Le Nuage et la Valse • Ferdinand Peroutka (2019)
traduit du tchèque par Hélène Belleto-Sussel

L'Odeur de chlore • Irma Pelatan (2019)

Un autre monde • Alfons Cervera (2018)
traduit de l'espagnol par Georges Tyras

Le Nord du Monde • Nathalie Yot (2018)

Débarqué • Jacques Josse (2018)

La Ballade silencieuse de Jackson C. Frank
Thomas Giraud (2018)

L'Instant décisif • Pablo Martín Sánchez (2017)
traduit de l'espagnol par Jean-Marie Saint-Lu

Lettres nomades - saison 6 • Collectif (2017)

moujik moujik suivi de Notown • Sophie G. Lucas (2017)

Caverne suivi de Cadavres • Makenzy Orcel (2017)

Contre-jour • Sara Rosenberg (2017)
traduit de l'espagnol (Argentine) par Belinda Corbacho

Chômage monstre • Antoine Mouton (2017)

La femme brouillon • Amandine Dhée (2017)

Témoin • Sophie G. Lucas (2016)

Élisée • Thomas Giraud (2016)

Baby Spot • Isabel Alba (2016)
traduit de l'espagnol par Michelle Ortuno

Lettres nomades - saison 5 • Collectif (2016)

Frictions • Pablo Martín Sánchez (2016)
traduit de l'espagnol par Jean-Marie Saint-Lu

Tombeau de Pamela Sauvage • Fanny Chiarello (2016)

Trouver un autre nom à l'amour • Nivaria Tejera (2015)
traduit de l'espagnol (Cuba) par François Vallée

Marco Pantani a débranché la prise • Jacques Josse (2015)

Lettres nomades - saison 4 • Collectif (2015)

La Nuit des terrasses • Makenzy Orcel (2015)

Vie de Milena • Jana Černá (2014)
traduit du tchèque par Barbora Faure

La Véritable Histoire de Matías Bran, Livre 1 :
Les Usines Weiser • Isabel Alba (2014)
traduit de l'espagnol par Michelle Ortuno

Tant de larmes ont coulé depuis • Alfons Cervera (2014)
traduit de l'espagnol par Georges Tyras

Lettres nomades - saison 3 • Collectif (2014)

La Ville sur le divan • Laurent Petit (2013)

Le Ravin • Nivaria Tejera (2013)
traduit de l'espagnol (Cuba) par Claude Couffon

La Femme-précipice • Princesse Inca (2013)
traduit de l'espagnol par Laurence Breysse-Chanet

Et puis ça fait bête d'être triste en maillot de bain
Amandine Dhée (2013)

Un fil rouge • Sara Rosenberg (2012)
traduit de l'espagnol (Argentine) par Belinda Corbacho

Putain d'indépendance ! • Kaddour Riad (2012)

Ces vies-là • Alfons Cervera (2011)
traduit de l'espagnol par Georges Tyras

Ça nous apprendra à naître dans le Nord
Amandine Dhée et Carole Fives (2011)

El Ferrocarril de Santa Fives • Robert Rapilly (2011)

Du bulgom et des hommes • Amandine Dhée (2010)

D'azur et d'acier • Lucien Suel (2010)

Gens du huit mai • Jean-François Pocentek (2010)

Capenoules ! • Francis Delabre (2010)

*

Collection L'Inventaire d'inventions
« *Parce qu'il manque toujours quelque chose au monde.* » Eduardo Berti

Un voyage d'Envers • Robert Rapilly & Philippe Lemaire (2018)

Inventaire d'inventions (inventées)
Eduardo Berti & Monobloque (2017)
traduit de l'espagnol par Jean-Marie Saint-Lu

*

Collection Les Périphéries

Une collection qui nous rapproche de l'œuvre et des centres d'intérêt d'un auteur.

Kiruna • Maylis de Kerangal (2019)

Rougeville • Patrick Varetz (2018)

Assommons les poètes ! • Sophie G. Lucas (2018)

Venise est lagune • Roberto Ferrucci (2016)
traduit de l'italien par Jérôme Nicolas

L'Ultime Parade de Bohumil Hrabal • Jacques Josse (2016)

Écrire une histoire • Olivier de Solminihac (2015)

Tant de place dans le ciel • Amandine Dhée (2015)

Les Chemins de retour • Alfons Cervera (2015)
traduit de l'espagnol par Georges Tyras

Pas dans le cul aujourd'hui • Jana Černá (2014)
traduit du tchèque par Barbora Faure

La Rentrée littéraire de Gilles Defacque (2014)

Quelques pas de solitude • Pascal Dessaint (2014)

Le Lapin mystique • Lucien Suel (2014)

*

Collection Fictions d'Europe

Une collection qui invite des écrivains à poser un regard sur l'Europe.

Le Sommeil d'Europe • Yoko Tawada (2018)
traduit de l'allemand par Bernard Banoun

Le Cœur de l'Europe • Emmanuel Ruben (2018)

Ces histoires qui arrivent • Roberto Ferrucci (2017)
traduit de l'italien par Jérôme Nicolas

Les Pigeons de Paris • Víctor del Árbol (2016)
traduit de l'espagnol par Claude Bleton

Les Enfants verts • Olga Tokarczuk (2016)
traduit du polonais par Margot Carlier

Des lions comme des danseuses • Arno Bertina (2015)
Nouvelle édition enrichie (préface de Bénédicte Savoy) (2019)

Terre de colère • Christos Chryssopoulos (2015)
traduit du grec par Anne-Laure Brisac

Berlin, Bucarest-Budapest : Budapest-Bucarest
Gonçalo M. Tavares (2015)
traduit du portugais par Dominique Nédellec

*

Collection Un Singulier pluriel
Témoigner, transmettre, questionner.
Un sujet et plusieurs voix s'en mêlent.

Freshkills • Lucie Taïeb (2020)

Mon fils en rose • Camilla Vivian (2019)
traduit de l'italien par Hazel Goram et Nino S. Dufour

Désherbage • Sophie G. Lucas (2019)

Les Saprophytes, urbanisme vivant
Entretien avec Amandine Dhée (2017)

Machiavel face au grand écran • Pablo Iglesias Turrión (2016)
traduit de l'espagnol par Marielle Leroy

Le Retour du Prince • Roberto Scarpinato
et Saverio Lodato (2012, 2015), préface d'Edwy Plenel
traduit de l'italien par Deborah Puccio-Den

Les Derniers Mots de Falcone et Borsellino • Antonella Mascali,
traduit de l'italien par Anna Rizzello et Sarah Waligorski (2013)

Le Fluvial en devenir • Corinne Blanquart (2013)

La Révolution des casseroles • Jérôme Skalski (2012)

Cosa Nostra • Giovanni Falcone et Marcelle Padovani (2012)

Mémoires et Territoires, repères pour l'action • Catherine Foret (2011)

Le Dernier des juges • Roberto Scarpinato et Anna Rizzello (2011)
traduit de l'italien par Anna Rizzello

L'Europe XXL, les actes
Alexandre Mirlesse et Olivier Beddeleem (2011)

En attendant l'Europe • Alexandre Mirlesse (2009)
Prix Bienvenu 2009

À chacun sa place • Collectif (2008)

*

Collection Contrebande

Un repaire pour celles et ceux qui traduisent, qui ne cessent de faire circuler avec leurs mots ceux des autres. Pour faire entendre la parole d'un traducteur ou d'une traductrice, un parcours, une réflexion, le bruit de la traduction.

Traduire ou perdre pied • Corinna Gepner (2019)

Entre les rives : Traduire, écrire dans le pluriel des langues
Diane Meur (2019)

*

Collection La Sente

Chômage monstre • Antoine Mouton (2020)

Élisée, avant les ruisseaux et les montagnes • Thomas Giraud (2020)

*

Retrouvez notre catalogue
sur www.lacontreallee.com

CRÉDITS & REMERCIEMENTS

DIRECTION ÉDITORIALE Benoît Verhille
TRADUCTION Jean-Marie Saint-Lu
COUVERTURE Guillaume Heurtault
MAQUETTE Valérie Dussart
RELECTURE ET CORRECTION Marielle Leroy,
Bénédicte Crubellier, Marianne Kmiecik

NOUS REMERCIONS :
Les équipes de
Belles Lettres Diffusion Distribution
Présence graphique

Aline Connabel, relation libraires
Aurélie Serfaty-Bercoff, relation presse

La Contre Allée remercie le CNL
pour son aide à la traduction.

Pour écrire ce livre, l'auteur a bénéficié d'une bourse
d'écriture de la région Nouvelle-Aquitaine.

En 2017, l'entrée au catalogue d'Eduardo Berti s'est faite de façon remarquable, inspirant d'emblée le nom d'une nouvelle collection qu'il inaugure alors avec le fameux *Inventaire d'inventions*, un ouvrage composé avec ses ami·es du collectif Monobloque durant un séjour à La Marelle, à Marseille. Pour être plus juste, il faudrait aussi évoquer Terrils, cette nouvelle écrite directement en français pour l'occasion, dans l'ouvrage collectif *Lettres Nomades Saison* 4, coédité avec nos ami·es d'Escales des lettres, paru en 2015. Ainsi, avec *Un père étranger*, ce roman, non… plutôt ce roman-double, voire triple, ou mieux encore et plus simplement, ce texte fameux fait d'histoires imbriquées où l'on ne démêlera jamais vraiment le vrai du faux – ici, le réel l'emporte peut-être bien sur la fiction, allez savoir… – ce livre-somme donc, sera bel et bien la troisième contribution d'Eduardo Berti au sein du catalogue de la maison qui, tenant compte de celui-ci, en dénombre 92 à ce jour. Toutes les questions d'identité soulevées au sein d'*Un père étranger* ne seront pas résolues pour autant mais au moins pouvons-nous affirmer que cet ouvrage a pour matricule le numéro 9782376650157 et que son numéro d'imprimeur est le 201067139. Pour que vous puissiez voyager avec et surtout grâce à lui d'un côté et de l'autre de l'Atlantique, c'est d'abord sur les presses de l'imprimerie Présence graphique, à Monts, près de Tours, titulaire du label Imprim'vert©, que cet ouvrage a été imprimé sur du papier Clairefontaine bouffant 80 g après avoir été composé en Minion pro 10,5 pts. Quant à son énigmatique couverture, elle a été reproduite sur un Vergé Conquéror 220 g. un papier qui a du caractère, tout comme ce livre qui a l'étrange particularité de compter un chapitre fantôme. *66 notes préparatoires pour une conférence sur l'identité* dont la légende, déjà vivace, nous apprend qu'elles hantent encore, et sûrement pour toujours, l'antre de la fameuse et non moins mystérieuse constellation au fort tropisme oulipien, Les Mille univers.